九州大学
人文学叢書
4

背表紙キャサリン・アーンショー

イギリス小説における自己と外部

鵜飼信光

九州大学出版会

目次

背表紙キャサリン・アーンショー

——イギリス小説における自己と外部——

序章

本書は四章ずつの「自己の中の外部」、「自己と外部」と題する二つの部で構成され、全体で七編のイギリス小説を考察する。第一部の題「自己の中の外部」は、自覚的な意識の把握が及ばない、自己の中のいわば外部である無意識を指しており、その部の各章では、四編の十九世紀の作品に無意識の特異な表現の例を見ていく。第二部では題のとおり「自己と外部」の関係の特異な表現の例を考察するが、その具体的な内容は、この序章の中で後ほど概要を示すことにする。

アンリ・エレンベルガーの『無意識の発見――力動精神医学発達史』にあるように、「無意識」はフロイトによって突然、分析的な考察の対象にされたのではない。無意識についての理論は十八世紀初頭のライプニッツに始まり、(1)十九世紀には徐々に無意識や人格の多重性について医学界、科学界で関心が高まっていった。フロイト以前にもそのように、無意識の問題に対する科学者の関心の長い歴史があるのだが、R・L・スティーヴンソンのように科学界の動向に直接影響を受けて、(2)あるいは、科学界の動向とは独立して、イギリスの小説家たちの一部は、無意識の心理にそれぞれに関心を寄せ、その心理を作品に表現してきている。

小説で描かれる無意識としては、自覚されない恋がすぐに想起されるだろう。ジェイン・オースティンの『エマ』はその好例であり、それは作品の終わり近くでやっと自覚される主人公エマとナイトリーの相互の無意識の愛を描いている。あるいは、二十世紀のE・M・フォースターの『眺めのいい部屋』でも、主人公ルーシーがジョージ・エマーソンに無意識のうちに恋しながら、なかなかそれの自覚に至らない様子が描かれている。あるいはまた、トマス・ハーディの『ダーバヴィル家のテス』で、エンジェル・クレアがテスへの態度を一変させながらも無意識のうちに深く愛し続けていたことが、夢遊病のエピソードで描かれていることも例に挙げられる。これらの無意識の心理は読者にも明瞭に読み取れるように描かれるが、意識と無意識の乖離《かいり》が読者には気づかれないまま終わってしまうような、微妙な形で描かれる場合もある。

右に挙げた三つの例はいずれもフロイトが特に注目したエディプス・コンプレックスとは直接的には関わらないものだが、もちろんフロイトが注目する性質を帯びた無意識が表現された文学作品の例もずっと以前から見られる。小説ではなくシェイクスピアの『ハムレット』についてだが、フロイト自身が『夢判断』で、父の亡霊に命じられた敵《かたき》討ちを主人公がなかなか叔父に対して果たさないことを次のように説明している。

> ハムレットは何事でもしようとすればできるのだが、ただ叔父を殺すことだけはやりおおせない。叔父は父を殺し、母の傍《そば》にあって亡き父の地位を占めている。この叔父は、ハムレットの幼児時代の抑圧された願望を実現しているのである。ハムレットを駆って復讐を行わしむべき嫌悪感は、そんな次第でハムレットの気持ちの中では自己非難、良心の呵責にとって代わられていて、その自己非難と良心の呵責とは彼に向って「お前自身は、お前が殺そうとしているあの叔父よりもよりよい人間ではないのだ」と語り告げているのである。
> （フロイト　五章D、上四五四―五五、傍点は断りがない限り常に作者による）

この解釈は、ハムレットを「その潑剌《はつらつ》たる行動力を思考活動の過剰な発達によって麻痺させられた人間のタイプ」とのみ見る見方（フロイトはこれを「最初ゲーテがいいだした意見」としている）とは大きく違う、新たな作品の理解の可能性を提起している。そして「エディプス・コンプレックス」の用語の源になっているように、オイディプス王伝説とソフォクレスの悲劇『オイディプス王』という古代ギリシャの伝説や文学にも、母との近親相姦の願望が表れている例はある。また、精神分析を応用した文学批評がフロイト以降の精神分析の知見に基づいて文学作品の解釈を試みてきてもいる。

しかし、フロイトの学説の衝撃が大きかったためにかすんでしまったが、無意識はフロイトが注目する性欲に基づくものや、ユングの集団的記憶や、フロイトの考えを発展させたラカンが捉えるようなものばかりではない。「己を卑《ひく》うする者は高うせらるるなり」という『ルカ伝』十四章十一節のイエスの言葉に反抗しニーチェが『人間的、あまりに人間的』で「自分を低くする者は高くされることを欲している」（ニーチェ　一巻二章八七番、一〇九）と述べてその可能性を示唆する自己欺瞞のような、人が知らず知らずのうちに陥る素朴な形の無意識の心理もある。フロイトとラカンは母からの分離を起点にして自己と外部の問題を考えるが、それとは違った観点で自己と外部の問題を表現する文学作品も存在するだろう。

本書の目的の一つは、イギリスの小説家がフロイト以前にいかに独自に無意識について認識を持ち作品に表現していたかを明らかにすることである。特にその表現が注目されておらず、それへの着目が作品の大きな読み直しにつながるような例を考えることを目標にする。現実の、歴史的に存在した作者が無意識をどう認識していたかを確証することは不可能だが、作品から類推される「作者」の無意識についての認識をできる限り作品の内容に即して考えることを試みたい。しかし、作品の内容にできる限り即して考えるとは言っても、フロイト以降の無意識についての知見を無視しようとするのではなく、本書の議論も、言い間違いや記憶の混濁、自己の防衛などのフロイトの着眼から重要な箇所で恩恵を受けている。

また、本書の第一部で見るように、作家たちが表現した無意識は自己の内にありながら外部のもののようであり、かつ、そうした無意識は外部の存在と結びつけて描かれてもいる。無意識の表現をめぐっても見られるそうした自己と外部の錯綜したあり方を、第二部で考察する自己と外部の境界の微妙な存在と不在と併せて捉え、イギリス小説における自己と外部の複雑な関係の表現を広範な視野で考察することが本書の全体の目的である。

この序章では全体の前置きとして、無意識の心理の微妙な表現の例を、メアリー・シェリーの『フランケンシュタイン、あるいは現代のプロメテウス』（一八一八年）の主人公ヴィクターの結婚式当日の事件に見てみたい。そのエピソードは、自己と外部の特異な関係の一つの事例にもなる。

その作品の主人公ヴィクター・フランケンシュタインは、自らが作り上げその直後に放置して去るにまかせた人造人間である「怪物」と再会した時、女性の怪物を作ってやることを約束する（注にあらすじを付した）[3]。しかし、ヴィクターは考えを変えて、完成直前の女性の怪物を破壊する。男性の怪物はそれに怒り「お前の結婚の夜、お前の所に現れてやる（I shall be with you on your wedding-night）」（三巻三章、一二一）と予告して去る[4]。怪物はそれまでにヴィクターの弟、母が引き取ったジャスティン、親友ヘンリー・クラーヴァルを殺しており、怪物の予告は結婚の夜に現れてヴィクターの花嫁を殺してやるということだと当然推測される。しかし、ヴィクターは怪物の言葉は彼自身を殺害することとの予告だと受け取り、結婚式のあった日の晩も「突然私は、ほどなく予想される戦いが妻にとってどれほど恐ろしいかを思い」、妻エリザベスを部屋に一人で行かせる。しかし、やがて悲鳴がし「それを聞いた時、全ての真相が私の心に殺到し、私の腕はだらりと垂れ、全ての筋肉と組織の動きは中断した。私は血管の中を血が滴るように流れ、四肢の先でひりひりするのを感じることができた。この状態はほんの一瞬続いただけで、再度の悲鳴が上がると私はその部屋へ走った」（三巻六章、一四〇）。エリザベスは既に息を引き取っており、開いた窓に怪物が一瞬顔をのぞかせ、ヴィクターは駆け寄ってピストルを発射するが命中せず、怪物は湖に飛び込んで去る。

エリザベスに危害が及ぶことを、ヴィクターがかなり長い間、思いつくことすらなかったという不自然さには、次の三つの無意識の心理が考えられる。

一つには、ヴィクターが絶望の故に死への願望を度々口にしながら、無意識のうちに死を恐れ、エリザベスを犠牲にしてまで、自分の命を守ろうとしたという心理である。命の創造を大きな主題としているこの作品は、一度生じた命が、死を避け存在し続けようとする衝動をも描いている。ヴィクターはピストルをこの段階では所持しているので人間をはるかに上回る体格と運動能力を持つ怪物からも身を守ることは可能だが、怪物が火器を入手することもあり得、実際、後に怪物は火器で住民を脅したりもする。

今一つには、ヴィクターがエリザベスを犠牲にしてでも、怪物創造の秘密を親しい人々に知られまいとした、という無意識の心理である。ヴィクターはエリザベスに、結婚式の日の翌日に今は話せない一連の出来事を話すことを約束していた。怪物を滅ぼした後にも、彼は自分の身近な人々に、怪物創造を知られるのは耐えがたかったのかもしれない。家族は男女の結合を通した生命の誕生を基盤としているが、ヴィクターは男女の結合によらずに生命を作り出すという、家族の基盤に反する行いをしたことを、とりわけ家族には、命の犠牲を伴っても、知られたくなかったのである。ジャスティンが怪物の詭計《きけい》で刑死する時に、ヴィクターが怪物による弟ウィリアム殺害の可能性を誰にも告げなかったのも、同じ理由からだろう。

第三には、怪物への激しい憎悪と殺意を語りながらも、ヴィクターは怪物を殺すことを無意識に避けようとした、ということが考えられる。その夜エリザベスのそばにずっといれば彼女を殺しに来た怪物と間近で対決することになり、ヴィクターはピストルを持っているので、怪物を殺すか、自分が殺されるかのどちらかになることは避けられない。ヴィクターが自分自身の命を失うことを恐れていた可能性は既に指摘したが、それと同様に、あるいはそれ以上に、彼は自分が創造し命を与えた怪物を殺すことを避けようとしたのかもしれない。それは、自分の科学的偉業の成果を破壊したくなかったからかもしれないが、むしろ、彼は自分が完成させ命を与えた存在から、命を奪うことができなかったのだと考えられる。ヴィクターは自分の創造物のおぞましさに耐えられず逃げ出しても、それを破壊し、殺そうという発想はしなかった。彼は怪物に対し「育児放棄」をした点で非常に無責任だが、自分が与えた命を奪わないという点に限っては、身近な最愛の人さえ犠牲にするほど、責任感が強い。彼は命中の可能性が高くない距離になってからピストルを撃つが、怪物を殺さないためにエリザベスを犠牲にしたことを自分の心から覆い隠すように、あるいは、怪物への自分の殺意を自身に証すように、発砲するのである。

これらの三つの無意識の心理のどれか一つによってではなく、三つが混じり合ってヴィクターはエリザベスを犠牲にしてしまったのだと考えられる。その後間もなく父も死んだ後、ヴィクターは財産を処分して、世界中、怪物を追い回す。怪物はヴィクターを恨みながらも、彼だけがこの世で唯一絆のある存在で、彼から逃げながら、追跡が不可能にならないよう、手がかりや食料を残す。しかし、この憎悪と愛の入り混じった感情は、怪物からヴィクターへの一方向のものではない。ヴィクターが殺そうと執念を燃やして追っているのは、彼がエリザベスを死なせても殺すのを避けた「愛」の対象とすら言い得るものである。「お前の結婚の夜、お前の所に現れてやる」と予告されたヴィクターの無意識の心理に注目することで、追跡し逃走するヴィクターと怪物の、創造し創造された者の、憎悪と愛の入り混じった奇妙な双方向の絆で結ばれた姿が浮かび上がる。

『フランケンシュタイン』は一八一八年の出版だが、その約三十年後のエミリー・ブロンテの『嵐が丘』でも、主な語り手ネリー・ディーンの意識と無意識の乖離、とりわけ彼女の無意識の悪意が作品全体を通して大がかりに描かれている。この作品については一九五三年に既に、ドロシー・ヴァン・ゲントが、ヒースクリフの人間離れした野獣性を人間にとっての「他者」、魂の無意識の部分と捉える観点から、ネリーにもヒースクリフ的な魂の無意識の部分がある、と指摘している。ヴァン・ゲントはネリーがそうした闇の力を「彼女の矛盾に満ちた詭弁のような行動」で鎮めていると考えるが(Van Ghent 165)、本書の第一章では、ヴァン・ゲントが「矛盾に満ちた詭弁のような行動」という表現でだけ言及しているネリーの言動の矛盾を分析し、一九五八年にジェイムズ・ハフリーが「『嵐が丘』の悪漢」で提唱したネリー悪漢説に対し、ヴァン・ゲントの洞察をもとに修正案を提出する。

本書の第一部では、こうした無意識の特異な表現の例を他にジェイン・オースティンの『高慢と偏見』、チャールズ・ディケンズの『大いなる遺産』、R・L・スティーヴンスンの『ジキル博士とハイド氏の奇妙な事件』に見ていくが、各章の概要は次のとおりである。

まず、第二章で取り上げる『高慢と偏見』は、誇りや虚栄心について発言したり反省したりする人物がまさにそう発言、反省する瞬間、知らず知らずのうちに誇りと虚栄心の心理作用に陥っている様子を繰り返し描いているのが特徴であるが、この章では、そうした無意識の心理に注目しながら、主人公の成長の転回点とされる重要な瞬間をめぐって、従来とは異なった解釈の提案を試みる。

第三章では『大いなる遺産』を取り上げるが、この章の主眼は、主人公ピップの無意識の恩人殺し、という解釈を提示することにある。ピップが一人称で語りながら強調する「恩人」マグウィッチへの親愛の情と献身にもかかわらず、彼が知らず知らずのうちにマグウィッチに復讐を果たし、厄介払いをすることを、作品の具体的な文言の考察を通して明らかにしていきたい。

第三章の考察では、そこで詳しく紹介するように、先行研究で指摘されているオーリック、ドラムルという人物とピップの間の分身関係が重要な要素になっている。第四章では、そうした分身関係が、『ジキル博士とハイド氏の奇妙な事件』においても、重要な脇役、法律家アタスン(Utterson)が無意識のうちにジキル＝ハイドの「全くの息子(utter son)」とも言うべき分身の性質を帯びるに至っていることに見られることを指摘する。

第一部の四つの章では、これらの四編の作品の考察を通して、無意識の心理をイギリス小説が意外に古くから独特な仕方で表現してきていることを提示することを目指す。しかしまた、そこで考察する「自己の中の外部」には、自己の文字どおりの外部と奇妙な類縁性を有しているものもある。『大いなる遺産』のピップは、オーリック、ドラムルという彼が嫌悪してやまない人物たちと、無意識のうちに、分身関係にあり、『ジキル博士とハイド氏の奇妙な事件』のアタスンも、自らが思い描くハイドの人物像と類似したものを自己の内部に抱えるに至る。

『大いなる遺産』、『ジキル博士とハイド氏の奇妙な事件』が描く無意識の領域は、そのように外部と意外なつながりを帯びていて、自己と外部の特異な関係をも表現しているが、本書の第二部「自己と外部」は、そのような分身関係や類似の他に、真の自己としての外部のものの取り込み、差異の消滅、外部からの自己の解放などの観点から、イギリス小説で描かれる自己と外部のありようを考察する。取り上げる作品は、オスカー・ワイルドの『ドリアン・グレイの肖像』、E・M・フォースターの『インドへの道』、ヴァージニア・ウルフの『ダロウェイ夫人』、および再びブロンテの『嵐が丘』である。

第五章では『ドリアン・グレイの肖像』を考察するが、この章ではドリアンが真の自己として、異質な外部のものを取り入れている点での、自己と外部の関係に注目する。第一部の「自己の中の外部」の問題とも重なるが、自己実現という能動的な行為を自分が行いつつあると思っているドリアンは、知らず知らずのうちに受動的に外部のものを取り入れている。彼のその能動性と受動性の交錯を分析しながら、ドリアンの内部と外部の問題を考える。

第六章では『インドへの道』を取り上げる。自己という「個」が成り立つのは、均質であったり混沌としていたりする世界から一部に秩序だった差異を与え「分節する(articulate)」ことによってだが、『インドへの道』では、全ての音を同じバウムという響きにしてしまうマラバー洞窟のエコーや、人々の差異が消滅するヒンドゥー教の祭りなどに、「分節」という差異化とは反対の「同」への志向が見られる。しかし、この章では、「マラバーの魔物説」と名付ける洞窟の事件の解釈、洞窟のエコーのフラクタルのパターンへの着目などを通して、作品が「異」と「同」の概念自体の差異も消し去って「同」とすることによって、単純な「同」への志向ではなく、「異」と「同」の間の無限に動的な関係を描いているという解釈を提示する。異と同を同とする論理によって、同はまた異になり、異はしかし同であり、というように「異」と「同」の間に無限の堂々巡りが生じるからである。

第六章の議論は、外部との「異」という境界が存在しつつ同時に不在であるような自己と外部の関係の表現を『インドへの道』に見ようとするものだが、第七章では、『ダロウェイ夫人』が外部による浸食や抑圧からの自己の解放を描いていることを、歌う物乞いの女性、セプティマスの理解者としてのレッツィアなど新たな観点を提示しながら再確認する。

第八章では再び『嵐が丘』を取り上げる。この章では、自己と外部の問題を、「本」の二つの特徴に焦点を当てながら考察する。本のその二つの特徴の一つは、中央で開いた時、それが羽ばたく鳥と似た姿になるということで、その時に鳥の胴に相当する背表紙に一代目キャサリンが重ね合わされているという解釈を提案する。また、本の今一つの特徴は、それが同じものの複製であるということで、本が多数の写しとして世界の中で滅びずに存在し続けるように、キャサリンが自らの写しとしてヒースクリフを死後に残し、第二世代という新たな写しの成熟とともに、彼を死の側へ呼び寄せるという解釈を提案する。前者の解釈ではキャサリンとヒースクリフ、エドガーの関係、後者の解釈ではキャサリンと世界との関係として、自己と外部の関係が本の特徴への着目によって浮かび上がるだろう。

第一章ではネリー・ディーンの無意識の悪意の他に、ヒースクリフのキャサリンへの絶対的な服従という関係も考察する。ヒースクリフのその服従も自己と外部の特異な関係の一例だが、『フランケンシュタイン』のヴィクターと怪物のように、それは自己の外部との非常に強力な結びつきである。外部との関係はそうした強力な結びつきだけでなく、外部の内部への吸収、外部の浸食からの自己の防御などさまざまな形があり、自己の内部の無意識すら、意識的な自己が否応なく結びつけられている外部的な存在とも言える。

第五章と第六章では、自己と外部の境界の消失に近い状態が議論されるが、それらは境界の単純な消失ではない。第七章の主題である自己の独立の保持も境界を越えてくる外部の脅威と表裏一体のものである。第八章で考察する『嵐が丘』でも境界の消失した融合が志向される一方で、境界は強く意識されそれを超えた外部の類似物が保持されようとする。

そうした自己と外部のさまざまな関係を本書では考察していくのだが、序章の締めくくりとして、再び『フランケンシュタイン』に戻り、ウォルトンという人物が姉に書き送った次の手紙を見てみたい。

九月七日
賽《さい》は投げられました。私は帰還することに同意したのです。帰還すると言ってもこのままここで破滅せずにすめばの話ではありますが。こうして私の希望は臆病さと優柔不断さのせいで潰《つい》えます。私は無知なまま失望して戻ります。この不公平(injustice)に辛抱強く耐えるためには、私が持っている以上のあきらめが必要です。(三巻七章、一五五)

この短い手紙で注目されるのは「この不公平」という言葉である。ウォルトンは私財を投げ打って北極探検を行う青年で、彼は氷上で立ち往生していたフランケンシュタインを船に助け上げ、彼の話を聞き、書きとめた人物である。彼は確かに、その北極探検のために多大な努力をしてきたが、探検が失敗に終わる可能性があることは、最初から十分覚悟していなければならず、失敗という結果を「不公平」と呼ぶことはできない。

それを「不公平」と呼ぶウォルトンは、自らの願望に添うものだけを「公平」と捉える身勝手さに無意識のうちに陥っているのだが、そうした身勝手さはヴィクターと怪物の双方が知らず知らずのうちに深く陥っていたものでもある。ヴィクターは怪物に対する自分の「育児放棄」を棚に上げて怪物への怒りの正当さを熱く語り、怪物は自分が受けた仕打ちのひどさを訴えて自分の殺人を雄弁に正当化する。しかし、ウォルトンはヴィクターの語りから過剰な探究心の危険さを悟ることができないのと同様に、ヴィクターと怪物の雄弁さが覆い隠す自己正当化の身勝手さを悟ることができず、ヴィクターの語りから何も学ばないまま、自らも身勝手に自分の運命を「不公平」と捉えてしまう。

ウォルトンは聞き手として明敏さに欠け、粗忽《そこつ》なところがある。しかし、その粗忽さこそは、ヴィクターが自身の身勝手さを読者の前に露呈することを妨げられないために、是非必要とされる聞き手の性質なのでもある。ウォルトンが鋭く疑念を差しはさんでいたら、ヴィクターはその語りを中断したことだろう。

同じことは『嵐が丘』の聞き手ロックウッドにも当てはまる。彼が聞き手として明敏さに欠け、粗忽であることで、ネリー・ディーンは無意識の悪意をその語りの中に露呈させる。そのことをこれから第一章で見ていくことにしたい。

第一部　自己の中の外部

第一章　ネリー・ディーン、『嵐が丘』の無意識の悪意

エミリー・ブロンテの『嵐が丘』（一八四七年）では、全知の語り手は不在で、出来事は全て作中の人物の言葉を通じて示される。世捨て人を自称し、ヨークシャーの田舎のスラッシュクロス屋敷の賃借人となったロックウッドという青年が一人称の語り手を務め、彼が嵐が丘を二度訪問してかき立てられた好奇心を満たすために、家政婦ネリー・ディーンにヒースクリフ伝を語らせそれを記録する形で、この作品の語りの主要な構造は作られている（注にあらすじを付した）[1]。

作品のこうした語りの形式のための便法として、作中人物は過去に言われた言葉を誤りなく再現する能力を与えられている。しかし、そうした中で唯一、一代目キャサリンが、夫エドガーの妹イザベラの言葉を間違って再現する場面がある。イザベラは、出奔後三年して立派になって帰ったヒースクリフに恋するようになるのだが、その恋をキャサリンに白状させられた時、彼女は「私はあなたが今までにエドガーを愛したことがある以上に彼を愛しています」（十章、八〇）[2]と言う。翌日、ヒースクリフの面前でキャサリンはイザベラの恋を話題にし、彼女のその言葉を伝えようとするが、キャサリンの記憶は混濁を示す。

イザベラはエドガーの私への愛は、彼女があんたに抱く愛に比べたら無に等しいと誓うのよ。確かに彼女はそんなようなことを言っていたわ。そうじゃなかった、エレン？（十章、八二）

イザベラが「キャサリンがエドガーを愛したことがある以上に」と言っていたのを、キャサリンは「エドガーの私への愛」に置き換えている。この言い間違いには、キャサリンにとって、愛はエドガーから彼女に向かって存在するもの、という無意識の認識が表れていると考えられる。キャサリンのこの言い間違いがそうであるように、ブロンテは作中人物の発した言葉だけを伝えながら、無意識の心理を表現することがある。そして、その言葉が最も多く伝えられる登場人物はネリー・ディーンであるのだが、本章では、『嵐が丘』がネリーの意識と無意識が対立する特異な精神を、彼女の言葉を通して描いているという解釈を提起したい。

ネリー・ディーンの人物像については、これまで議論が分かれてきている。一八五〇年版の序文で姉のシャーロット・ブロンテは「真の善意と素朴な忠実さの適例として、ネリー・ディーンを見よ」と述べて、世評の芳《かんば》しくなかったこの作品の穏当さを強調した（Charlotte Brontë 315）。一方、一九五八年には、ジェイムズ・ハフリーによる、ネリー・ディーンこそヒースクリフをしのぐ作中最大の狡猾な悪漢であるとする論考「『嵐が丘』の悪漢」が現れた。しかしながら、シャーロットの意見も支持を失っておらず、ネリーの悪行は実のところ彼女のいくらか愚かな不注意さを示すだけの取るに足りない過失だという見方もある。(3) ネリーの行動に問題を指摘すること自体はハフリーよりずっと前、一九〇〇年のメアリー・A・ウォードにまでさかのぼり、ウォードは「ネリー・ディーンは最も背信的で、残酷で、弁解不可能なことをいくつも行っている」と述べている。しかし、ウォードはネリーがそれを「物語が進行するようにするためだけに」するのだとし、作品や作者の「ぎこちなさや不注意さ」（Ward xxix）としてそれらの問題行動を捉えるにとどまっている。

本書の序章で触れたように、ハフリーの「『嵐が丘』の悪漢」より五年前の一九五三年に、ドロシー・ヴァン・ゲントが、ヒースクリフの人間離れした野獣性を人間にとっての「他者」、魂の無意識の部分と捉える観点から、ネリーなどにも、ヒースクリフ的な魂の無意識の部分がある、と指摘している。

それぞれの登場人物は、いくらかの程度、暗黒の力を擁している——自己破壊の情熱を伴ったヒンドリー（彼もまた「外へ」出たがる人物だ）にもそれは当てはまり、ネリー・ディーンにも当てはまる。彼女はある意味で、彼女の行動の詭弁（the casuistry of her actions）でそれらの力を「鎮めて」いる。さらには、あれらのサディスティックな夢を見たロックウッドにすらそれは当てはまるのである。（Van Ghent 165）

ヴァン・ゲントがネリーの「行動の詭弁」（「詭弁のように矛盾に満ちた行動」ほどの意味か）として指しているのは、ウォードが指摘しているネリーの問題行動だと考えられる。しかし、ヴァン・ゲントはネリーの問題行動を彼女の無意識の観点から捉える考えをこの短い箇所でしか提示しておらず、その考えの有効性は十分に認知されていないようである。ヴァン・ゲント自身、ネリーの無意識を特に悪意として捉えているか不明であるし、ハフリーのネリー論もヴァン・ゲントのその考えに言及していない。一九七三年にギデオン・シュナミが「『嵐が丘』の信頼できない語り手」でネリーの一部の言動に無意識の心理を読み取る解釈を提起しているが、ネリーの問題行動の十分な解明にはなっていないと思われる。(4) 意識と無意識の乖離《かいり》は、ヒースクリフとイザベラの言行の不一致にも見られるが、ヴァン・ゲントの洞察はその点の考察にも生かされてきていない。(5)

本章の議論での「無意識」はヒースクリフの野獣性のような人間にとっての「他者」というヴァン・ゲントの捉え方とは同じではないが、ここではネリーの問題行動を、そこに無意識の心理の関与を想定するヴァン・ゲントの洞察に添いながら考察し、その洞察の有効性に注意を喚起したい。ネリーは意図的に邪悪な行為を隠れて行おうとする偽善者なのでもなく、愚かさの故に過失を犯すだけの素朴で忠実な召使いなのでもない。ネリーはヒースクリフに劣らぬほどに災厄をもたらしながら、自分自身の悪意を意識の表面では自覚していないのである。

考察の順序としては、ネリーの問題行動に無意識を見る解釈の傍証とするために、章の前半では、ヒースクリフとイザベラの言行の不一致について考える。また、イザベラに対するヒースクリフのサディスティックな態度は、キャサリンへの彼の徹底的な服従と関連しており、そのことから本章の考察を始めることとしたい。ヒースクリフのキャサリンへの徹底した服従は、自己と外部の関係の、興味深い特異な事例の一つでもある。

I

ヒースクリフの長期にわたる復讐を考える際、一代目キャサリンとヒースクリフの暴君と奴隷のような関係は注目されるべきものである。二人の関係には、支配者・服従者の要素が強くあり、ヒースクリフのサディスティックな暴力と復讐の苛烈さも、彼のキャサリンへの徹底した従順さの反転として理解されるからである。

支配者・服従者の間のような二人の関係はキャサリンの方も自覚していて、そのことは少なくとも三つの箇所で描かれている。一つは、彼女がイザベラにヒースクリフの性格の獰猛さを教えてやろうとする時の言葉、「私は彼に『誰か敵を痛めつけるのは、不寛容であるか残酷であるから放っておきなさい』などとは決して言いません。私は『その敵がひどい目に遭わされることが私はいやだから、放っておきなさい』と言うのです」（十章、八二）である。キャサリンはイザベラに、人間性に訴えることが不可能なほどヒースクリフが無慈悲であるということを理解させようとしているのだが、それを言うための例の中で、自分がそれへの嫌悪を知らせさえすれば彼に残酷な行為を止めさせられると言って、彼への暴君的な権力の自覚をのぞかせる。(6)

キャサリンのヒースクリフに対する支配は子供時代にまでさかのぼる。父を立腹させるのを喜ぶ彼女は、父のお気に入りのヒースクリフに自分の方がより強い支配力を持っていることを誇示することで、父を怒らせようとする。ネリーが「その少年は彼女の言いつけは何でもしますのに、旦那様のお言いつけは気の向いた時にしかしないのでした」（五章、三四）と回想するように、幼い頃から、ヒースクリフはキャサリンに対する徹底した服従者だった。また、ヒースクリフの徹底した服従は、後に譫妄《せんもう》状態に陥った時のキャサリンのうわごとでも言われている。彼女は枕から引っ張り出した鳥の羽根を並べながら「私は彼にもうタゲリは決して撃たないよう約束させ、彼は撃たなかったわ」（十二章、九六）とヒースクリフの服従ぶりを回想する。

一方、ヒースクリフの言葉にも、彼のキャサリンへの一方的な譲歩の姿勢が垣間《かいま》見られる。スラッシュクロス屋敷へキャサリンと行って災いが生じたことをネリーに語る時、ヒースクリフは窓からのぞいたリントン家の二人の子供が小さな犬を取り合っていたことを軽蔑して、「その甘やかされた子供らをおれたちは思いきり笑ってやったよ、心から軽蔑してね！　おれがキャサリンの欲しがる物を欲しがるなんてことがあるかい？」（六章、三八）と、彼はキャサリンの欲しい物は何でも一方的に譲り渡すことを誇る。あるいは、ヒースクリフのキャサリンへの徹底した服従はまた、彼が手に入れる物は全て自動的に彼女の物になるという考えとなっても表れる。彼がスラッシュクロス屋敷の相続人になるかもしれないイザベラと欲得ずくで結婚をたくらむのを、キャサリンが「あんたは隣人の財産を欲しがりすぎだわ。この隣人の財産は私のものだってことを忘れないで」とたしなめると、「もしそれがおれの財産になったとしても、それがあんたの財産であることに少しも変わりはないよ」（十章、八四）と、彼は自分の持ち物は全てキャサリンのもの、という考えを示す。

こうしたヒースクリフのキャサリンへの服従は、彼の想像力の中では、自己に対する激しい拷問にまで強められることがある。エドガーが妻の友人を彼女の意志に反して遠ざけたがるのをさげすんで、ヒースクリフは自分ならその服従がどんなに苦痛だろうと、キャサリンが決める交際相手についての選択に服従するつもりであることを、ネリーに対し次のように断言する。

奴とおれとで立場が逆だったとしたら、奴への憎しみでおれの命が胆汁に変わるほど奴が憎くても、おれは奴に決して手を上げたりはしない。信じられんという顔をしたいならするがいい！　彼女が奴と会いたいと望む限り、おれは決して奴を追い払わない。彼女の好意が止んだら即座に、おれは奴の心臓をえぐり取って、奴の血を飲んでやる！　だがそれまでは――もしおれの言うことを信じないのなら、あんたはおれが分かっていないってことだ――それまでは、一インチずつ死んでいく苦しみを味わっても、奴の頭の髪一本にも手を触れないのだ！（十四章、一一六）

この感情の激発に見られるように、ヒースクリフのキャサリンへの服従は、その強さにおいては、エドガーに対する殺したいほどの憎悪をもしのぐ。キャサリンとヒースクリフの愛の背後には、そうした彼の全的な服従と、彼女のそれの自覚がある。(7)

キャサリンとヒースクリフのこうした支配・服従の関係には、エーリッヒ・フロムが『自由からの逃走』の中で注目する、広義のサディズムとマゾヒズムとのいくらかの類似がある。フロムはそれらの二つの性的倒錯を、孤独と無力さの耐えがたい感覚にさいなまれて、個人が他者との融合を求める衝動として、より広く定義することを提案している(Fromm 142)。ある人物を服従させ、その人物の自我を自分自身の自我へ吸収することで、サディストは無力さと孤独を解消し、マゾヒストは同じことを、強そうに見える人物にひれ伏し自分自身の卑小な自我をその人物の巨大で、たくましい自我に溶け込ませることで実現する。サディズムとマゾヒズムは、無価値さと孤独さの感情を共有する同じ衝動の二つの側面であり、そして、この故にこそ、それらは一人の人物の中で共存し得るものである。

孤独と無力さの感覚をキャサリンとヒースクリフのサド・マゾヒズム的な関係の源と見なすのはあまりに単純

であるだろうけれども、キャサリンへの次の言葉に見られるような、ヒースクリフの中のサディズムとマゾヒズムの共存は、この作品において大きな重要性を持つ。

「おれはあんたに復讐しようとはせんよ」とヒースクリフは前より穏やかに答えました。「それは計画にはない。暴君は奴隷をすりつぶしても、奴隷は暴君にはむかったりせず、その下にいる連中をおしつぶすのさ。どうぞ、あんたはおれを拷問して殺すのを楽しんでくれ。ただ、おれが同じ仕方で少し楽しむのだけは許してくれ。そして、できるだけ侮辱は控えてくれ。（十一章、八八）

エドガーと結婚したキャサリンからひどい仕打ちを受けたという被害者意識にもかかわらず、ヒースクリフは彼の圧制者にマゾヒスティックに従順であり続ける。しかし、マゾヒストからサディストに転じた彼は、敵意と侮蔑から自分より低いと考える周囲の者たちを責めさいなむ。『嵐が丘』の全編で荒れ狂う彼の怨恨と復讐心は、キャサリンに対するマゾヒスティックな隷属のサディスティックな相関物である。彼のキャサリンへの愛と、他の者たちへの彼の復讐は、彼の中の相互に反転し得るサディズムとマゾヒズムのそうした共存によって結びつけられているのである。

Ⅱ

『自由からの逃走』の中でフロムは、サディスト、マゾヒストの間の相互依存を、暴力的な夫と、それに虐げられる妻を例に挙げながら、次の一節のように説明している。表面で意識される憎悪と矛盾する相手へのその依存は、ヒースクリフとイザベラの関係にも当てはまる。

サディストは自分が支配する人物を必要とする。その人物なしにはやっていけないほどである。なぜなら、自分には力があるという彼の感情は誰かの支配者であるという事実に根ざしているからである。この依存は全く無意識的でもあり得る。それ故に、たとえば次のようなことが起きる。ある男が妻を非常にサディスティックに虐待し、いつ出て行ってもいいし、出て行ってくれれば本当にうれしい、と何度も彼女に言う。（中略）しかし、もし彼女が十分な勇気を奮い起こし、出て行くと宣言すると、二人にとって全く思いがけないことが起きるかもしれない。彼は絶望的になって、うちひしがれ、彼女に出て行かないよう乞うのである。（Fromm 145–46）

このような首尾一貫性の欠如と別れがたさは、たとえば、イザベラがヒースクリフをあしざまに言い、手紙でネリーに「ヒースクリフさんは人間なの？　もしそうなら狂っているの？　そうでないなら彼は悪魔なの？」（十三章、一〇六）と書いていながら、嵐が丘から逃げてきた後「彼は私の愛をすっかり消してくれて、私は気が安らかだわ。けれど今でも彼をどんなに愛したかは覚えているし、まだ彼を愛し続けているかもしれないとかすかに想像することもできる」（十七章、一三四）と、彼への未練をのぞかせることに見られる。

イザベラはヒースクリフへの憎悪を言いながらなかなか嵐が丘から離れようとしなかったのだが、彼女が登場する箇所の中で、結婚した彼女とヒースクリフが嵐が丘に到着した翌日の、ネリーの訪問は興味深い。その時、ヒースクリフはネリーに対し、キャサリンへの情熱を語りながら、彼女に会う機会を与えるよう求める。先ほど引用した、キャサリンの会いたがる者はいくら憎くても自分は追い払わないだろうと彼が激しく語るのもこの時だが、これらの言葉は全て、イザベラに聞こえるところで言われる。義姉への夫の愛の言葉を聞かされるイザベラの境遇は悲惨だが、それらの言葉はヒースクリフの心の中でキャサリンの場所を奪うことができた時に得られる喜びを一層鋭く彼女に感じさせ、ヒースクリフへの愛を捨てがたくさせてもいるだろう。(この場面をもし劇や映画で忠実に再現するなら、イザベラ役の女優はこの複雑な心情をどう表現するだろうか?)

その場面の後の部分でヒースクリフは、イザベラの彼への抜きがたい愛着を証言し「おれはどういうひどい目に遭わせてもあいつが耐えて、なおもあさましくへつらって這い戻ってくるかを実験してきたが、何をやっても這い戻ってくるので、次にどうやって苦しめて実験したらよいか全く思いつけず、実験の手を時々ゆるめなければならなかったほどだ!」(十四章、一一八)と言ってあざける。[8] 彼はイザベラが嵐が丘から立ち去っていいとさえ言う。

おれは今まで、あいつに離婚を要求できるほんのわずかな権利を与えることも避けてきている。その上、あいつは誰かがおれたちを別れさせても感謝しないだろうよ。あいつは出て行きたければそうしていいのさ。あいつを責めさいなんで得られる満足より、一緒にいる不愉快さの方が大きいからな!(十四章、一一八)

ヒースクリフのこの許可を聞いて、ネリーはイザベラに出発を促すが、イザベラはそれをかわしてしまう。

彼の言葉など一言も信じないで。彼は嘘つきの悪魔、化け物で、人間じゃないのよ! 前にも私は出て行っていいと言われてそうしようとしたことがあったけれど、それを繰り返す勇気はないわ!(中略)私は彼が悪魔のような慎重さを忘れて私を殺してくれることをただただ願っているの! 私の想像できる唯一の喜びは

自分が死ぬか、彼が死んだのを見ることだけだわ！（十四章、一一九）

ヒースクリフの言葉を激しく否認しながら、イザベラはかつて彼の許可を受け立ち去ろうとしたと言い張る。しかし、その時何が起きたかを述べることなしに、彼女はただその企てを繰り返す勇気のないことだけを言う。他方、ヒースクリフ自身も、イザベラへの愛着を露呈する。イザベラの右の言葉を精神の異常として揶揄しながら、彼は彼女の保護者として彼女を去らせるわけにはいかないとする。

ネリー、もしあんたが法廷に召喚されたら、あいつの言いっぷりを思い出してくれよ！　それにあの顔つきをよく見てくれ――あいつはおれとお似合いなくらいだよ。だめだぞ、イザベラ、お前はまだ自分自身を保護するにはふさわしくない。おれはお前の法律上の保護者だから、お前をおれの保護下に置いておかなければならん。どんなにその義務がわずらわしくてもだ。（十四章、一一九）

そう言ってヒースクリフはイザベラを二階へ追い出した後、「おれは憐れまんぞ！　虫どもがもがけばもがくほど、おれはそのはらわたを潰《つぶ》してやりたくなる！」（十四章、一一九）とつぶやく。しかし、このような表面上の反感とは裏腹に、彼は何かと理由をつけてイザベラを手元に置いておこうとする。

先に引用したように、イザベラはヒースクリフが死ぬのを見たいとネリーに言っているが、後にヒンドリーがヒースクリフを殺そうとする時、彼女はその邪魔をする。イザベラはヒースクリフが殺されるという望みが実現しようという重要な瞬間に、公言する感情とは矛盾する行動をとる。暴行されたヒンドリーの介抱のために呼ばれたジョウゼフが、ヒンドリーが死んだものと思い、判事を呼んでその殺人が調査されるように主張した時も、イザベラはヒースクリフが先に攻撃したのではないことをジョウゼフに納得させる。彼女は普段の言葉とは裏腹に、ヒースクリフをいざという時には助けるのである。

こうしたヒースクリフとイザベラの関係は、ヒンドリーへの暴行の次の日に終わりを迎える。イザベラはその朝、ついにヒースクリフの挑発に成功し、彼は怒りの発作のうちに、食事用のナイフを彼女の頭めがけて投げつけ、彼女の耳を傷つける。ヒースクリフの「悪魔のような慎重さ」をかなぐり捨てさせ、彼に復讐するという彼女の長く待ち望んだ復讐はついに成就し、彼女は嵐が丘から脱出する。イザベラが嵐が丘からなかなか去らなかったことには、ヒースクリフへの無意識の未練とともに、彼への復讐心があったことがうかがわれる。望める範囲では最大の復讐を果たしたイザベラはヒースクリフの元を離れ、ヒースクリフもイザベラを引き戻すことはないが、それに至るまで二人は、互いを憎悪しながら別れを避けようとする矛盾を示し続ける。

ヒースクリフとイザベラのこうした言葉と行動の矛盾は意識と無意識の乖離に対する作品の関心の強さをうかがわせ、ネリーの言動に無意識の心理を見ようとする解釈の傍証になるだろう。次節に入る前に、それとは異なる点だが、さらに次のことを見ておきたい。

イサベラは最後には嵐が丘から去ったが、「前にも私は出て行っていいと言われてそうしようとしたことがあったけれど、それを繰り返す勇気はないわ！」とイザベラが言う、最初の脱出の試みの時に、ヒースクリフがいったい何を彼女にしたのかは謎めいている。ヒースクリフは「おれは今まで、あいつに離婚を要求できるほんのわずかな権利を与えることも避けてきている」と言っているので、イザベラは暴力を振るわれたわけではない。何をされたのかをイザベラが全く言わないのは、それが性に関わる何かの事態であったことを思わせる。イザベラはまた、ヒースクリフの元から去る時、最後に彼に何か言うのだが、その言葉についてもそれが「彼の投げたナイフよりももう少し深く」（十七章、一四一）刺さることを望むと言うだけで、それが何であったか明らかにしない。ヒースクリフをさらに怒らせた自分の鋭いあざけりを、彼女はネリーに勝ち誇って再現してもよさそうである。それを彼女が言わないのは、その捨て台詞が、ヒースクリフがキャサリンへの愛を熱く語りながら彼女と夫婦として肉体関係を結んでいたことへの皮肉など、性に関わるものだった可能性を想像させる。ヒンドリーが居合わせているので、たとえそうであったとしても、非常に遠回しな表現によってであっただろうけれども。

ヒースクリフはネリーに、自分はイザベラに対し「一かけら」でも「偽りの柔和さ」（十四章、一一八）を見せたことはないと言っているが、ヒースクリフの側からの「一かけらの偽りの柔和さ」もなしになされるというこの夫婦の肉体的結合は異様なものを思わせる。性的な事柄に関して、ブロンテはわずかな描写で想像をかき立てるのに長《た》けていて、そのもう一つの印象的な例は、三年の不在の後にヒースクリフが戻った日の晩のキャサリンの描写にある。その晩、キャサリンはネリーの部屋へ来て、自分の幸福を分かち合ってくれるよう彼女に求め、エドガーが彼女の喜びの共有者になってくれるどころか、彼女がヒースクリフを少しほめただけで、すねて泣き始めたのだとこぼす。ネリーと会話した後、彼女はヒースクリフの不在でこうむっていた彼女の長い苦しみから解放された幸福のおかげで、今やエドガーの不機嫌すらも自分は許すことができると言って寝室へ行く。ネリーはそれに続けて、翌朝エドガーが機嫌を直した様子を語る。

このように自己満足的な確信を抱いて、彼女は出発しました。彼女の決意は現実となって、翌朝その成功ぶりが目に見えて現れていました――リントンさんは（キャサリンの生き生きとした様子の満ちあふれているせいで、生気がまだ抑えられてはいましたが）つむじ曲がりをお止めになっただけでなく、彼女が午後にイザベラを連れて嵐が丘へ行くことにも反対されませんでした。（十章、七八―七九）

めそめそと泣く弱虫から、彼の妻と妹がヒースクリフを訪ねるのを許しさえする度量の大きな夫へというエドガーの一夜のうちの変化は、かなり大きい。想像力の働かせすぎに警戒するべきではあるが、ブロンテはここで、キャサリンの和解がエドガーとの肉体的結合を含んでいたことを示唆しているように思われる。エドガーが見せる男性としての自信は、キャサリンがその際に初めて熱烈であったことすら想像させる。

深く愛する男性が戻った場合に平凡な女性がするだろうのとは違って、キャサリンはヒースクリフが戻ってきたからといってエドガーによそよそしくなったり、肉体的結合を避けたりはしない。それどころか、ヒースクリフが戻ったことの満足感から、エドガーとの結合にむしろより深く没入する。キャサリンは、もしヒンドリーがヒースクリフの身分をそんなにも低くまで「落としていなかったら」（九章、六三）彼女が彼と結婚するのを当然と述べているので、彼女のヒースクリフへの愛は、結婚という絆と相容れないものではない。また、キャサリンとヒースクリフは、十二歳頃まで樫《かし》の箱のベッドで一緒に寝ていて、彼女のヒースクリフへの愛は肉体性を拒むものでも、肉体性を伴わないものでもない。しかし、ヒースクリフが戻った際のキャサリンのエドガーに対する態度からは、彼女のヒースクリフへの愛がどれほど肉体性を超越しているか、その片鱗がうかがわれる。

ヒースクリフは九月に戻り、およそ七ヶ月後、三月二十日に、二代目キャサリンが「ちっぽけな、七ヶ月の未熟児」（十六章、一二八）として生まれる。二代目キャサリンがヒースクリフの帰還の夜に懐妊されたとは限らないが、少なくともその可能性は示唆されている。[9] その夜キャサリンは寝室へ戻る時「生きている者のうちで最も卑小な者が私の頬を打っても、私はもう一方の頬を差し出すだけでなく、平手打ちを引き起こしたことに許しを乞うでしょう」（十章、七八）と言う。これは『マタイ伝』五章三十九節の、山上の垂訓でのキリストの復讐への諫《いさ》めが、作品中で言及される唯一の箇所である。ヒースクリフが戻った時のキャサリンの幸福感は、キリストの許しの教えを彼女に受け入れさせる。そして、二代目キャサリンは、彼女の母の幸福と許しの結実であるかもしれないのである。

Ⅲ

意識と無意識の間の矛盾は、ヒースクリフとイザベラの関係を通しても描かれているが、ネリー・ディーンの意識と無意識の乖離はさらに興味深い描かれ方をしている。ネリーの問題のある性格に最初に焦点を当てた批評は、ジェイムズ・ハフリーの「『嵐が丘』の悪漢」であり、この章での議論は彼の批評へのつつましい修正の試みである。ハフリーの論考は、ネリーの悪意が無意識である可能性の考慮を欠いているのだが、それ以外にも、ネリーの悪行の決定的ではない証拠をあまりに多く数え上げていてかえって説得力を弱めているという問題がある。そこでここでの議論では、ネリーの問題行動が影響を与える出来事を、次の四つの事例に限定したい。すなわち、ヒースクリフの出奔、イザベラの結婚、キャサリンの回復不能な衰弱、二代目キャサリンの結婚である。これら四つの出来事は、ネリーの無意識の悪意について十分に決定的な証拠を提供してくれるだろう。

エドガーが求婚した日の夕方、キャサリンは自分がそれを受け入れたのは間違っていたのではという心のわだかまりをネリーに告白する。この場面で、ネリーは問題のある行動を初めて示す。彼女はヒースクリフが立ち去るのに気づきながら、彼を追うのが間に合わなくなるまでそれを隠すのである。

この打ち明け話が終わる前に、私はヒースクリフがいるのに気づきました。かすかな動きに気づいて、私は顔を向け、彼が長椅子から立ち上がり、音を立てずにこっそり出て行くのを見たのです。彼はキャサリンが彼と結婚するのは身分を下げることになると言うところまで聞いて、それ以上とどまって聞くことはしませんでした。

私の相手は、床に座っていて、長椅子の背もたれのせいで彼がいることも立ち去ったことも目に入りませんでした。けれども私ははっとし、彼女に黙って！　と言いました。

「どうして？」と彼女は神経質そうにあたりを見つめて尋ねました。

「ジョウゼフが来たのです」と私は答えました。ちょうど折よく、道路で彼が荷車をごろごろ牽《ひ》く音が聞こえたからです。「そして彼と一緒にヒースクリフが来るでしょう。今既に彼が戸口にいないとも限りません。」

（九章、六三）


「ヒースクリフと結婚することは私の身分を下げることになる」という言葉のところでヒースクリフが聞くのを止めた直後、キャサリンは話の流れを転じて、「彼は私よりも私自身なの」と彼女が言うヒースクリフへの彼女の愛について語り始める。しかし、ネリーはヒースクリフにいくらか希望を与えたかもしれないこれらの言葉を聞きながら、彼がキャサリンのその前の言葉に絶望して立ち去るにまかせる。

キャサリンを黙らせた瞬間のネリーの心理は次のようなものだと考えられる。ヒースクリフが話を聞いていて立ち去ったことを、ネリーはキャサリンに告げようと考えたのかもしれないが、彼女はそれが、キャサリンの感情についての誤解を解かないままヒースクリフを立ち去らせることによって、彼とキャサリンを傷つける絶好の機会であることを無意識のうちに悟る。あるいはネリーはその瞬間、ヒースクリフが立ち去った後に起きるかもしれない出来事の成り行きを見ようとする好奇心をかき立てられたのかもしれない。そして、その同じ瞬間に、ジョウゼフの荷車の音を聞き、ネリーはその音をキャサリンを黙らせた口実に用いる。ネリーはこの口実をキャサリンに対して用いるだけでなく、彼女自身に対しても用い、ヒースクリフが苦悩のうちに出て行ったことについて黙っていたことの奇妙さを認識する必要から、彼女自身の意識をうまくさえぎってしまうのである。

ヒースクリフに告白を聞かれたことをすぐに知らされていたら、キャサリンは弁明して彼を引きとどめ、二人のその後の関係は全く違ったものになっていただろう。その点で、ここでのネリーの罪は重いが、この箇所だけではネリーの無意識の悪意の十分な証拠とは言えないかもしれない。しかし、ネリーがイザベラの駆け落ちに最初に気づきながらエドガーに報告を怠る場面は、彼女が無意識のうちに悪事を働く様子を一層明瞭に浮かび上がらせる。

エドガーがキャサリンが重病であるのを発見した時、ネリーは彼に叱責されたことに憤慨し彼に断らずに、ケネス医師を彼女の責任で呼びに行く。道路への途中の庭で、彼女はイザベラのスパニエル犬がハンカチで鉤《かぎ》から吊り下げられているのを見つけ、犬を放しながら、彼女は馬の足音がするのに気づく。


鉤のまわりの結び目をほどいている時、少し遠くで馬が走り去る音が繰り返し聞こえるように思いました。けれども、あまりに多くのことが私の物思いを占めてしまっていましたので、午前二時に、あの場所でそんな音のするのは変でしたが、その状況に私はほとんど考えを向けませんでした。（十二章、一〇二）

窒息しかかったイザベラのスパニエル犬と、一頭ではなく複数の馬の足音とは、イザベラとヒースクリフの駆け落ちをネリーに疑わせるのに十分なほど奇妙な状況を形作っているが、この時にネリーがイザベラの駆け落ちに思い至らなかったのには、無理もない面はある。しかし、イザベラの駆け落ちを助けようとするネリーの無意識の衝動は、彼女が医師を連れて帰った場面で否定しがたいほど明瞭に描かれる。ネリーは道々ケネス医師からイザベラが前夜ヒースクリフと駆け落ちを相談していたらしいことを聞き、「新たな恐れ」とともにイザベラの部屋へ急行する。しかしこの時、彼女はいくつもの理由をこしらえて、エドガーに彼女の確認したイザベラの駆け落ちを報告するのを控えるのである。

イザベラの部屋へ上がって行って、私の疑念は確かめられました。そこは空っぽだったからです。もう数時間早くそこへ私が行っていたら、リントン夫人の病気が彼女の早まった一歩を止めたことでしょう。しかし、今となってはどうすることができたでしょう？　すぐに追いかければ二人に追いつく可能性はわずかにありました。けれども私は追《い》うことはできませんでした。それに家の者を起こしてそこらじゅうを混乱させる勇気が私にはありませんでした。ましてや、私のご主人にそのことを伝える勇気はさらにありませんでした。ご主人は現在の災いに心を奪われていて、もう一つの悲しみに心をさく余裕はお持ちでなかったのですから！

（十二章、一〇二―〇三）

このように駆け落ちしつつある二人を追わなかったり、エドガーにその駆け落ちを知らせなかったりする理由を列挙しながら、ネリーは「二人に追いつくわずかな可能性」を全くの不可能性へと転化させようとする。以前、ヒースクリフがイザベラを抱擁しようとしているのを見つけた時、彼女はすぐさま大声で騒ぎ立て、それ以来、彼のたくらみを繰り返し非難してきている。しかし、決定的な瞬間に彼女はヒースクリフに重要な援助を提供し、自身の矛盾した悪行も、薄弱な口実をもっともな理由であるかのように並べ立て、無意識へと封じ込めてしまう(10)。

翌朝、ギマトンへ用事で行った女中が、イザベラとヒースクリフの駆け落ちの情報を耳にして興奮して帰り、事態はやっとエドガーの知るところとなるのだが、女中が伝える鍛冶屋の娘の行動にはネリーとの興味深い共通性が見られる。ヒースクリフとイザベラは駆け落ちの途中、ギマトンから二マイル離れた鍛冶屋に寄って蹄鉄を打ってもらう。鍛冶屋の娘は深夜に立ち寄った二人がヒースクリフとイザベラであることを見てとり、二人が村とは反対の方角へ大急ぎで去るのも見届ける。そして、女中が説明するところでは「その娘は父親に何も言わなかったのですが、今朝になってそれをギマトンじゅうでしゃべり回ったのです」(十二章、一〇四)。鍛冶屋の娘は、ヒースクリフとイザベラが駆け落ちに出発した直後であることをその状況から当然見抜いたはずだが、すぐに自分が父親にそれを告げ、父親がスラッシュクロス屋敷へそれを知らせに急行しては、その興味深い駆け落ちが阻止されてしまうことを恐れたのだと考えられる。彼女は朝になるまで自分が知った情報を父に告げずにいて、その後それをしゃべり回ったのだが、それは、嘆くであろうリントン家の人々を犠牲にしてでも、わくわくする出来事の発生を楽しもうとする心情を示している。あるいは、彼女は下層階級にある者の怨嗟《えんさ》から、上層階級を不幸に陥れているとも考えられるだろう。

ネリーはまた、一代目キャサリンの衰弱にも関わっている。エドガーがヒースクリフの訪問を差し止め、キャサリンに自分かヒースクリフかの二者択一を迫った晩、キャサリンは激しい癇癪を起こし、その後三日三晩自室に閉じこもって絶食するのだが、ネリーはキャサリンの病状を過小評価し、彼女が回復不可能なほど衰弱するにまかせるのである。ネリーは、キャサリンが癇癪の発作を起こす場面の前に「もし、もうヒースクリフと友達でいられず、エドガーが意地悪く嫉妬し続けるなら、私は自分の心を張り裂けさせて、二人の心を張り裂けさせてやるわ」(十一章、九二)と言っていたのを根拠に、「私は前もって激情の発作を何かの目的に使おうと計画できる人物は、その発作の影響下にある間も、意志の力によって自分自身を十分に制御できると信じていました。それに私は彼女が言うように彼女の夫を『おびえさせ』たり、彼女の我が儘に役立つ目的のために彼の悩みを何倍にもしたりすることはしたくありませんでした」(十一章、九二)と理由づけをして、エドガーに警告を与えるのを控え、そのためエドガーはキャサリンに頑固に二者択一を迫って危険な激情の発作に陥らせる。

キャサリンが部屋に閉じこもっている間も、ネリーはキャサリンが錯乱を演技しているのだという理由を以て、彼女の絶食をエドガーに知らせるのを避け、彼女の世話を怠る。後にエドガーから糾弾されるように、この間のネリーによるキャサリンの放置は許されがたい失策であるのだが、彼女はあくまでもキャサリンの狂気の偽装でエドガーが悩まされるのを防ごうとしただけであるという理由で罪の意識を持たない。薄弱な口実を正当な理由としてごまかし自身の良心を騙しつつ、ネリーの無意識の悪意は状況が許す限界までキャサリンを傷つける。ネリーの意識と無意識のそのような乖離は、キャサリンを絶食により衰弱させながら、「私はお屋敷の壁の中に良識のある魂はただ一つしかなく、それは私の肉体に宿っていると確信しながらせっせと家の中の仕事をしておりました」（十二章、九四）と、自分がスラッシュクロス屋敷の中で唯一の良識の持ち主であると自己満足的に考えることに最も皮肉に示されている。

ネリーがキャサリンを重病に陥らせたことに罪の意識がないとしても、彼女の処置は単なる不手際であり、無意識の悪意から来ていると断定はできない、という見方はあり得るだろう。しかし、イザベラとの駆け落ちでヒースクリフのたくらみをネリーが明らかに助けていることを考えると、キャサリンの衰弱にも、彼女の無意識の悪意を想定するのが妥当に思われる。さらに、次節に見るように、ネリーは二代目キャサリンとヒースクリフの息子であるリントンを結婚させるというヒースクリフのたくらみを明らかに助けてもいるのである。

Ⅳ

二代目キャサリンはヒースクリフによって嵐が丘に監禁され、リントンと結婚させられるが、そこへ至る一連の長い出来事の中でネリーが疑わしい行動をする最初の例は、彼女がキャサリンをリントンに会わせに嵐が丘を訪問した翌日から、三週間病気で寝込むことである。「次の朝、私は寝込んでしまいました。そして三週間、私は務めを果たすことができないでいました。――そんな災いはそれ以前には決してなかったことですし、ありがたいことにその後も一度もありません」（二十三章、一八七）と彼女は述べるが、ネリーが生まれて初めてかかるこの病には、予見されるキャサリンの嵐が丘訪問をより容易に黙認できるよう、無意識のうちに装われたのだという疑念を招くような怪しさがある。もちろん、前日の小糠《こぬか》雨の寒い天気が病気の原因として述べられているし、彼女はキャサリンが繰り返し嵐が丘へ行っていたことを見つけるとすぐそれをエドガーに報告し、キャサリンはリントンとの交際を禁じられる。しかし、禁じられてもやがて交際が復活するのに十分なほど二人の愛着が強くなる頃合いを見計らって、彼女はキャサリンがリントンと密かに会っていたことを見つけ報告する。

　ネリーはキャサリンの嵐が丘通いを見つけた経緯を「キャサリンは二階でも下でも見つかりませんでした。召使いたちも確かに彼女を見ていないと言いました。エドガーさんの部屋の音も聞いてみましたが――全く静かでした。私は彼女の部屋へ戻り、私の蠟燭を消し、窓辺に座りました」（二十四章、一八八、傍点は筆者による）と述べている。ネリーは「月が明るく輝いていて、地面には雪がうっすら積もっていました。そして私は彼女がひょっとすると庭を散歩してすがすがしさを味わおうと思ったのかもしれないと考えました」と続けているが、キャサリンの部屋でネリーが蠟燭を消すことは、蠟燭の節約という面はあるにしても、彼女がキャサリンの居場所を確信していて、蠟燭を消して部屋で待ち伏せをしてキャサリンが嵐が丘から帰ってくるところを取り押さえようという決意を密かに固めている可能性を示唆してもいる。

　このことがあった数日後、エドガーはネリーに、気むずかしく病弱な子供だったリントンがよくなったかどうかを尋ねる。それに対しネリーは、「彼はとても繊細でございます。そして成人するまで生きられそうにもありません。けれども、彼が父親に似ていないとだけは言えます。もしキャサリン様が不運にも彼と結婚することになっても、彼女が愚かなほど極端に彼を甘やかさなければ、彼女は彼を制御できるでしょう。けれどもご主人様は彼と知り合いになられ、彼が彼女にふさわしいかどうか、時間をかけて見ることがおできになります。彼が成人するまでには四年以上ございますから」（二十五章、一九六）と答え、リントンの性格の醜さをぼやかして述べ、エドガーにリントンへの関心を持ち続けることを促す。ネリーはキャサリンのリントンとの結婚を「不運」と言う一方で、その結婚についてエドガーに期待を植え付けようとする。エドガーは、女子の相続を禁じる「限嗣《げんし》相続」のせいでスラッシュクロス屋敷を相続できないキャサリンが、その相続者であるリントンとの結婚によってそこに住み続けられる希望を抱くようになっているが、リントンがキャサリンにふさわしくないことを恐れてもいる。ネリーはそうしたエドガーの希望をかげらせることを避け、ヒースクリフのたくらみを阻むのとは反対の発言をする。

リントンの健康状態について、先の引用でネリーは「成人するまで生きられそうにもありません」と述べているが、後に彼女は「私の方も、彼が乗馬や荒れ地の散歩のことを言い、［キャサリンと荒れ地で会うという］彼の目的をとても熱心に実現しようとしているようでしたから、自分の予感が間違っていて、彼が本当に回復しつつあるに違いないと想像するようになりました」（二十五章、一九八）と、リントンが健康になってきたのだと自分自身を説得する。ネリーはこのようにリントンの状態について自分自身も楽観するようにして、エドガーに彼の甥の病弱さについて黙り続ける。後に、手紙での取り決めに従って、キャサリンとともに荒れ地でリントンに会い、彼の深刻な衰弱を目撃した時ですら、彼女はリントンの弱り果てた様子を父にあまり言わないようキャサリンに勧め、彼女自身も、ほとんど理不尽な理由をこしらえて、エドガーにそれを知らせない。

私たちが家に着く前に、キャサリンの怒った気持ちは和らいで、彼女は哀れみと残念さを当惑しながら感じていました。彼女はまた、リントンの身体の具合や、家族の中で彼が置かれている状況について、漠然とした疑念を強く感じてもいました。私も同じように感じましたが、彼女にはそれをあまり口にしないよう勧めました。もう一度会いに行った時にもっとよく判断ができるだろうからです。

　ご主人は、私たちの外出がどんな様子だったかお尋ねになりました。甥御さんの感謝の申し出がそれにふさわしく伝えられ、キャシー嬢が他の点にそっと触れました。私もご主人の質問にはほとんどはっきり答えませんでした。何を隠し、何を明らかにするべきかほとんど分からなかったからです。（二十六章、二〇二）

リントンの欠点のある性格に関しても、ネリーは理由をつけてエドガーの無知を取り除かない。エドガーはリントンの性格が悪ければキャサリンとの結婚を許さないつもりだと言っているので、ネリーは自分が熟知しているリントンの性格の悪さをエドガーに報告しさえすれば、ヒースクリフのたくらみは容易に阻止することができたはずである。しかし、「リントンの手紙は彼の欠点のある性格をほとんど、あるいは全く示していませんでした。そして私は、許され得る弱さから、その誤りを正すことを控えました。利用する力も機会もない知らせで私のご主人の最後の時期を乱して何の役に立つのかと心の中で問うたのです」（二十七章、二〇二、傍点は筆者による）などと言って報告を控え続ける。ネリーはリントンの欠点のある性格をエドガーに知らせないことを「弱さ」と感じる時ですら、自分の「弱さ」を「許され得る」ものと考え、自分に罪はないとする。

　一週間後、キャサリンとネリーはヒースクリフによって嵐が丘に閉じ込められる。荒れ地で二人がリントンと会っている時にヒースクリフが現れ、彼が招くまま二人が嵐が丘について行ってそうなるのだが、その監禁に至る外出の許可も、キャサリンは父の病床を離れたくないのに、ネリーがキャサリンには屋外の空気が必要であるという理由で、エドガーから得てやる。荒れ地でヒースクリフがキャサリンとネリーにリントンと嵐が丘に来るように説き、リントンも取り乱しながらそう嘆願する重要な危機においても、「どんなに私がお止め下さいと申しましても、彼女を止めることはできませんでした。本当に、彼女自身、どうして彼を拒むことができたでしょう?」(二十七章、二〇六)と、ネリーはキャサリンを引きとめる努力を、その努力が無駄だと最初から決めていたかのように放棄してしまう。

そうしてキャサリンとネリーは嵐が丘に監禁されてしまうのだが、この日ネリーは、スラッシュクロス屋敷からの捜索隊が嵐が丘の庭の門へ来た時、窓から助けを求めて叫ぶのを怠る、という失策もしている。

暗くなりつつありました。――私たちは庭の門で何人かの人の声がするのを耳にしました。私たちの招き主はすぐさま急いで出て行きました。彼は機転を持ち合わせていましたが私たちにはありませんでした。話は二、三分続き、彼が一人で戻ってきました。

「私はそれがあなたの従弟のヘアトンだと思いました」と私はキャサリンに言いました。「彼が着いたらいいのに!　彼が私たちの味方をしてくれないなどと誰に分かるでしょう?」(二十七章、二一一)

キャサリンも叫び損ねているので、ここで失策を犯すのは確かにネリーだけではない。しかし、何も話題になっていないのに「それが」と指示代名詞を使いながら、「私はそれがあなたの従弟のヘアトンだと思いました」と言うネリーの発言はぎこちなく聞こえる。一人ではなく複数の人間の声を、二、三分もの長い間にわたって聞いた後に、しかも、ヒースクリフがそれがスラッシュクロス屋敷からの捜索隊だったと言う前に彼女はそう言うのである。捜索隊の到着に密かに気づきながらそれを去らせてしまったことの彼女自身への言い訳のように彼女の言葉は聞こえる。

リントンとの結婚という二代目キャサリンにとっての災厄は、ヒースクリフのたくらみとネリーの悪意が二つの車輪のように助け合って生じたものである。嵐が丘に監禁された最初の夜、そうした災いが自らの義務不履行によって生じた可能性を思ったことについて、ネリーは次のように語る。

　椅子に掛け前後に揺らしながら、私は自分のたくさんの義務不履行について厳しい判断を下していました。それらの義務不履行から、私の全ての雇い主たちの不運の全部が起きたように、その時私には思われたのです。それが実際には真実ではないことに私は気づいています。けれども、あの陰鬱な夜の私の想像の中ではそうなのでした。そして、私はヒースクリフは私よりも罪が軽いと考えました。（二十七章、二一二）

自分自身の問題行動に対するネリーの深い反省を示しているように見えるこの一節で最も重要なのは、自分自身の罪を認めそうになる瞬間においても、彼女が執拗にそれを認めることを拒むことである。彼女のたくさんの義務不履行から彼女の雇い主たちの不運が起きてきたことは、確かに彼女の頭に思い浮かぶ。しかし、「それが実際には真実ではない」ことに彼女は「気づいている」と、彼女は自分の無実が客観的な真実であるかのように言う。他方、彼女は自分の義務不履行が雇い主たちの不運を招いたと想像し、また、ヒースクリフは自分より罪が軽いと考える。そのようにして、彼女自身の罪は「想像」と「考え」という安全圏へ、巧妙に遠ざけられてしまうのである。

　この作品での語りを考える際、ネリーが自らの罪を認めそうになる瞬間にすら、自らの無実を固く信じている点は非常に重要である。ネリーは自らの問題のある行動も包み隠さずロックウッドに語っているが、それは正直だからというより、彼女の意識では自分の問題行動の全てが正当化されてしまっていて、それらの行動が隠さなければならない問題のあるものだという自覚が彼女には欠如しているからなのである。ネリーの言動の問題を指摘したジェイムズ・ハフリーの論考には、ネリーの悪意がこのように無自覚的なものである、という観点が欠けていて、フィリップ・ドゥルーの次のような反論を招くことになる。

> 第一に、彼女〔ネリー・ディーン〕は自分の失敗について正直で、自分の判断の誤りや、自己満足に陥っていたことを認めている。実のところ、彼女は非常にしばしば自分の不適切さについてつくづく考えるので、ジェイムズ・ハフリーが、ある楽しい（entertaining）論説の中で、彼女こそがその書物の中の悪漢なのだと提案できるほどである。第二に、彼女の愚行の多くはプロットの必然性から必要とされるもので、彼女の信用を傷つけるための意図的な工夫としてより、プロットのための辻褄《つじつま》合わせが不器用で見え透いてしまったものとして見る方が正確なものである。（Drew 367）

ネリーは確かに、私たちが彼女の中にある悪意の存在を十分認識できるほどに、包み隠さず自らの問題行動を物語る。しかし、それらの問題行動が彼女の意識の表面では完全に正当化されているからこそ、ネリーはこだわりなくそれらをロックウッドに物語るのである。ロックウッドの方も、浅薄で二代目キャサリンとのロマンスの可能性を思ったりする滑稽な性格しか与えられていないので、ネリーの言動の問題に気づいて発言しネリーの語りをかき乱すこともない[11]。ネリーの問題行動は、ドゥルーが言うような「プロットのための辻褄合わせが不器用で見え透いてしまったもの」ではない。『嵐が丘』はその中の主な悲劇と災いが、ネリーの無意識の悪意によって招き寄せられ、完成されることを描こうとしているのである。

　このように考えると、三日三晩絶食をしたキャサリンの断食後の幻想が作品中で持つ意味が理解される。

「ネリー、あんたの中には老婆が見えるわ」と彼女は夢を見ているように続けました。「――あんたは白髪になって、背中も曲がっているの。このベッドはペニストン岩の下の妖精の洞窟で、あんたは私たちの牝牛《めうし》を傷つけるために石やじりを集めているのよ。でも、私が近くにいる間は、石やじりがただの羊毛の房だってふりをしている。それがあんたの五十年後の姿よ。」（十二章、九六）

キャサリンは、ネリーがヒースクリフの三年間の出奔や彼女の衰弱の原因であったことを知らないが、うわごとの中でキャサリンは悪意を持つネリーの真の姿を言い当てる。少し後、キャサリンは再びこの幻想へ戻る。

「ああ！　ネリーは裏切ったのよ」と彼女は激しく叫びました。「ネリーは私の隠れた敵なんだわ。この魔女め！　それであんたは私たちを傷つけるための石やじりを探しているのね！　放して、彼女に後悔させてやるわ！　彼女に大声で魔女業は止めますと言わせるのよ！」

狂気のような憤怒が彼女の眉の下で燃え上がりました。（十二章、一〇二）

キャサリンは自分が狂乱しかねないとエドガーに警告するようにネリーに言ったのに、ネリーが警告を伝えなかったことを知ってこう叫んでいる。従ってこのうわごとは、キャサリンを重病に陥らせたネリーの罪を直接には指しているが、ネリーはキャサリンにとってだけではなく、ヒースクリフ、エドガー、イザベラ、そして二代目キャサリンにとっても隠れた大きな敵であった。キャサリンがうわごとの中で口走るように、ネリーはまわりの人々の「牝牛」を傷つけては、それらの人々の幸福を損なう。ネリーはヘアトンと二代目キャサリンについて「私の全ての願いの中の最高のものは、あの二人の結婚となるでしょう。二人が結婚する日には私は誰をもうらやまないでしょう——イングランド中で私よりも幸せな女などいないでしょうから！」（三十二章、二四二）とロックウッドに言うが、彼女のその言葉に嘘はないだろう。意識の表面では、彼女はそのように他者の幸福を願う善意を抱いている。しかし、ネリーは他者の幸福を傷つける機会があると、それを逃さず生かしてしまうような悪意を無意識の中に持っているのである。

＊

『嵐が丘』は、ネリーを主な語り手とする語りの構造の採用によって、彼女の中にある無意識の悪意を描いているが、作品の始め近くから終わり近くにまでわたってなされるその大がかりな表現は非常に特異なものである。しかし、一人称の語り手が垣間見せる無意識の悪意の表現は、同様の例を全く持たないわけではない。レイモンド・カーヴァーの短編小説「馬勒」はそれの小規模なもう一つの例である（Carver 203）。その短編の一人称の語り手は、ある没落しつつある一家に同情し親切にしているのだが、まるでその一家の不運を見ることを密かに望んだかのように、決定的な瞬間に、その一家をさらに没落させる出来事を阻止することを避ける。一家の夫婦の夫がプールサイドの酒盛りで無謀な飛び込みをするのを、語り手は迅速に制止せず、彼が大怪我をするにまかせるのである。

理由のないサディスティックな悪意というものはあり得、ネリーの無意識の悪意にも特別な理由を考える必要はないかもしれないが、鍛冶屋の娘の言動の考察で触れたように、彼女の悪意にも上層階級への怨嗟や、興味深い出来事を生じさせて楽しもうとする下世話な好奇心などが混じっていると考えられるだろう。あるいは、嵐が丘の召使いジョウゼフがネリーの容貌について「彼女は決してあまり器量よしでない」（三十三章、二四三）と証言していきたいので、器量の劣る女性の美しい女性たちへの敵意を悪意の原因として想定することもできるかもしれない。イザベラと駆け落ちしようとするヒースクリフを助けたことについては、ネリーは直前にエドガーに、ヒースクリフの行いを彼に報告してキャサリンの狂乱を招いたと叱責されていて、そのことへの反発が背景として考えられもするだろう。

ネリー・ディーンは『嵐が丘』の無意識の悪意の代表のような存在だが、鍛冶屋の娘がそうであるように、人を不幸にしてでも興味深い出来事の発生を見ようとする悪意や、その他のさまざまな悪意はネリーに限らず多くの人間の中に巣くうものであるだろう。意識の表面では反発し合いながら無意識のうちに相手を引き寄せようとするヒースクリフとイザベラの矛盾も注目されるが、『嵐が丘』はネリーの無意識の悪意を表現しながら、人の心の中にありながら外部のもののように認識を及ぼすことのできない無意識の領域の存在を、非常に印象深く私たちに示しているのである。

第二章　「喜びをもたらすようにだけ思い出す」
――『高慢と偏見』におけるエリザベスの「哲学」と無意識――

『嵐が丘』で注目したネリー・ディーンの「自己の中の外部」、彼女の無意識は、他者を害するような作用を持つものであるが、ジェイン・オースティンの『高慢と偏見』（一八一三年）の主人公エリザベスの「自己の中の外部」は、彼女が知らず知らずのうちに陥る、自らを傷から守ろうとする自己欺瞞である。「欺瞞」という否定的な意味合いを持つ心理作用ではあるが、『高慢と偏見』はそれを、人間の幸福の土台となるものとして、温かく肯定していると考えられる。第一章で見たネリーの無意識の悪意と対照的な、もう一つの無意識の心理作用のあり方を、第二章では考察する。

オースティンの『高慢と偏見』には、主人公エリザベスの母ベネット夫人や、エリザベスに最初に求婚する牧師のコリンズなど、並外れて滑稽な人物がいる。これらの人物は、最後まで相変わらず愚かであり続けるのだが、そうした成長のなさは、自己認識の欠如から来ている。ベネット夫人もコリンズも自分がいかに見苦しい振る舞いをしているかを自覚しないために、反省して振る舞いを改めることがない。それとは対照的に、エリザベスと、彼女に求婚しやがて受け入れられるダーシーは、それぞれ自分自身の不当な高慢さと偏見を自覚し、向上を遂げる(1)。そうした点から、『高慢と偏見』は、主人公の二人が自己認識によって、高慢さと偏見から解放されて、幸福をつかむ物語であると見ることができる（注にあらすじを付した(2)）。

しかしながら、この章では、『高慢と偏見』が、このような物語とは反対のことを描く、裏側の物語とも呼ぶべきもう一つの物語を持っているという解釈を提示したいと思う。主人公たちが誇りや先入観から脱却するからではなく、その二つのもののおかげで幸福を獲得することを描く物語が、この作品の裏側に存在しているのである。その裏側の物語は、作中人物の自覚しない心理作用の描写に着目することによって浮かび上がってくる。最も注目されるのは、ダーシーの手紙を読んだエリザベスが過去の自分の虚栄心と先入観を反省する一節である。その一節はエリザベスが意識の表面で考えることと、無自覚に陥っている心理作用とで、正反対のことを二重に表現しているのである(3)。

考察の取りかかりとしては、まず、知らず知らずのうちに、登場人物たちが誇りや虚栄心の心理に捕らえられている描写を検討し、その後、第二節でエリザベスが反省する一節について考えることとしたい。

I

はじめに、作中人物が誇りについて語ったり、誇りを戒《いまし》める発言をしたりする時に、その人物自身が誇りの心理作用を受けていることを描くいくつかの箇所を見てみよう。その例は、第五章のベネット家の三女メアリーの発言にまず見ることができる。年収二千ポンドのベネット家の近所に、九月末、年収五千ポンドの好青年ビングリーが屋敷を借りて引っ越して来て、十月半ば、近くの町メリトンで開かれた舞踏会に、二人の妹と、友人のハンサムで年収一万ポンドの青年ダーシーらと参加する。翌日、ルーカス家の人々を交え、ベネット夫人が長女ジェインが思惑どおりビングリーを魅了したことを喜んだり、エリザベスが自分の誇りを高慢な態度で傷つけたダーシーを糾弾したりしていると、メアリーが唐突に次のような長広舌を振るい出す。

「誇りは、とてもよくある欠点だと思います」と、自分の意見の堅実さを誇るメアリーが言った。「読んだ本の全てから私は、それが実際とてもよくあり、人間性は特にそれに弱いのだと確信しています。ほとんど誰もが、何かの自分の性質のせいで自己満足の感情を抱いているのです。その性質は本当のものであることもありますが、単に自分が持っていると思い込んでいる性質に過ぎないこともあります。虚栄心と誇りは、しばしば同義語のように用いられますが、それらは異なったものです。人は虚栄心を抱くことなく誇りを抱くことがあり得るのです。誇りは私たち自身についての私たちの意見により多く関係し、虚栄心は、他の人たちに私たちについてどう思わせたいかにより多く関係します。」（五章、一四）(4)

「誇り」と「虚栄心」をめぐるメアリーのこの発言は、オースティンの考えの代弁でもあるだろうが、この一節の重要な点はむしろ、このように誇りについて語りながら、メアリー自身が現に誇りの心理作用に捕らえられている、ということにある。ベネット家の五人姉妹は美人として評判だが、メアリーだけは比較的容貌が劣るため、代償的な満足を求めるように、日頃から、書物からの知識や音楽の腕前を披露したがる。右の発言でも彼女は、読書で得た知識をひけらかそうとして人間性の誇りに対する弱さを言いながら、知らず知らずのうちに自分の発言の実例になってしまっているのである。(5)

誇りや謙虚さについて語っている人物がまさにその瞬間に誇りの作用に捕らえられる可能性を描くもう一つの例が第十章にある。十一月半ば、ビングリー家へ向かう途中雨に濡れて風邪をひいたジェインを看病するために、エリザベスもその家に滞在することになるが、その滞在中、ダーシーの手紙の荘重な書きぶりが話題になる。ビングリーが「僕の考えはあまりに素早く流れるので表現が間に合わないほどです――それで僕の手紙は時々相手に少しも考えが伝わらないことがあります」と発言し、エリザベスが「ビングリーさん、あなたの謙虚さの前には非難も無力になってしまいますわ」と応じた時、ダーシーはビングリーに次のように言い始める。

「謙虚さの外見ほど欺瞞的なものはない」とダーシーは言った。「それはしばしば意見の不注意さにすぎず、時々は間接的な自慢なのだよ。」

「それなら君は先程の僕のささやかな謙遜の一例をその二つのうちのどちらだと言うのだろう？」

「間接的な自慢だよ——君は自分の書き方の欠点を本当は誇りにしているのだ。なぜなら、君はその欠点を思考の速さと執筆の不注意さから生じていると見なすのだが、その思考の速さも執筆の不注意さも君は、ほめるには値しないにしても、少なくともとても興味深いと考えているのだよ。何かを素早くできる人物は、自分のその力をとても価値あるものだと思っていて、素早くやってできたことが不完全でもたいてい気にとめない。君が今朝、ベネット夫人にネザーフィールドを去る決意をしたら五分で行ってしまうと話した時、君は君自身への賞賛やお世辞のようなつもりで言ったのだよ——けれども、性急に物事を行うと、とても大事な用が果たされないままになってしまう。君自身にも他の誰にも本当には役立ちそうにないそんな性急さに、それほど大げさにほめるべき点がどこにあるだろう？」（十章、三二）

ダーシーの分析は、ビングリーの場合についての具体的な当否はともかく、人が謙遜したつもりになりながら無自覚なうちに虚栄心に突き動かされてしまう可能性を示している。また、ダーシーは、そのように他者の謙遜に隠された自負を明らかにして見せながら、人間性への自分自身の鋭い洞察力に対する誇りを曝《さら》け出してもいるだろう。

人が誇りへの戒めを口にしつつ、同時に誇りを露わにしてしまう様子は、次の晩のダーシーの言葉によっても描かれている。

「そうです、虚栄心は確かに弱さです。けれども、誇りは――本当に優れた精神のあるところでは、誇りは常によく統御されているでしょう。」

エリザベスは微笑を隠すために顔を背けた。（十一章、三九）

エリザベスが微笑んでしまったのには十分な理由がある。ダーシーはこの発言で、自分が真に優れた精神の持ち主であるとの密かな自負を示し、誇りがあまりよく統御されていないことを露呈しているからである。ダーシーは、誇りへの統御について語っているちょうどその瞬間に、その統御をゆるませてしまっているのである。

メアリー、ビングリー、ダーシーについてのこれらの三つの例は、同時にまた、人間の自己認識の困難さを示すものでもある。誇りについて語るその行為が誇りの露呈になってしまうほど、人間が自己を認識するのは難しい。そのような自己認識の困難さの例のうちで、誇りとは直接関わらない一般的な例を二つ次に見てみよう。

十一月中頃、ロンドンをはさんで五十マイルほど離れたケント州からベネット氏の甥の息子コリンズが訪れる。ベネット氏の財産は女子の相続を禁ずる「限嗣《げんし》相続」の条件が課せられていて、ベネット氏の死後、土地と屋敷はコリンズが相続することになっている。コリンズは牧師になると早速、寺禄を与えてくれたパトロンのキャサリン・ド・バーグ令夫人の勧めで結婚を決意する。そして、ベネット氏の死後には家を明け渡さなければならないベネット家の姉妹の一人を救ってやるつもりで、エリザベスに求婚する。エリザベスは当然その愚かな若者の求婚を断るのだが、ベネット夫人は、エリザベスの拒絶を無思慮なものとして叱る。そして、さんざん不満をこぼしたあげくに夫人は次のように言う。

「私は、実は、人に話をするのをそれほど喜ぶというわけではありません。私のように神経の不満に苦しむ人は話をすることをあまり好んだりはできないものです。私がどんなに苦しんでいるか誰にも分かりはしません！――けれどいつだってそうなのです。不満を言わない人は決して哀れんでもらえないのです。」（二十章、七七）

普段からおしゃべり好きであり、先刻から不満を言いたい放題である夫人のこの言葉は、人が現在の自分の姿をいかに恣意的に認識してしまうかを如実に示している。

次に、この特別に愚かなベネット夫人に限らず、世間の人々が過去に自分たちが抱いた考えを恣意的に認識してしまう例を、メリトンでウィッカムの評判が激変することを描く一節に見てみよう。ウィッカムはイングランド中部ダービシャー州にあるダーシー家の執事の息子で、メリトンに配備されていた義勇軍に十一月に加わり、その美貌と人当たりのよさで町じゅうの信望を得ていた。翌年五月下旬に義勇軍は南岸の保養地ブライトンへ移動し、ウィッカムは上官の家に滞在していたベネット家の末娘リディアと駆け落ちする。そのため、彼の町での評判は一気に地に落ちる。

メリトンじゅうが、たった三ヶ月前にはほとんど光の天使だったその男の人格を傷つけるのに励んでいるようだった。彼はその町の全ての商人に借金があると宣言され、婦女誘惑の呼び名の栄誉を与えられた彼の全ての陰謀は、あらゆる商人の家庭へ拡張されていた。誰もが彼こそは世界で最も邪悪な青年だと宣言し、誰もが彼の上辺の善良さにいつも不審の念を抱いていたと思い始めていた。（四十八章、一九一）

ウィッカムへの評価が一変したのに無理はないが、ここで注目したいのは、町の人々が自分たちの過去の考えに対して持つ恣意的な認識である。三ヶ月前には「光の天使」だと思っていたのに、彼への評価ががらりと変わった今となっては、三ヶ月前の時点でも既に彼の善良そうな上辺を常に不審に思っていたと思い込むのである。それは、自分たちの観察力がそれほど誤っていなかったと思いたい誇りの心理作用であろうが、この一節は人が願望によって自分自身の過去の考えや感情すら、現在の時点からはなはだ恣意的に認識してしまうことを描いている点で注目すべきものである。

ところで、このウィッカムはメリトンに姿を現してから二ヶ月ほどは、エリザベスに特に愛想よくし、エリザベスはそれをたいそう喜んでいた。しかし、近所のミス・キングが祖父の死で一万ポンドの遺産を得ると、彼は急にその女性の歓心を買おうとしだす。エリザベスはウィッカムに心変わりされたわけだが、その心変わりされる前後の、エリザベスの言葉の矛盾に、以下しばらく目を向けてみよう。

エリザベスがまだウィッカムに心変わりされる前、クリスマスから一週間、母方の叔父でロンドンで事業を営むガーディナー氏と夫人がベネット家に滞在する。ガーディナー夫人はその折、エリザベスがウィッカムに気のある態度を見せすぎだとたしなめる。夫人はウィッカムが貧乏であることも言うのだが、エリザベスは、財産を考慮する賢明さよりも、恋の感情を重視するような発言をする。

「けれども愛情がある場合、若い人達がさしあたり財産が不足していても婚約に踏み切るのを滅多に控えないのを毎日目にしていては、もし誘惑された時、そんなにたくさんの仲間より私が賢明であることをどうして約束できるでしょう、あるいは、どうして私は抵抗することが賢明だと知ることができるでしょう?」（二十六章、九七）

ところがその後一ヶ月もしないうちに心変わりされると、エリザベスは財産目当てでミス・キングに心を移したことでウィッカムをそれほど非難しない。それに先立つ十一月下旬、エリザベスに求婚を断られたコリンズが翌々日にルーカス家のシャーロットに求婚する事件が起きている。シャーロットは財産目当てでそれを受け入れ、彼女の親友であるエリザベスは、シャーロットの知性を高く評価していたので、その打算的な求婚の承諾に衝撃を受ける。それを考えると、次の一節に見られるエリザベスのウィッカムへの寛大さは、はっきりとした自己矛盾である。

一万ポンドの突然の獲得は彼が今愛想よくしている若い令嬢の最も顕著な魅力だった。しかしエリザベスは、シャーロットの場合より彼の場合ではおそらく視力が曇っていて、彼が財産による自立を望むことで彼と争ったりしなかった。それどころか、彼がそれを望んだのは、これ以上ないほど自然なことだった。彼女をあきらめる時に彼にはいくらか苦闘が必要だったと考えることができる一方で、彼女はそれが二人にとって賢明で望ましい方策だったと進んで認める気もあり、心から彼の幸福を願うこともできたのだった。（二十六章、一〇〇）

三月にも別の機会に、ウィッカムのあさましい心変わりを非難するガーディナー夫人に、エリザベスはしきりとウィッカムの打算を弁護する。「愚行とナンセンス、気まぐれと首尾一貫性の欠如は本当に私を面白がらせることを私は認めます。そして可能な時にはいつも私はそれを笑うのです」（十一章、三九）とダーシーに言っていたエリザベス自身が、このような「首尾一貫性の欠如」を曝け出してしまっている。

エリザベスのこうした自己矛盾は、ウィッカムに心変わりされた彼女の誇りの自己防衛の作用だと考えられる。

女性としての魅力からではなく財産目当てにミス・キングに心変わりされたと考える方が、エリザベスの誇りの傷は浅くすむ。結婚における財産の重要性を自分自身にも強調することで、彼女は財産のために簡単に心変わりされてしまった屈辱を軽減することができる。結婚において財産はどうしようもなく重要なものだから、ウィッカムが魅力あふれる自分を捨ててミス・キングに心変わりしたのも無理はないのだと、エリザベスとしては考えたいのである。

また、エリザベスがウィッカムに対する自分の感情の深さをどう捉えていたかも注目に値する。十二月末に彼女はガーディナー夫人に「今のところ私はウィッカムさんへの恋に陥ってはいません。ええ、確かにそうです」(二十六章、九七)と請《う》け合う。一ヶ月ほど後に、夫人にウィッカムの心変わりと自分の心の平静さを報告する手紙の中でエリザベスは「親愛なる叔母様、私は決して深く恋に陥っていたことはないと今では確信しています」(二十六章、一〇〇)と書く。その手紙の中には「このこと全てにはいかなる愛もあり得ません」とも書かれているが、しかし、「深く恋に陥っていたことはない」という言葉は逆に、浅くであったら「恋に陥っていた」可能性を示唆してもいる。

ここで想起されるのは『エマ』の中で、フランク・チャーチルとジェイン・フェアファクスの秘密の婚約が明らかになった後、エマが、ウェストン夫人にはフランクに「愛情を持った(was attached)」(四十六章、二七三)時期があったと認めながら、ナイトリーにはフランクに対し「決して少しも愛情を持ったことがない(never have been at all attached)」(四十九章、二九三)と断言する大変印象深い矛盾である。フランクやウィッカムへの主人公たちの感情の深さは興味深い問題だが、作品が描いているのは、彼女たちがそれらの感情に対してする把握の恣意性でもある。後に見るようにエリザベスは、自分が男性に愛などという感情を抱くのは沽券に関わるとでも言うように、ダーシーに対する感情についても、彼との婚約が確定するまで、決して自分が愛しているとは意識的には認めない。

この場合でも、誇りによる自己防衛の心理が自己の感情の認識を恣意的に誘導していると考えられる。

こうしたことを踏まえた上で、ダーシーの弁明の手紙を読んだエリザベスの自己認識が描かれる一節を考えてみたい。

Ⅱ

十月中頃、メリトンの町の舞踏会に姿を見せたダーシーは非常に人付きが悪く、見かねたビングリーがエリザベスをダンスの相手として紹介しようかと持ちかけても、興味なさそうに彼女を一瞥して「彼女はまあまあだ。しかし僕をその気にさせるほどの美貌ではない」（三章、九）と答えるだけだった。近くにいてその言葉を聞いてしまったエリザベスは、ダーシーに反感を抱き続ける。ダーシーの方はその後、エリザベスの生き生きとした様子やその機知に魅惑されていき、四月に彼女がコリンズの牧師館へシャーロットを訪問していた折、突然求婚して彼女を驚かすが、エリザベスは怒りとともに求婚を拒絶する。結婚が見込まれたジェインとビングリーの仲を彼が裂いたこと、父の遺言に背いてウィッカムに与えられるはずの牧師の職を拒絶したという彼の不当さ、人の感情を考慮しない横柄さなどが拒絶の理由だが、それに加えて、ダーシーがいかにエリザベスの社会的地位の低さのせいで求婚をためらったかを言い募るので、エリザベスは激しく怒ったのだった。

翌日、ダーシーの弁明の手紙を読み始めた時、エリザベスは全てを不当な言い訳だとはねつけるが、やがてウィッカムの嘘を悟らされるに至り、彼女は嘆く。

「何と卑しむべき振る舞いを私はしたことだろう！」と彼女は叫んだ。――「自分の明敏さを誇り、自分の能力を高く買い、姉の寛大な公平さをしばしば軽蔑して無益な非難されるべき不信によって虚栄心を満足させていたこの私は！――何とこの発見は屈辱的だろう！――しかし、その屈辱の何と正当であることか！――仮に私が恋に陥っていたとしても、これほど惨めなくらいに盲目ではあり得なかっただろう。けれども、愛ではなく、虚栄心が、私の愚行だった。――知り合った当初に、一方には贔屓《ひいき》にされて喜び、他方には無視されて腹を立て、二人に関することで私は、偏見と無知を招き寄せ、理性を追い払ってしまっていた。この瞬間に至るまで、私は決して自分自身を知らなかった。」（三十六章、一三七）

この一節の大きな特徴は、ウィッカムとの親しい関係を、エリザベスがしきりと虚栄心のせいだと捉えようとすることである。彼女は自分の盲目さを言う時にも、「仮に私が恋に陥っていたとしても」と言って、すぐさま恋に陥っていなかったことを当然の前提であるかのように考え、さらに念を押すように、「愛ではなく、虚栄心が、私の愚行だった」と思う。

　虚栄心のために目を曇らされていたことを悟るのはエリザベスの重要な自己認識である。しかし、ことさらウィッカムとの関係を虚栄心のなせるわざとし、愛の不在を強調するエリザベスには、無意識の心理が作用していると考えられる。ウィッカムのようなひどい悪人に自分がいくらか恋をしていたと自認しなければならないのはエリザベスにとって非常につらく、ウィッカムへの感情を全て虚栄心のせいにすることで、彼女の誇りは傷を免れる。エリザベスはいわば自分の過去の虚栄心を反省しながら、同時に、知らず知らずのうちに、ほかならぬ同じ虚栄心の自己防御の作用に陥っている。「この瞬間に至るまで、私は決して自分自身を知らなかった」と言い、今こそ自己を認識したように思っているエリザベスは、今、この瞬間に自分自身の心理についての無知に陥っているのである。

誇りに対する戒めを口にしている時に人が誇りの心理に捕らえられること、過去の自分自身の考えや感情を人が恣意的に認識してしまうことへのこの作品の関心は先に見たとおりで、この一節はそれらの描写の山場をなす。エリザベスの成長の要である部分で、表面で意識されるのとは正反対の無意識の心理が描かれているのである。

エリザベスの右の「自己認識」の描写に二重性を見る解釈のもう一つの裏付けとして、リディアの駆け落ちの知らせを受けた後の彼女のダーシーに対する感情の把握を見てみよう。

エリザベスはダーシーの手紙によって彼の公明正大さは認めるようになるが、求婚を断ったことは悔いない。しかし、夏にガーディナー夫妻との旅行でダーシーの家を見学してその趣味のよさに感心し、家政婦からダーシーの人格の立派さを聞き、エリザベスは初めて彼を好意的に思うようになる。その直後、ダーシーと彼女はたまま再会し、彼女は以前の彼の横柄さが消失しているのを見出す。エリザベスは彼の自分への好意が消えていないのではと期待を抱くようになるが、そうした時にリディアの駆け落ちの知らせが届く。(6) エリザベスは、彼が再度求婚する気になっていたとしてもベネット家の不面目のためにそれを思いとどまるに違いないと思う。それを惜しむ彼女の様子は次のように描かれる。

それ［彼がエリザベスと結婚しようという気持ちを抑制すると信じられること］は逆に、彼女に自分の願望を理解させるのにまさに打ってつけだった。そして、彼女は自分が彼を愛し得ただろうことを、全ての愛が無駄になるに違いない今ほど正直に感じたことは決してなかった。（四十六章、一八〇）

この描写で注目されるのは、エリザベスがこの期《ご》に及んでも自分の愛を認めようとしないことである。エリザベスは少なくともいくらかの愛をダーシーに抱き始めているはずだが、彼女が感じるのはあくまでも「愛し得ただろうこと(could have loved)」であり、「愛している」ということではない。婚約した後にはダーシーへの愛を何の躊躇もなくエリザベスが認めているのと比べると、これは特徴的である。婚約し愛情を報いられることがはっきりするまで、用心深く、自分が「愛している」とは認めようとしないエリザベスの誇りの自己防衛の心理がそこには見られる。[7]「今ほど正直に感じたことは決してなかった」と言われる時に、彼女はそのように不正直な感情を抱くのである。

エリザベスのダーシーやウィッカムに対する感情の把握のこのような恣意性は、彼女が知らず知らずのうちに陥っているものだが、本人の意識の統御がゆるんで現れてしまった言動の興味深い描写が作品中にいくつかある。たとえば、ダーシーがコリンズの牧師館でエリザベスと差し向かいで交わした会話の中で、エリザベスが二十五マイル以内でなければ近くへ嫁いだとは言えないと言った時のことである。

> ダーシー氏は椅子を彼女の方へ少し近づけて言った。「あなたはそのようにとても強い地元への愛着を持つ権利はないはずです。あなたはロングボーンにばかりいたのではないはずです。」
> エリザベスは驚いた表情をした。（三十二章、一一九）

ダーシーのこの唐突な言動は、彼がエリザベスと結婚すれば彼女を遠いダービシャーまで連れて行くことになるのと関連している。もし彼女が遠くへ嫁ぐのをいやがるなら結婚の夢は実現しないか、実現しても彼女に一つの不満の原因が残ることになる。あまりにもエリザベスとの結婚の夢に心を奪われていて、彼はその障害になる彼女の発言を躍起になって否定しようとする。無意識のうちにそうした言動に及んでしまうほどダーシーが深く恋に陥っている様子がそこには見られる。[8]

作中人物が恋に正体をなくしてしまう様子は、たとえば『エマ』では、ナイトリーがエマと婚約できた喜びのせいで、エルトンとの面会を忘れたり、執事とろくに口もきかなくなったりする、彼らしくない不注意さの描写で示されている（五十二章、三七六）。ダーシーについて再び例を挙げるなら、先に引用した場面の数日後、散歩で出会ったエリザベスに、彼女が次にケントを訪れる時には彼の叔母であるキャサリン令夫人の邸宅に滞在しているのを前提にしたような発言をして彼女を困惑させる場面がある。エリザベスとの結婚後には当然、叔母の邸宅へ彼女を滞在させることになるのだが、ダーシーは彼女との結婚の願望で頭が一杯であるため、うっかり彼女との将来の結婚が既定の事実のように発言してしまっているのである。(9)

ダーシーの手紙を読んだエリザベスが、知らず知らずのうちに新たな自己欺瞞に陥ることも、自己の心理に把握が行き届いていない点で、意識の統御のゆるみと言える。『高慢と偏見』ではこのように、人物の意識の統御がゆるんでしまう一瞬への強い関心が読み取れる。(10)

Ⅲ

婚約後のある時、ダーシーがかつての弁明の手紙を悔いた時、そのことは忘れるよう頼みながらエリザベスが言う次の言葉は意味深い。

「あなたは私の哲学を学ばなければなりません。過去のことについては、それがあなたに喜びをもたらすようにだけ思い出すということです。」（五十八章、二四〇）

エリザベスが冗談めかして言っているこの「哲学」を彼女がいかに無意識のうちに実践しているかは既に見たとおりである。[11] ウィッカムへの感情を虚栄心にのみ帰そうとするエリザベスも、ウィッカムの善良そうな上辺をずっと疑っていたと考えるメリトンの人々も、自分の過去の感情や考えをそのように解釈することが現在の喜びをもたらすからこそ、そうするのである。

「偏見」、「先入観」は一般に好ましくないものであり、エリザベスもダーシーへの偏見から解放されることで幸福に近づいているのでもあるが、偏見の好ましい作用は、一例を挙げれば、エリザベスがダーシーの妹ジョージアナに紹介される際に描かれている。エリザベスはジョージアナに好かれることを熱望するあまり緊張してしまうが、ジョージアナの方は兄からエリザベスの好評を聞かされていて、前もって彼女を好きになろうとしていたせいで、彼女の緊張した様子を気にとめることがない。ダーシーは妹以上に、好意的な先入観にすっかり身を委ねている。

> 彼女［エリザベス］が喜ばせようと努力した人々は彼女を好意的に見る先入観を与えられていた。ビングリーは喜ばされる気でおり、ジョージアナは喜ばされようと熱望しており、ダーシーは喜ばされようと決意していたのだった。（四十四章、一七〇）

この場面で、お客の三人は、先入観のせいで、ますますエリザベスを好もしい人物と見るよう導かれている。ダーシーはかつて、エリザベスへの弁明の手紙の中で「私の調査と決定は通常、自分の希望や恐れによって影響を受けないと敢《あ》えて述べさせていただきましょう」（三十五章、一三〇）と書いていたが、この時点では、欠点に気づくことがあらかじめ不可能にされてしまうような、堅固な先入観でエリザベスを見ている。その盤石な先入観は結婚後にまで及んで、二人の幸福に寄与していくだろう。

「偏見」だけでなく「誇り」もまた、相手に愛されているという喜ばしい意識による相互の愛の促進によって、作中人物に誇りの作用とは自覚されないままに、幸福な結末をもたらす力となってもいる。誇りのもたらす愛の相互作用はシャーロットの「ほとんど全ての愛情には感謝、あるいは虚栄心が非常に多くあるので、どんな愛情も報いずにそれ自身で孤立させておくのは安全ではない」(六章、一五)という言葉が端的に表現している。打算的なシャーロットの言葉ではあるが、作品は多くの箇所でその言葉を裏打ちしている。その最も重要な例は、エリザベスがダーシーから評価される喜びを「感謝」という言葉で表現する次の一節に見られる。ペムバリーで家政婦からダーシーの人柄について好意的な意見を聞いた後の場面である。[12]

そして彼女へじっと視線を向ける彼が描かれた画布の前に立ちながら、彼女は彼の好意を、それが今までに呼び起こしたよりもさらに深い感謝の気持ちで思った。彼女はその好意の熱を思い出し、その表明の不適切さをより寛大に見た。(四十三章、一六二)

あるいはその日の夜、ダーシーの自分への好意が冷めていないらしい様子にエリザベスは眠れないほど心をかき乱されるが、その思いの描写の中でも、「感謝」は特別に強調される。

しかし、とりわけ、尊敬と評価にもまして、彼女の中の好意的な意志には見過ごせない動機があった。それは感謝だった。――かつて彼女を愛してくれただけでなく、求婚を断った時に彼女が不機嫌で辛辣であったことも、その時に彼女が彼を不当に非難したことも全て許すほどに、彼が今も彼女を愛してくれていること

への感謝だった。(四十四章、一七二)

エリザベスのダーシーへの愛情の深まりには、このように、彼から愛されることへの「感謝」が土台となっていることを作品は強調する。エリザベスは「感謝」として意識するが、それはシャーロットが言うところの「虚栄心」や誇りが満足させられることと結びついている。ダーシーの側については、キャサリン・ド・バーグ令夫人による妨害工作のおかげで、ダーシーがエリザベスに愛されているという確信が持てて初めて再度の求婚に踏み切ったというエピソードがある。そこにも愛の相互作用の例を見ることができるが、エリザベスの側の愛の醸成にも、広い意味での誇りの満足による、愛の相互作用が大きく関わっているのである。

『高慢と偏見』の題名は、フランシス・バーニーの長編小説『セシーリア――ある女性相続者の回想』(一七八二年)の終わり近くの、医師の言葉「もしあなた方が高慢さと偏見のために苦難に遭っても、善と悪の均衡は驚くほどよく取れていて、高慢さと偏見のおかげで苦難が終わることもあるでしょう」(Burney 930)から取られたと推測されている。(13) バーニーの作品ではその言葉にもかかわらず、主人公が恋人の両親の頑迷な誇りのために経験する苦難ばかりが多く描かれるが、オースティンの『高慢と偏見』は、誇りと先入観の両面的な作用を、同等の重みを込めて描いている。

*

『高慢と偏見』の冒頭の一文は「豊かな財産を持った独身の男性が妻をほしがっているに違いないことは、普遍的に認められた真理である」というものだが、この一文はまじめな断言ではなく皮肉と考えられ、その皮肉の一端は、トニー・タナーが指摘するように（Tanner 110–11）「普遍的に認められた真理」という語句に込められている。[14] 人の認める「真理」がいかに恣意的であるかをその後、作品は繰り返し描いていくのであり、その一文が言う「真理」の内容も、娘を嫁がせたい親の願望の反映にほかならない。

『高慢と偏見』は、ダーシーにとって「まあまあ」くらいにしか見えなかったエリザベスがひどく魅力的に見えてくる過程を描いているのだが、そうした内容にふさわしく、作品は人の認識の恣意性を繰り返し描写する。あらゆることを善意によって解釈しようとするジェインも認識の恣意性に深く捕らえられた人物だが、彼女はビングリーの妹が示す上辺だけの友情の偽りを見抜けず、エリザベスにさげすまれる。しかし、明敏さを自負していたエリザベスはウィッカムに騙され、その自負を反省するまさにその時に自己欺瞞に陥る。作品は人間が真の明敏さを持つことなど不可能であり、善意による恣意的な解釈で人を悪く思わず幸福でいられるなら、それは所詮限界のある明敏さに比べそれほどさげすむべきことではないと訴えているようである。

シャーロットは、エリザベスの悲観的な予想にもかかわらず、牧師館での生活を満喫し、コリンズも妻と自分が完全に「一致した心と考え方を持っている」（三十八章、一四二）と幸せそうに確信している。シャーロットがそのように幸福であるのは、エリザベスとは異なった結婚についての認識によるものであり、コリンズが愚鈍な確信に陥りながらもそれによって幸福であるように、幸福は恣意的な認識が支えるものでもある。[15] また、ビングリーがジェインの愛情や彼女との結婚の妥当性についての認識を、ダーシーによって左右させられてしまうエピソードがあるが、認識が恣意的でそのように他者の影響を受け得るということは、望ましい影響によって人が向上し幸福に至る、教育の可能性につながるものである。認識が他者に影響され得るからこそ、教育も可能となる。

リディアが土曜の深夜に駆け落ちしたと知らせるジェインの手紙を読んだ直後、エリザベスはダーシーに日曜の夜に駆け落ちがあったと告げている。エリザベスの慌てふためきぶりを伝えるその思い違いは、手紙という固定された言葉の集合がいかに流動的に把握され得るかの作品中の数多くの描写の一つである。本章では、ダーシーの手紙を読んだエリザベスの思いを描く一節（これも一つの「言葉の集合」）が、表面的に読み取れるものと反対のことを同時に表現していることを中心に見てきた。『高慢と偏見』はエリザベスとダーシーが高慢さと偏見を克服して幸福に至る物語である一方、二人が他ならぬ誇りと先入観によって幸福を得る物語でもある。自己の中の外部と言うべき無意識の領域で作用する、そうした誇りと先入観は、おかしみを込めて描かれているのではあるが、作品はそれらの作用を幸福の重要な土台として肯定してもいるのである。

第三章　マグウィッチ殺しの願望
——『大いなる遺産』におけるピップの無意識——

本章で考察するチャールズ・ディケンズの『大いなる遺産』(一八六一年)は、主人公ピップが一人称で語り手を務める回想録という形式をとっている。『嵐が丘』がその意識と無意識の乖離《かいり》を描いているネリー・ディーンは主な「語り手」ではあっても、その語りを書きとめたのはロックウッドであった。ロックウッドは、ネリーの問題行動に気づいて彼女の語りを中断しないよう、明敏さに欠けた人物として設定されていて、二代目キャサリンと自分とのロマンスの可能性を想像するような滑稽な面も描かれる。しかし彼は、嵐が丘への二度目の訪問の際に逆上して復讐心を垣間《かいま》見せたり、夢の中で少女の手首を割れた窓ガラスで傷つけたりという、温厚そうな普段の人格の中に潜む、嵐が丘的と言うべき獰猛さを知らず知らずのうちに露わにする人物でもある。(1)

『大いなる遺産』の語り手ピップも、語る本人が自覚しているのとは違う性格を持っていると考えられる。その性格はピップが嫌悪する人物との分身的な絆という、本書の第二部「自己と外部」のテーマに関わる問題を含んでいるが、その外部との絆も、彼の意識の届かない、彼の人格の中の暗黒面と深く関わっている。本章では、ピップの恩人殺し、厄介払いという問題まで含めた、彼の無意識を考察していく。

『大いなる遺産』には、復讐の執念に取り憑かれた二人の重要な人物がいる。その一人は囚人エイベル・マグウィッチである。彼は自称紳士のコンピスンに弱みを握られその手下として悪事を働くが、やがて二人とも逮捕される。裁判では紳士の外見をしたコンピスンがマグウィッチに悪の道に引き入れられたのだと訴えて同情を引き、本当は主犯だった彼が懲役七年、マグウィッチは懲役十四年の判決を下され、ともにテムズ川に浮かべられた囚人船へ送られる。二人は一度脱獄して捕らえられるが、その時にもマグウィッチだけがオーストラリアへの終身の追放の判決を受ける。追放された地で彼はやがて自由を手に入れ、事業でまれに見る成功を収める。彼は成功しても質素な暮らしを続け、その代わりに脱獄した時、忠実に食料を届けてくれた幼児をロンドンで紳士に仕立て上げることに生き甲斐を見出す。彼は自分が紳士でないことで不当な扱いを受けた恨みを、一人の幼児を紳士に育て上げることではらそうとする。マグウィッチにそのように復讐の道具にされる少年がピップである。

『大いなる遺産』のもう一人の復讐者は、老齢の富豪ミス・ハヴィシャムである。彼女には父の後妻の生んだ弟がいたが、彼は放蕩者で姉に不当な恨みを抱く。偶然にもその弟の悪事の連れはコンピスンで、弟は彼を姉に接近させて婚約に至らせるが、結婚式の当日には別れの手紙を姉の元へ送らせる。ミス・ハヴィシャムは中止になった結婚式の日以来、ウェディングドレスを着たまま日光を遮断した部屋で暮らす。弟はマグウィッチがコンピスンと知り合った頃、姉の亡霊が現れたと言って狂乱状態に陥りながら死ぬ。ミス・ハヴィシャムは自分のように男に騙される運命から救うつもりで幼女エステラを引き取る。しかし、エステラが美しい大人に成長しそうだと分かると、ミス・ハヴィシャムは彼女に非情さを教え込み男性に復讐するための道具にしてしまう。ピップはエステラに魅惑され、ミス・ハヴィシャムの復讐の犠牲者の一人として苦しむことになる（注にあらすじを付した）(2)。

これら二人の主要人物は、復讐への執念と、ピップやエステラという被造物への依存とで共通している。二人が依存する被造物は広い意味では分身と捉えられるが、この作品における分身による代理的復讐という問題については既に、ジュリアン・モイナハンの非常に優れた研究がある。本章の議論は、モイナハンの考察をさらに進め、ピップの復讐の底の深さと、この作品の描くピップの無意識を明らかにしようとするものである。ここでは他者を道具として従属させることや他者への援助も広義の被造物化と捉え、また、手下やパートナーも分身の概念に含めて、被造物化、分身の主題が作中で持つ広がりを見ていく。考察の手始めには、ピップとマグウィッチの出会いにおいて既に、被造物化と分身の主題が描き込まれていることをまず確認していきたい。

I

ピップとマグウィッチの出会いは、マグウィッチの復讐心がきっかけとなっている。同じ囚人船の中で長い間コンピスンから隔てられていたマグウィッチはついに彼の背後に接近し、いよいよ積年の恨みをはらそうとしたところを監視人に捕らえられる（「背後に」は重要なモティーフなので、それが出てくる度に傍点で強調することにする）。しかし、罰として閉じ込められた船倉に弱い部分があり、そこから彼は脱獄する。そうして沼地に建つ教会の墓地で彼はピップを見つけ、家から食料とヤスリを盗んで翌朝届けるよう命令する。二人のその出会いで注目されるのは、以前はコンピスンの手下だったマグウィッチが、今度はピップを悪事の手下にすることである。ピップはその窃盗の代行によって深い罪悪感を植え付けられ、後に人生を一変させるマグウィッチとの絆を身に帯びる。

ずっと後、オーストラリアから戻ったマグウィッチは、ピップの親友ハーバートに、ピップが彼を紳士にするだろうことを請《う》け合う。ピップは、彼の浪費癖の悪影響を受け将来の展望が開けずにいるハーバートに秘密の援助を既に始めていたが、それをマグウィッチに打ち明けていたとは想像しにくい。コンピスンに従属する広義の被造物であったマグウィッチは、援助によってピップを被造物化したのだが、それ故にか、被造物であるピップが今度はハーバートを被造物化するのを当然と考えるようである。ハーバートは後に、ピップの援助のおかげで共同経営者になった商社にピップを雇って援助する。[3] 作品はそうした被造物化の連鎖を描く。マグウィッチがピップを紳士に育て上げる被造物化は他より際立って大きいが、その大きな被造物化へと至る二人の関係の発端にも、マグウィッチがピップを窃盗の代行者とする小さな被造物化がなされている。(4)

マグウィッチはピップを服従させようとする時、自分は子供の内臓を食べたがる若者を隠れたところに従えていて、ピップが命令に背いたらその若者が彼に代わってピップの腹を切り裂くのだと脅す。(5) コンピスンの手下として虐げられていたマグウィッチは、今度は自分が手下を操る架空の能力を誇ろうとする。

「それに、お前はおれが一人だと思っているかもしれんが、おれは一人じゃないんだ。おれには隠れている若者がついていて、そいつに比べたらおれは天使みたいなもんだ。その若者はおれの話す言葉を聞いていてな、その若者は子供をつかまえてその心臓や肝を手に入れる奴だけの特別な秘密の方法を持っているんだ。子供がその若者から隠れようとしてもできないこった。子供が戸に鍵をかけて、ベッドで暖かくして、ひっくるまって頭まで布団をかぶって気持ちよくて安全だと思っても、その若者はそっと、そっと子供へ這い寄ってきて、子供の腹を引き裂くのさ。今だっておれは、その若者がお前を傷つけようとするのを止めさせるのにえらい苦労をしてんだよ。」（一章、一一）(6)

子供がどんなに自分は安全だと思っていてもひそかに這い寄って子供を手にかけるこの若者のイメージは、犯罪性、忘恩、尾行者など、避けたいものにピップが思いがけないところで忍び寄られることとの関連でも重要である。また、マグウィッチの架空の手下の若者は、とても可能とは思えない時にも復讐を果たすことができるとされているが、若者のその特別な能力は、ピップが今後時折見せる不可解な復讐の能力に似てもいる。

ピップとマグウィッチは、手下と首謀者という関係だけでなく、共通点によっても分身性を強調される。ピップは早くに両親を亡くしその顔も覚えていないが、マグウィッチも孤児で自分が生まれた場所を知らない。ピップは二十歳以上年上の姉に養われているが、彼に親切なのは姉の夫で鍛冶工のジョー・ガージャリーだけで、姉は彼を虐待し、ジョー以外の大人は彼が生まれつき邪悪で恩知らずだと事あるごとに責める。それと同じように、マグウィッチは飢えて盗みを働いては投獄されるうちに、監獄を訪れる慈善家たちからも特別に性悪で一生監獄で暮らすだろうと言われる。さらに重要な共通点は、二人とも自己認識の始まりが犯罪と結びついていることである。マグウィッチは「おれが自分自身というものに初めて気がついたのは、エセックスで、生きるために蕪《かぶ》を盗んでいる時だった」（四十二章、二五九）と回想する。ピップも自己を含め「物事の何が何であるかの印象」を初めて得たのが、マグウィッチと出会った夕べであったことを次のように述べる。

> 物事の何が何であるか（the identity of things）について私が最初に抱いた最も鮮明で広大な印象は、夕暮れに近いある記憶すべきじめじめと寒い午後に得られたように私には思われる。そのような時に私は次のことをはっきりと理解した。このイラクサの生い茂った荒涼とした場所が教会の墓地であることを。最近までこの教区の住人だったフィリップ・ピリップならびにその妻ジョージアナが死んで埋葬されたことを。その幼い子供たちアレクザンダー、バーソロミュー、エイブラハム、トバイアス、ロジャー（Alexander, Bartholomew, Abraham, Tobias, Roger）も死んで埋葬されたことを。教会の墓地の向こうの、水路や土手や水門があり、牛が散らばって草を食んでいる暗い平らな荒野が沼地であることを。その向こうの低い鉛色の線が川であることを。そして、押し寄せてくる風の荒々しいねぐらが海であることを。そして、それの全てがこわくなり泣き始めている震えの小さな束がピップであることを。（一章、九—一〇）

姉をのぞいて五人の兄が全て死んでしまっていることについて、ピップは自分だけが不当に生きているという罪悪感を抱いたとは述べない。しかし、列挙される兄の名前は頭文字か最初の二文字をつなげると“abator”（相続地不法占有者）という法律用語となる。ピップは墓に記された兄たちの名前にまで地上に生きていることを非難されているかのようである。[7] しかも、周囲の事物は彼を脅かし、その恐怖の仕上げのようにマグウィッチが墓の間から飛び出す。そうして彼自身、自己認識の端緒が盗みであったマグウィッチは、ピップの自己認識の端緒をも盗みと結びつける。

Ⅱ

前節では、マグウィッチによるピップの被造物化が二人の出会いの場面で既に始まっていることを見たが、ピップの無意識を考える上で重要な、彼の復讐の能力を次に見ていきたい。

マグウィッチとの出会いの日の翌朝、ピップは食料の届け先近くに囚人服を着た別の男を見かけ、例の若者と勘違いしておびえる。その男はコンピスンで、マグウィッチが発見した脱獄方法を利用して囚人船から沼地へ逃れ出てきていたのだった。コンピスンは手下なしでは子供も殴り損なうほど非力で、濃い霧の中へあわてて去る。マグウィッチはピップから頬に傷のあるその男のことを聞くと、彼を追うために食事もそこそこにピップに届けさせたヤスリで足かせをつなぐ鎖を切りにかかる。その日の夕方、ジョーの家へ手錠の修理を頼みに来た兵士たちについてジョーとピップも脱獄囚の捕り物を見に行くと、格闘しているマグウィッチとコンピスンが発見される。マグウィッチは自分の見つけた脱出方法でコンピスンが自由を得るのに我慢できなくて彼を捕らえて突き出そうとしたのだと言う。マグウィッチの復讐心は、たとえ自分の脱獄の機会をふいにしてもコンピスンの脱獄を阻止しようというほどに激しい。

ピップはマグウィッチのそうした復讐への執念を事情も分からないまま目撃するが、その後、彼はマグウィッチ、ミス・ハヴィシャムという壮絶な復讐者に劣らず、復讐と深いところで関わっていくことになる。彼の復讐との関わりの特徴的な点は、意図しないのに思いがけず復讐が実現すること、しかも、その復讐の実現に全く気づかないか、気づいた時にはそれについて罪悪感を抱くことである。囚人、監獄など犯罪と関わりのあるものに彼は人生の折々につきまとわれるが、不可解な復讐の能力もまた、彼につきまとい続ける。

ピップの思いがけない復讐は、マグウィッチに食料を届けた日のクリスマスの宴席で、ジョーの叔父でピップを非難するパンブルチュックがブランデーを飲んだ時にも起きる。ピップはマグウィッチにブランデーも届けようと別の瓶に移し、元の瓶には水を足しておいた。ブランデーを一気に飲み干したパンブルチュックは急に咳き込んで外へ飛び出す。ピップはその時の思いを「どうやって私がそれをしたかは分からないが、何らかの仕方で私が彼を殺してしまったことには疑いがなかった」（四章、二八）と述べる。やがてパンブルチュックが「タール」と苦しげに言ったので、ピップは普段姉に薬として飲まされているタール水を誤ってブランデーに足してしまったのだと知る。

ピップはこのように図らずもパンブルチュックにタール水を足したブランデーを飲ませて、悪口雑言を浴びせる彼への意趣返しができてしまう。その復讐の実現は、一時的ではあれ、殺人を犯したという恐怖に彼を陥れ、前日以来の罪悪感を増幅する。彼は前夜、自分が行おうとする食料の窃盗について子供であるが故に一層激しい良心の呵責に苦しめられていた。彼は眠れない床で、強要されたら恐怖のせいでひそかに何をするか分からない自分自身を恐れる。自分が自分自身を恐れるという自己の多重化と符合するように、彼はマグウィッチに食料を届けた後に帰宅して姉の前に姿を見せた時を「私と私の良心が姿を見せた時（when I and my conscience showed ourselves）」（四章、二三）と述べ、「私」を「私たち（ourselves）」と捉える。犯罪の代行者という絆でマグウィッチと結びつけられ他者と二人で一組の存在となったピップは、彼自身の自己も二人の人間でできているかのようになる。ピップの自己は外部の存在と合体して一つの統合体を作り、また自身も複数の存在の統合体であったりする。他と束ねられ、自らも異質なものの束であるかのような自己の様態がそこには描かれている。

ピップの母は彼の誕生直後に亡くなっていて、姉は彼を哺乳瓶で育てる。姉はそのことで恩着せがましい態度を取るが彼は、「哺乳瓶で」育てる、を表す言い回し"by hand"を「手で殴りつけながら」と解釈するしかないように感じる。とても感謝できるような育て方はされていないのに、彼はクリスマスの宴席で姉や、パンブルチュック、教会の事務員ウォプスルなどの客に、恩知らずだと口々に言われる。彼はマグウィッチと別れて帰宅した時も巡査が自分を逮捕しに待っていると思い込んでいたほど罪悪感にとらわれていた。その上宴席の大人たちに生来の邪悪さを言われ、自分の盗みが今にも露見しそうな恐怖もあって半狂乱になっていた彼は、兵士たちが修理を頼みに来た手錠も自分にかけるためのものだと間違える。

ジョーの省略しない名はジョウゼフであり、姉のジョー夫人の名は五十八章にジョージアナ・マリアとある。ヨセフとマリアの名を持つ夫婦の子供のような立場にあるピップは、キリストの誕生を祝うクリスマスの宴席で、あたかも人類の罪の全てを背負わされるように悪人視される。ピップはクリスマスの前日、自覚された自己の誕生日と言うべき日に、マグウィッチによって罪と結びつけられるのである。囚人船へ護送される前にマグウィッチがジョーに自分が鍛冶屋から食料を盗んだと言ってくれたので、ピップは窃盗の疑いをかけられずにすむが、彼はマグウィッチとの出来事をジョーに打ち明けられなかったことを長く気に病み、罪悪感を引き起こす復讐の能力も依然として持ち続ける。

ピップの復讐の能力は一年後、ミス・ハヴィシャムの屋敷サティス・ハウスを初めて訪れて帰った時に再び発揮される。ミス・ハヴィシャムは屋敷に男の子を遊びに来させることを望み、その人選を賃借人のパンブルチュックに頼む。それでピップを連れて行ったのだが、パンブルチュックはミス・ハヴィシャムに面会したことがない。彼女の様子を彼もジョー夫人も知りたくて仕方がなく、帰宅したピップを質問ぜめにする。ピップはミス・ハヴィシャムの奇怪な様子を話すのは彼女に悪い気がして黙っているが、手荒に質問されているうちに、彼女の風貌や屋敷でしたことについて全くのでたらめが口をついてすらすらと出てくる。好奇心でうずうずしているその二人に嘘を信じさせることで、ピップは普段の迫害者に復讐を果たしたのだが、彼は自分が途方もない嘘をそのように易々とついたことに恐怖を感じる。

部屋の中の馬車で旗や剣を振って楽しく遊んだというピップの嘘の内容は、実際には古いウェディングドレスを着たミス・ハヴィシャムの奇怪さに気圧されて遊ぶどころではなく、同じくらいの歳のエステラに侮辱されたことの代償とも考えられるが、ミス・ハヴィシャムの屋敷が訪問者に嘘をつく能力を与えることも描かれている。ピップは十ヶ月ほど一日おきに屋敷へ来させられた後、ミス・ハヴィシャムにジョーと徒弟契約を結ぶように言われる。一週間後ジョーがピップと一緒に屋敷に呼ばれ、ピップの奉仕の報酬として二十五ギニーを与えられるが、ジョーはその日いつになく易々と嘘をつき、その二十五ギニーはミス・ハヴィシャムがジョー夫人にと言って渡したものだと述べて夫人を上機嫌にする。「満足館」という意味の名のその屋敷サティス・ハウスは、ピップに貧しい身分への不満を初めて抱かせ、自分自身に恥を感じずにすんでいたという意味での楽園から彼を追放するが、知恵を与える禁断の木の実のように、その屋敷はピップとジョーに嘘をつく能力を与える。

そうしてピップは自分の嘘に罪悪感を覚えるが、一週間後サティス・ハウスを再訪した時に、彼の復讐の能力はまた発揮されることになる。その日はミス・ハヴィシャムの誕生日で、遺産を狙う彼女の親戚が集まっていた。後にピップの親友になるハーバートも呼ばれて初めて来ていたのだが、彼はピップに取っ組み合いをしようと言い出す。ハーバートは理由もなしに喧嘩をするのは変だからと、ピップの胸に頭突きを食らわせ、ピップはその復讐として喧嘩を始める。ピップは強そうなハーバートを恐れていたが、瞬く間に彼を打ち倒してしまう。彼は今回もまた思わぬほど容易に復讐を成就させたが、相手に怪我をさせたことで逮捕されるのではという罪悪感に襲われる。

ピップはこのように、復讐の異様な能力を帯びていて、それに伴って罪悪感にさいなまれるが、次節で見るように、彼の復讐の能力はオーリックなどの分身的な存在を通して代理的に発揮されるなど、彼と復讐との関わりはさらに特異な様相を呈していくことになる。

Ⅲ

ピップがマグウィッチに食料を届けた日、ジョー夫人はクリスマスの宴席の準備で忙しく、教会へは「代理的に（vicariously）」（四章、二三）行くことに、つまり、ジョーとピップが行くことになる。『大いなる遺産』の中で「代理的に」という語が現れるのはここだけだが、モイナハンが指摘するように（Moynahan 64–77）、ピップの姉への復讐がジョーの鍛冶場の職人オーリックを通して代理的に行われるなど、代理という概念は作中で重要な位置を占めている。代理的な復讐の主題は、たとえば、亡父の復讐を代理的に行うハムレットを、役者になったウォプスル（ジョー夫妻の朗読好きの友人で、教会の元事務員）が演じるエピソードによっても描き込まれているが、オーリックがジョー夫人を殴打する日の彼と彼女の悶着にも、代理的復讐の一例がある。

ミス・ハヴィシャムはジョーを呼んだ時、ピップにもう来なくていいと告げたが、ピップはエステラにもう一度会いたくて、ミス・ハヴィシャムへのご機嫌伺いという口実で、ジョーに半日の休暇をもらってサティス・ハウスを訪れる。ピップが出かけようとした時、オーリックが自分も半日の休暇がほしいとごねだしジョーは同意するが、ジョー夫人がジョーの寛大さを愚かだと責める。するとオーリックが彼女をののしり始める。彼女は普段はジョーを馬鹿にしきっているのに、この時は夫の面前で侮辱を受けることを嘆いてジョーに復讐を求め、ジョーは仕方なくオーリックを投げ飛ばしおとなしくさせる。彼女はヒステリーの発作で気絶する前に、代理的な復讐が成就するのを見届ける。

ジョー夫人はその日の夜、ピップが町からまだ帰らず、ジョーも村の酒場に行って留守にしていた間に、何者かに後頭部と背骨を殴られ言語機能もほとんど失う重傷を負う。ピップはその日、サティス・ハウスを出た後、偶然会ったウォプスルに連れられてパンブルチュックの家へ行き、ウォプスルがジョージ・リロの戯曲『ロンドンの商人、あるいはジョージ・バーンウェルの生涯』を朗読するのにつきあわされていた。朗読の間、ウォプスルとパンブルチュックによって、ピップは親方から金を奪い、叔父を殺し、絞首刑となる徒弟バーンウェルとしつこく同等視されていた。そのためピップは「私の頭はジョージ・バーンウェルのことで一杯であったため、私の姉の襲撃に私が何か手を貸したに違いないこと、あるいはいずれにしても、彼女に恩義のあることをよく知られた彼女の近親者である私が他の誰よりも容疑の合法的な対象であることを、最初信じたい気になった」（十六章、九六）と述べる。ジョー夫人のそばにはヤスリで切られた囚人の足かせが転がっていて、ピップは自分が図らずも襲撃のための武器を提供してしまったように考え、恐怖に襲われる。ピップはマグウィッチとの出来事をジョーに打ち明けるべきか悩むが、その秘密は自分の切り離せない一部になってしまっている気がして、胸に秘めたままにする。

ピップの姉はピップを長年にわたって苦しめてきた存在だが、ピップは姉が殴打される事件で、何者かの手によって姉に思いがけなく復讐ができてしまい、そのことで罪悪感を覚える。それがリロの戯曲の罪人と同一視されたことの一時的な影響という以上の意味を持つことは、ずっと後、真犯人オーリックのピップへの奇妙な責任転嫁によって強調される。マグウィッチの国外脱出計画の決行の二日前、ピップは郷里の沼地の水門小屋へ呼び出され、オーリックに梯子《はしご》に縛り付けられる。オーリックはこれから殺そうとするピップに「お前の姉のがみがみ女を殺したのはお前だったのだ」と言う。ピップは「悪党、それはお前だ」と言うが、オーリックは次のように言い返す。

「本当にそれはお前の仕業なんだ――本当にそれはお前を通して行われたのだ」と彼は銃を拾い上げ、銃床で我々の間の空を殴るようにしながら言い返した。「おれはあの女を後ろから不意に襲った、今夜お前を襲ったようにな。おれ様はあの女をやっつけてやったよ！　おれはあの女を死んだものと思ってそのまんまにしたが、もし石灰窯がお前の近くにあるようにあの女の近くにもあったなら、あいつは生き返りゃしなかったんだ。しかしな、それをやったのは年上のオーリック様じゃなくてお前だったのだ。お前は贔屓《ひいき》にされてオーリック様はいばられて叩かれた。年上のオーリック様がいばられて叩かれるだと、よう？　さあ、お前はそれの償いをするんだ。お前がそれをやったんだ。さあ、お前はそれの償いをするんだ。」（五十三章、三一七、一つ目の傍点は筆者による）

オーリックのこの主張は理不尽であるが、他の部分で類似した型が繰り返されることを考え合わせると、オーリックは彼の主張どおりピップの姉への復讐を代理的に実現しているという解釈が浮かび上がってくる。類似の型が最もはっきりしている例としては、水門小屋ではハーバートたちがピップを助けに踏み込んだため逃亡したオーリックが、少し後、パンブルチュックの家へ強盗に押し入るという出来事がある。その時オーリックは、ピップを非難し恩着せがましい嘘を吹聴したパンブルチュックの口に雑誌を詰め込んで、ピップの復讐をまさしく代理的に行うのである。

　分身の主題は、ジョー夫人への襲撃があった夜、囚人船から二人の囚人が脱獄していたことでも描き込まれていると思われる。その二人の脱獄囚と同じように、ピップとオーリックは半日の休暇を取って、いわば鍛冶屋という牢獄から脱走した。脱獄囚の一人は再び拘束されたが、それと同じようにピップは日常に戻り、逃走中のもう一人のようにオーリックはジョー夫人への襲撃によって日常の規範から引き返しがたく逸脱した。二人の脱獄囚は、支配者と服従者という広義の分身同士だったコンピスンとマグウィッチを想起させる。また、その夜オーリックは町をうろついていてアリバイがあり、彼がいつジョー夫人を襲撃できたのかはっきりしない。その不明瞭さはジョー夫人を殴り倒したと言うオーリック自身も、逃走中の囚人という分身によって犯行を行ったかのような不気味さを醸し出している。

　ジョー夫人は襲撃の後わずかながら回復すると、奇妙なことに毎日オーリックを呼び寄せ歓心を買おうとする。彼女の彼へのこの不可解な恭順は、復讐された者が復讐者に許しを乞うという復讐の十全な成就の強調になっている。ジョー夫人は死の直前にはジョーに許しを乞い最後にピップの名を口にする。彼女は懲らしめられ悔悟した者の典型のように振る舞うのである。それと類似した型は、ミス・ハヴィシャムがピップに最後には許しを乞うことにも見られる。彼女はエステラを通して復讐を加える男性の一人としてピップを最初から呼び寄せたのだが、彼女はピップの境遇が変化した後もずっと彼を苦しめ続ける。そのミス・ハヴィシャムも、ジョー夫人と同じように、最後にはピップの許しをひたすら乞う。

　ピップはジョーの徒弟になって四年目、サティス・ハウスに出入りする弁護士ジャガーズから、彼がピップと名のり続け、すぐロンドンへ出て紳士となる準備をし、遺産の贈り手を詮索しないという条件で莫大な遺産相続の見込みを得ると告げられる。ピップは遺産の贈り手がミス・ハヴィシャムであり、自分がエステラの結婚相手に予定されていると思い込む。ミス・ハヴィシャムはピップの心をエステラにつなぎとめるため、また、親類を嫉妬で苦しめるために、彼の誤解を助長する態度を取る。彼女にはピップをエステラと結婚させるつもりはなく、エステラはドラムルというピップも知る無価値な男と婚約する。ピップは自分の遺産相続の真相を知った後、ミス・ハヴィシャムが取ってきた態度をなじるが、彼女は彼が願望に促され自分で罠に陥ったのだと開き直る。しかし、ピップが去り際にエステラに熱烈な愛を打ち明けるのを見て彼女は彼への仕打ちを悔い、後日彼を呼んで彼がしていたハーバートへの援助の代行を申し出るなどして許しを乞う。

その場面でミス・ハヴィシャムはピップの足元にくずおれ、手帳にある自分の名の下に自分を許すと書いてほしいと懇願する。彼は「私は今そう書くことができます。これまでひどい誤解がありました。私の人生は盲目で感謝知らずなものでした。私自身許しと導きをあまりに多く必要としているので、あなたに苦々しい態度を取ることなどできません」（四十九章、二九七）と答えるが、彼女を許すと彼が実際に書いたかは明らかでない。部屋を出た後、ピップはミス・ハヴィシャムが首を吊っている幻覚を見て心配になり戻る。偶然にも彼が扉を開けたとたん、彼女の服に暖炉の火が燃え移る。そして、彼は自らも火傷を負いながら彼女を助けるのだが、モイナハンが着目しているように(Moynahan 76)、二人はその時、敵《かたき》同士のように格闘する。

私は二着のコートを脱ぎ、彼女と取っ組み合って投げ倒しそれらのコートで彼女を覆った。そして同じ目的のためにテーブルから大きな布を引きずって取り、それとともにテーブルの真ん中にあった腐敗の山とそこに隠れていた醜いものどもを引きずり落とした。私たちは床の上でやけになった敵同士のように格闘していた。私が彼女をしっかり覆えば覆うほど、彼女はより激しく叫んで、身体を解き放とうとした。私はこれらのことが起きたのを、私が感じたり考えたり、私がしたと知っていたことからではなく結果から知った。（中略）私は彼女をまるで逃げるかもしれない囚人のように全力で無理矢理まだ押さえつけていた。私は彼女が誰なのか、私たちがなぜ格闘するのか、彼女が燃えていたのか火が消えたのか知っていたかすら疑わしい。（四十九章、二九九―三〇〇）

ピップはテーブルクロスを取ってミス・ハヴィシャムを包むためとはいえ、彼女が恨みの象徴として二十年以上もそのままにしてきた結婚式の宴席のケーキなどを破壊する。ピップは彼女の救助という目的の自覚も失って、長年の迫害者であった彼女とまるでマグウィッチとコンピスンのように格闘し、ピップの命がけの救助は奇妙に復讐じみた様相を帯びる。そして、その復讐の完全な成就を象徴するように、大火傷を負ったミス・ハヴィシャムは彼の許しを求めるうわごとをつぶやき続ける。

エステラもまたピップを長年苦しめてきたが、これもモイナハンが指摘するように（Moynahan 73–74）、彼女の夫ドラムルが彼女を虐待し続けたことを以て、彼女へのピップの復讐が代理的に果たされたと考えられる。ドラムルはやがて落馬事故で死ぬが、作品の結末でピップと再会したエステラは、ディケンズが最初に校正刷りにさせた原稿でも、それを読んだ友人の忠告を容れて新たに書いた原稿でも、ピップの彼女へのかつての愛情を理解したことを示す（五十九章、三五八、三五九）。彼女は彼の愛を受け入れなかったことを悔い、いわば懲罰を受け改悛した者となっている。

オーリックもドラムルも、ピップの分身とは一見考えにくい。しかし、いつも嫌そうに仕事場へ現れるオーリックは、鍛冶屋の仕事に不満なピップの内面を強調して体現する人物であるとも言え、モイナハンが指摘するように（Moynahan 65）、ピップが幼なじみのビディーと少し親しくすれば彼も彼女に気のある態度を示してつきまとい、サティス・ハウスの門番になったり、その後上京したりして、ピップの欲望の対象の場を追って移動し続ける。ピップの教師の生徒で准男爵の三男ドラムルも、ピップはその愚鈍さと横柄さを蛇蝎のごとく嫌うが、彼はピップの内面の虚栄心などの醜さの体現者でもあり、彼もまたエステラを欲望の対象とする。ともにピップの分身であるオーリックとドラムルの共通性は二人のどちらもがピップの背後をのろのろとついてくる癖でも強調されている。

ピップはオーリックとも、ドラムルとも憎悪し合い、オーリックはピップを殺そうとすらする。そのように反発し合う存在でさえ、本人たちの知らないうちに分身同士になっていることに、この作品の描く自己像の特異さの一つがある。回想録を書くピップはオーリックとドラムルへの軽蔑と反感を訴え、二人と分身の関係にあるとの自覚はない。そのような自己の暗黒面へのピップの無自覚さは、次節に見るように、今度こそ忘恩から脱したと思っている彼が、彼の人生を狂わせたマグウィッチに対する復讐と厄介払いを無意識のうちに実現していることでも描かれている。

Ⅳ

ロンドンへ出たピップは、ジャガーズから生活費を渡されながら、ミス・ハヴィシャムのただ一人の無欲な親類マシュー・ポケットの私塾に住み込んで暮らす。その私塾は郊外のハンマースミスにあり、ロンドンの学校にも通うことにしたピップはポケットの息子ハーバートが既に借りていた下宿を共同で借りる。この頃エステラが大陸での教育を終えて帰国し、ミス・ハヴィシャムのリッチモンドに住む旧友の家に寄宿し、求愛者に囲まれて暮らす。優美さを増したエステラにピップは彼女との距離が縮まらないのを感ずるが、その印象は星と関連する彼女の名前だけでなく、二人が住むロンドン郊外の地名でも表現されている。ハンマースミス(Hammersmith)は鍛冶工を含めハンマーを使う職人のことで、リッチモンド(Richmond)は仏語の“richemont”(すばらしい山)が原義であるものの、“rich”と“monde”(人々、社会)の複合語を仮に作ればそれとの語呂合わせとなる。ピップはエステラの住む家へよく出入りするが、鍛冶屋に住んでいた頃と同じように、上京後も彼女から隔てられたままである。

　ピップが記述するロンドンは首都の壮麗さとは無縁で、彼とハーバートの下宿の建物はとりわけ陰惨である。上京するエステラを待っている時に監獄を見学することになったり、サティス・ハウスを訪れるために乗った馬車の背後の席に、護送される二人の囚人に座られたりして、ピップは犯罪的なものにつきまとわれる。彼は勉学には励むものの、ジャガーズが予言したとおり、浪費癖から借金を膨らませる。サティス・ハウスへ時々帰るエステラに付き添って帰郷しても、彼はジョーの家には寄らないという忘恩に陥る。姉の葬儀のため、上京後初めてジョーの家を訪れた時、彼は忘恩を反省するが、結局以前と同じようにジョーの家には寄らない。ピップはせめてもの善行としてハーバートをひそかに援助するため、貿易商クラリカーに資本金を提供し、ハーバートを彼の共同経営者にする計画を進める。そうしてピップが二十三歳になり、ハーバートが出張で留守にしていたある嵐の晩、自分が作り上げた紳士を見るために帰国したマグウィッチが彼の下宿を訪れる。

　マグウィッチが遺産の贈り手だと知ったピップは、ミス・ハヴィシャムによって自分がエステラの結婚相手として予定されていたのではないことに苦悩する。そして、どんな恐ろしい罪を犯したか分からないマグウィッチのために、ジョーを捨ててしまったことを彼は悔やむ。マグウィッチは帰国が露見すれば死刑なので、ピップは自分が彼をかくまうことに失敗し彼の「殺人者」となることをひどく恐れる。翌日ピップはマグウィッチのために近所に部屋を借り変装用の服も買ってくるが、何を着せても囚人らしさがにじみ出てくるマグウィッチに彼は激しい嫌悪感を改めて抱く。その後ハーバートが帰り、マグウィッチの来歴を二人で聞く。ピップはマグウィッチと絶縁するつもりだったが、国内でそれをしてはマグウィッチが絶望し不用意なことをしてつかまる恐れがあるので、彼の国外脱出をまず図ることになる。やがてジャガーズの事務員ウェミックが追跡者の気配を察知し、マグウィッチはハーバートの婚約者クララの家に移される。その家はテムズ川に面していて、ピップは毎日ボートの練習をし、脱出の日マグウィッチを迎えにボートを漕ぎ出しても怪しまれないようにする。

この間、ピップが芝居を見ていた時、彼の背後にコンピスンがいたことをウォプスルが教えてくれる。マグウィッチが最初に来た晩も、階段に寝そべっている人物がいたりして心配の種があった。また、ピップはジャガーズの家政婦がエステラの母であると直感し、情報を集めてそれを確かめ、エステラの父がマグウィッチであることも突きとめる。マグウィッチが殺人などの重罪を犯したわけではないことを知り、彼が落ち着いておとなしくなってきたことで、ピップの彼への嫌悪感は薄らいできていたが、彼がエステラの父であることも分かって、ピップは彼に強い愛情を抱く。しかし、いよいよ決行された脱出の計画は、外国行きの汽船に拾ってもらおうとしたところで物陰から追っ手が現れ失敗に終わる。マグウィッチは追っ手の舟にいたコンピスンにつかみかかり、コンピスンがのけぞったために二人とも組み合ったまま川に落ちる。コンピスンはそのまま溺死し、マグウィッチは汽船の竜骨で胸を打って重傷を負う。マグウィッチには死刑の判決が下るが、彼は日ごとに衰弱し、刑の執行以前に病院でピップに看取られながら死ぬ。

ピップのマグウィッチへの感情は、このように激しい嫌悪感から強い愛情へと変化してきており、彼はマグウィッチに自分のために尽くしてくれた恩人だけを見たとも述べる。しかし、マグウィッチへの感情をそのように変化させながらも、マグウィッチがロンドンへ戻った時に抱いた彼への嫌悪感の中で固めた決意、すなわち彼からは今後一切金銭を受け取らず、早晩絶縁するという決意を、ピップが最後まで変えない点は注目されるべきである。ピップはマグウィッチへの最初の嫌悪感を深いところで最後まで持ち続けるのである。脱出決行の前から、ジャガーズの事務所の事務員ウェミックが、マグウィッチの動産を確保するよう警告していたが、ピップはそれを無視し、マグウィッチの財産は国に没収される。ピップはマグウィッチを失望させないため、彼がマグウィッチの死後も彼の財産で紳士として生活していけると誤解させておくが、ピップ自身は自分の選択を悔いない。

ピップのその選択は、今後は自力で人生を切り開こうという殊勝なものではある。それは死刑囚からも手に入れられるだけの金品は譲り受けようとするウェミックや、溺死者から衣類を集めるテムズ川下流の宿屋の使用人の行為のおぞましさと対比されてもいる。しかし、ピップにとってはそのように忌むべき行為と同類のことをすることになっても、死刑になるかもしれないマグウィッチの財産を事前に確保しておくことが、彼の恩義に真に報いることであったと考えられる。犯罪者から財産を得ることのおぞましさを避けることで、ピップはその人物への忘恩という別のおぞましさに陥っているのである。

マグウィッチの死後帰郷した時、ピップはパンブルチュックに彼の没落は恩人への忘恩のせいだと横柄に非難される。パンブルチュックは理不尽にもその恩人を自分のつもりで言っているが、恩人をマグウィッチに置き換えれば、ピップはその非難のとおり忘恩のせいで財産を失っている。ピップに復讐されたジョー夫人、ミス・ハヴィシャム、エステラがそろって恭順の態度を取る中で、パンブルチュックだけが復讐された後もピップを非難し続けるのには意味があり得る。幼い頃パンブルチュックに恩知らずと決めつけられていたピップは、その非難どおりにジョーに対し忘恩の徒となり果てた。そして、その非難はマグウィッチに対しての場合にも当てはまる。パンブルチュックの非難を不当なものだと憤りつつ、ピップがその非難のとおりになっていくという奇妙な傾向は、作品の終わりまで持続するのである(8)。

ピップにとってのマグウィッチの存在を考える上で今一つ重要と思われるのは、クララの境遇である。彼女の唯一の係累である父は二階で寝たきりになっていて、金と食料を枕元に置いて娘を酷使する。痛風でありながら酒や肉ばかり摂《と》るこの父親は先が長くないと予想されてはいるが、彼が死なない限り彼女はハーバートと結婚できない。彼女のこの境遇は、若者の自由を束縛する年長者の死がひたすら待ち望まれている点で、ピップにとってマグウィッチの死が待ち望まれる状況と重ね合わされていると考えられる。

脱出失敗の後、ピップはマグウィッチの死を望むが、それは彼に絞首刑という残酷な死に方を免れさせるためである。ピップの意識の表面ではそれはあくまでもマグウィッチへの思いやりだが、次のような面もある。マグウィッチがロンドンの下宿に現れた時、ピップは彼をかくまうことに失敗して彼が死刑になり、自分が彼の「殺人者」になるかもしれないことにおびえた。しかし、逃亡計画の失敗によってマグウィッチが負傷して死ぬことは、ピップに彼の殺人者となる罪悪感は与えないらしい。マグウィッチが絞首刑の執行以前に死ぬことは、ピップをそうした罪悪感から彼を解放する面がある。ピップは病院へ面会に入る時、マグウィッチを安楽死させるための薬物を持っていないことを身体検査で自ら確認してもらったりする。ピップは自分が手を貸して彼の殺人者となることやその疑いをとりわけ避けようとする。

また、病死にしろ刑死にしろ、マグウィッチの死はピップが嫌悪感を持続させ絶縁を望んでいたマグウィッチからの解放をついにもたらしてくれる。クララの父はほどなく死に、クララとハーバートは若いうちに結婚できたが、クララの父があまり遅すぎにならないうちに死んだように、マグウィッチもイギリスへ帰還後に何年もピップを拘束したりせず、遅すぎにならないうちに死ぬ。ピップは決してそうとは意識しないが、マグウィッチの死によってピップは重荷からの解放を得る。クララとハーバートに実現した厄介払いは類似によって、ピップが意識することなしに彼の身にもそうした厄介払いが実現していることを浮かび上がらせている。

ピップが無意識のうちにマグウィッチに対し厄介払いや復讐を実現していることは、ピップがオーリックに殺されかかる水門小屋での出来事を通じても描かれている。Q・D・リーヴィスはその出来事をピップが自分の罪と向き合い、自己を再生させることを描いていると解釈しているが(Leavis 320–22)、むしろ、ピップはその出来事によってオーリックとさらに緊密な絆で結びつけられる。

オーリックは「何者かが害を及ぼせばそれと同じだけの仕返しができる人間として」(二十九章、一八〇)、つまり、賊に復讐のできる人物として推奨されてサティス・ハウスの門番におさまっていたのを、ピップがジャガーズに好ましくない人物だと進言したため解雇される。そして、ロンドンに出てコンピスンと知り合い手下となっていたのだが、彼は自分が仕えるコンピスンの優秀さを言うのに「五十の筆跡を使い分けられる」(五十三章、三一八)ことを例として挙げる。彼は、コンピスンがマグウィッチの帰国を察知していて、マグウィッチはコンピスンに気をつけたほうがいいと言う時にも、コンピスンが「五十の筆跡を使い分けられる」ことを再度強調する。

オーリックがピップの前でコンピスンの偽筆の能力を二度も強調するという設定は、ピップたちがマグウィッチの国外脱出を、日を指定するウェミックの手紙のみに基づいて決行しようとしていることと関連すると思われる。ピップは手紙を受け取った後、ウェミックに会って決行を確かめていない。もしピップがウェミックのものと思っている手紙がコンピスンの偽筆になる手紙であったとしたら、ピップはコンピスンの罠に陥ることになる。脱出が失敗に終わった後、ウェミックはコンピスンが監獄にいる部下に自分がその頃留守になると偽の情報を流し、彼にそれが伝わるようにしたらしいと言い訳する。従って彼の手紙は偽筆でなかったことが後に判明するのではあるが、コンピスンの偽筆の能力をオーリックが強調するのは、その時点ではウェミックの手紙が偽筆である可能性を示唆する。そのことは、ピップがその可能性に気づきつつ、マグウィッチの脱出計画の失敗を無意識のうちに望んで、ウェミックの手紙が本物であることの確認をしなかったのだという解釈を生み得る。

ウェミックの手紙が偽筆である可能性にまでピップの気が回らなかったことは、もちろん不自然ではない。しかし、オーリックが二度もコンピスンの偽筆の能力を言い、マグウィッチに関し警告することは何らかの意味の存在を感じさせる。ピップは翌日寝込んで決行予定日の前日を不安のうちに過ごすが、その時のことを「私は自分自身を説得して次のように思い込ませてしまった。すなわち、彼がつかまってしまったことを自分が知っていること、恐れや予感以上の何かが心にのしかかっていたこと、その事実が起こってしまい、私がそのことの神秘的な知識を得ているということを」（五十三章、三二一―三二二）と記している。ピップは決行当日の失敗ではなく、前日の今既にマグウィッチがつかまってしまっていることを恐れているのではあるが、「恐れや予感以上の何かが心にのしかかっていた」ことは、オーリックがコンピスンの偽筆の能力を強調したことと関連するように思われる。

ピップはオーリックに殺されかけ、姉の襲撃の犯人もオーリックだと知ったにもかかわらず、彼を警察に告発しない。マグウィッチの脱出決行の前後の時期であれば無理もないことではあるが、彼はその後もずっとオーリックを告発しない。オーリックはパンブルチュック宅に強盗に入り投獄されたという情報を最後に、宙に消えてしまったようになる。それはモイナハンが指摘するように（Moynahan 72–73）、ピップの陰の欲望の体現者であるオーリックは欲望の成就とともに消えていくことを表していると考えることができる。しかし、ピップがオーリックをいつまでも告発しないことは、彼が姉の襲撃での共犯性を無意識のうちに受け入れていることの表れであるとも考えられる。ピップはオーリックが姉の襲撃者だったことをハーバートやジョーに話した様子がない。ピップはマグウィッチのための盗みを長く秘密にしたように、姉の襲撃の真相も秘密にし続ける。

オーリックが冥土の土産のつもりでピップに聞かせた話には、マグウィッチがピップを最初に訪ねた晩にオーリックが後をつけてきていたことなど、新たな情報もあった。オーリックはコンピスンの一味の中でロンドンに帰還したマグウィッチの最初の目撃者となって、マグウィッチの安全を脅かす。彼はピップの姉への復讐を代行したように、今度はピップの人生を狂わせたマグウィッチを死刑に至らせる助けをする。そして、ピップは彼自身もマグウィッチへの復讐を望んでいるかのように、コンピスンの偽筆の能力など、新たな不安材料をハーバートと相談せず、水門小屋でオーリックが明かしたことについて沈黙してしまう。意識の表面において、ピップはマグウィッチへの反感を克服し、彼の国外脱出に全身全霊を傾ける。しかし、子供がどんなに自分は安全だと思っていても必ず忍び寄ってきて子供を捕らえると、かつてマグウィッチがピップを脅した青年のように、忘恩と復讐は、彼がそれらから全く免れていると思っている時に、彼を捕らえるのである。

V

マグウィッチが病死した後、ピップは重病になり、ジョーの介抱を受け、幼年期のようにジョーに保護される幸福を味わう。しかし、ピップが回復するにつれジョーはよそよそしくなり、やがて置手紙と、借金を肩代わりした領収書を残して去る。ピップは数ヶ月前から、ビディーと結婚し将来の進路も彼女に決めてもらうという考えを温めていたが、彼女と結婚すればジョーとの隔たりは消えるだろうとも考え、彼女に求婚しに帰郷する。しかし、偶然にもその日はジョーとビディーの結婚式で、それを知ったピップはもしもビディーと結婚したいという考えを以前にジョーに打ち明けていたら、ジョーはビディーとの結婚を断念して彼女をピップに譲ってしまっただろうことを想像し、結婚の希望をジョーに打ち明けなかったことを喜ぶ(9)。そうして郷里に居場所を失い、ビディーに進路の決定を頼ることも許されなくなり、ピップはかねてからのハーバートの誘いに応じてクラリカー商会に入社し、やがてクララと結婚したハーバートの家庭に居候して外地で長い期間を過ごす(10)。

十一年後ピップは初めて帰国し、ジョーの家でピップと名付けられたジョー夫妻の子供を見出す。ディケンズの最初の案では、ピップがその小ピップとロンドンを歩いている時に医師と再婚したエステラと出会い、彼女が小ピップをピップの子供と勘違いするところで小説は終わる。その案はピップとエステラのロマンスの可能性を示唆する現行の結末に変更されたが、ピップが別の女性と幸福な家庭を築いているとエステラが誤解する最初の案の方が、ピップがかつての迫害者に対し最後には優位に立つという型を一貫して踏襲している。そして、それが読者の期待を考慮する以前のディケンズの案でもあった。

ピップがそうしてエステラに再会した三十歳代の半ばにこの回想録を執筆したのには、自己の弁護や正当化という隠れた目的があったと考えられる。ピップとしては、幼年期に犯罪者と絆を持ってしまい、大人たちに非難されたとおりの忘恩に陥ったものの、マグウィッチへの反感を克服して恩義を重んじる人間となり、勤勉に働くようにもなったという物語を回想録で訴えたいのだと思われる。しかし、ディケンズはピップが書いたつもりの物語とは矛盾して、ピップが逃れ得たと思い込むものに最後まで捕らえられ続けるという物語を作り上げている。ピップは基本的に善良ではあるけれども、社会的な上昇欲に取り憑かれ、ジョーへの忘恩に陥り、また、迫害者に復讐を果たす陰の自己を持っている。そのようなピップの自己の二面性をディケンズは描こうとしているのだと考えられる。人が二様の自己を持ち得ることは、職場での非情な自己と自宅での温和な自己を自覚的に使い分けているウェミックを通して典型的に描かれているが、ピップの場合、ウェミックとは対照的に、望まないのにもう一つの陰の自己がまつわりついてくる。

しかし、ピップを通して描かれているのは、単に自己が対照的な二つのものの束であり得るということにとどまらない。幼年期の盗みの秘密をピップが自己の一部のように感じ、パンブルチュックたちの予言もピップの内部に入り込んでしまった感があるように、外部の異質なものが、暴力的に自己の一部になってしまう様子も描かれていることの一つである。そのことは、エステラがピップの自己の切り離せない一部になってしまうことを通してさらにはっきり描かれている。エステラに初めて会ったピップは、貧しさを軽蔑する彼女に同化して社会的な上昇欲の虜となり、彼女を愛することを止められなくなる。エステラは苦痛ばかりを与える存在だが、だからといって、ピップは彼女を自己から切り離すことができない。
結婚前のエステラに別れを告げる時、ピップは彼女が彼の自己の一部となっていることを次のように言う。

「あなたは私の存在の一部、私自身の一部です。粗野で下品な少年としてここへ最初に来て、その時既にあなたは私の哀れな心を傷つけましたが、その時から私が読むものの一行一行にあなたはいました。その時以来私が見る全ての光景にあなたはいました——川や船の帆、沼地や雲、光にも闇にも、風にも森にも海にも通りにもです。」（四十四章、二七二）

熱烈な愛を訴えるこの一節は、マグウィッチがオーストラリアでの生活でピップの顔をしばしば目の前に見たという次の一節と似通っている。

「おれが羊飼いとして雇われて一人ぼっちで小屋にいて、羊の顔ばっかり見ていて男や女の顔がどんなだったか半分忘れかけていた時、おれはお前の顔を見たんだ。小屋で昼飯や夕飯を食べている時よくおれはナイフを取り落として言ったものさ『ほらあの少年がまた、おれが食べたり飲んだりしていた時と同じようにおれを見ている！』おれは霧のかかった沼地でお前を見た時と同じくらいはっきりと、何度も何度もあちらでお前を見たんだ。」（三十九章、二四一）

マグウィッチはピップを被造物とすることで、自己の一部に取り入れてしまっていると言えるが、右の二つの箇所の類似は、一見異質に見えるマグウィッチとピップ、ピップとエステラとの関係が、他者が自己の一部と化す点で共通していることを浮き彫りにする。

被造物化による他者の自己への吸収は、ミス・ハヴィシャムがエステラを復讐の道具として育て上げただけでなく、従属させた彼女に自己のなくてはならない一部として依存していることにも表れている。[11]ミス・ハヴィシャムは、エステラが彼女の自己の一部となっていて単なる復讐の道具ではないからこそ、エステラが一度だけ反抗的な態度を示した時、ひどく苦悩するのである。被造物化による他者の自己への吸収は、バルザックの『幻滅』を例に挙げながらエーリッヒ・フロムが『自由からの逃走』で考察していることだが(Fromm 111)、それについてはミス・ハヴィシャムとエステラ、マグウィッチとピップの関係も『幻滅』からの例に劣らぬ好例であり得る。フロムがそこで考察する、片方が暴虐で他方がそれに苦しんでいるのに関係の解消されない夫婦についても、『大いなる遺産』はジョーの両親などの好例を提供し得る。

エステラは一度ミス・ハヴィシャムに反抗するものの、ミス・ハヴィシャムが押しつけた非情な人格をむしろ進んで自己の一部としているようである。彼女はミス・ハヴィシャムの策略をめぐらす親類にも苦しめられ、彼らが馬鹿を見る様子に復讐の喜びを味わったりするが、ミス・ハヴィシャムにゆがんだ教育をされた恨みについては、その教育の徹底的な成果となって自分自身を苦しめることでそれをはらそうとしているかのようである。エステラはいわば自分自身の敵となっているのだが、それは理性に反してエステラを愛し続けたピップも同じである。「自分自身の敵」とはミス・ハヴィシャムの親類が正直なマシュー・ポケットについて言った言葉だが、それは捨て去ればよい復讐心によって自らを苦しめたミス・ハヴィシャムにも当てはまる。ピップもエステラも、また復讐が自己の一部と化した感のあるミス・ハヴィシャムも、外部のものが自己の一部となり、たとえそれが自己を苦しめてもそれを切り離すことができなくなることの表現となっている。

*

『大いなる遺産』で描かれる自己は、内面において異質なものの束であったり、外部の異質なものや人物と束ねられて一つとなったりする。この作品の描く自己像のさらに特異な点は、自己がこの世にいくつも分散して存在するということである。オーリックとドラムルは、ピップの自己の散在を描く一つの例である。ピップはオーリックもドラムルも憎悪するが、二人はピップの内面の醜い部分が強調された体現者であり、彼の陰の欲望を代理的に実現する。自己の散在というイメージは、マグウィッチに初めて会って帰ったピップにジョー夫人が言う「お前が五十人のピップであろうと彼が五百人のガージャリーであろうとお前をその隅から引き出してみせるよ」(二章、一四)という言葉にも表れている。あるいは、初めて上京する時、停車場までジョーに送ってもらわなかったことについて良心の呵責に苦しむピップは、馬車がジョーとそっくりの顔の人物と何度もすれ違うような気がする。マグウィッチが下宿へ現れた晩、ピップはそれ以前にマグウィッチと似た人物と何度も通りですれ違い、その似た人物の増加によって彼の接近を警告されていたように思う。

通常の感覚において、人は世の中に散在するものではなく、テムズ川で捕らえられたマグウィッチはこの世にただ一人で、彼がマグウィッチであると証言する者が現れて、裁判にかけられる。オーリックに姉を襲撃したのはお前だと言われても、ピップは通常の感覚にのっとって、それを否定することができる。しかし、『大いなる遺産』はそのような通常の感覚がほころび、通用しなくなってしまった悪夢のような世界を描く。

『大いなる遺産』では、人が共同で物事に当たる姿が何度か出てくる。ジャガーズは被告のパートナーとして共同で裁判に対処するのが生業であり、それ故にか仕事が一つ終わる度に、手から石鹸で依頼人の汚れを洗い落とそうとする。パンブルチュックは将来の紳士ピップに稼業への出資を仰ぎ、共同経営者になってもらおうとする。初めのうちピップはあさましくも以前とは態度を一変させたパンブルチュックに、抱くべき反感を抱かないが、穀物種業に結局は出資しない。しかし、後にピップはクラリカーに資本金を与えてハーバートに共同経営者の地位を確保してやる。ピップ自身も彼らの商会に入社した後、昇進して三人目の共同経営者となる。共同経営者という絆は、ピップとマグウィッチの絆とは一見異質ではあるが、パートナーという他者との関係を結ぶ点で共通する。コンピスンやマグウィッチのような犯罪者に限らず、人は他者とパートナーとしての関係を築こうとする。作品はそのように個人が他者と束となって生きていく様子を描く。

マグウィッチの死後、重病になったピップは「私は家の壁のレンガの一つになっていて、建物を建てる職人が私をはめこんだ目のくらむ高い場所から解放してくれるよう嘆願していた」という幻想や、「私は深淵の上を押し進み回転する巨大なエンジンの鋼鉄の梁になっていて、そのエンジンを止めて私の部分をハンマーでたたいて外してくれるよう懇願するのだった」（五十七章、三四三）という幻想にうなされる。それらの幻想は、最初は窃盗の代行者として、後には社会への復讐の道具としてマグウィッチと絆を結ばされ、大人たちの予言も自己の一部となったように実現していくピップの苦悩をよく反映している。ピップは外部から自己を切り離すことができず、苦悩するのである。

ピップが無意識のうちにマグウィッチの死を望み、国外脱出を失敗させようとすることは先に見たが、それは恩人を殺すだろうという大人たちの予言の実現であるとともに、人生を狂わせた迫害者への復讐の成就でもある。ピップの復讐の能力は大人たちの予言には含まれていない。ピップは自分をからかった仕立屋の小僧や、憎悪するオーリックには職をくびになるよう働きかけて進んで復讐を行おうとするが、姉やミス・ハヴィシャム、マグウィッチ、エステラに意識の表面で復讐心を抱くことはない。ピップの復讐心は彼の自己の陰の部分に巣くう願望で、彼はその陰の自己から逃れようとする。しかし、サティス・ハウスの門の前でピップがふと後ろを向いた間に門番のオーリックが背後に迫っていたように、ピップがそれから逃れようとする犯罪性や陰の自己は知らないうちに表の自己の背後に忍び寄る。

ジョーが鍛冶場でハンマーを打つ時に調子付けに歌う鍛冶屋の守護神の小唄「老クレム様」は、日光を遮断した部屋をぐるぐる回りながらピップとエステラ、ミス・ハヴィシャムが低い声でつぶやくように歌い続けると、「ぶったたけ、ぶったたけ」という無邪気な歌詞も復讐の対象を殴打したいという渇望を表すような凄味《すごみ》を帯びる。そして、その歌詞のとおり、オーリックはジョー夫人の後頭部をぶったたいてピップの陰の自己の復讐心を代理的に満たす。マグウィッチに出会った日、帰宅したピップは脱獄囚や彼との約束などが「復讐する石炭」となって彼の前に盛り上がるように感じる。「復讐する石炭」はエドガー・ローゼンバーグが注釈するように（Rosenberg 14n9）、新約聖書『ロマ人への書』十二章十九から二十一節に言及する表現だが、その節は「復讐するは我にあり」と神が人間に復讐を禁じる箇所である。しかし、ピップは神ではなく彼自身が「復讐するは我にあり」と言うかのように、不可解なほどの復讐の能力を発揮していく。

復讐の放棄と迫害の甘受はキリストの教えでもあるが、ヨセフとマリアの子供のような立場のピップはキリストのその教えと正反対の復讐心を陰の自己の内に潜在させる。ピップはキリストが人類の罪を代理的に背負った点でキリストと類似するかのように、復讐心、忘恩、浪費癖などを身に帯びる。

ピップは息を引き取ったマグウィッチのベッドの傍らで、『ルカ伝』十八章十から十三節に言及しながら「おお主よ、罪人である彼にお慈悲を！」と言う。『ルカ伝』の言及された箇所は、寺院へ来たパリサイ人が自分の行いの正しさを列挙して神に祈ったのに対し、そばにいた収税人は目を天に向けようともせず、ただ胸をたたいて「神よ罪人である私にお慈悲を」とだけ言ったことを描いている。収税人の言葉の「私」を「彼」に変え、自ら罪を身に帯びていながら自分は罪人ではないかのように祈るピップを、パリサイ人のようであると考えることもできる[12]。しかし、『大いなる遺産』はむしろ、罪から自分は脱したと信じながらなお罪深い陰の自己にまつわりつかれているピップの姿を描き、そのように内在化した罪を自己から切り離せない存在である人間に対する慈悲を、ピップのその祈りを通して神に求めるのである。

第四章　「全くの息子」アタスン

――『ジキル博士とハイド氏の奇妙な事件』が訴える慈悲――

ネリー・ディーンもピップも自身の中の悪をはっきり認識することはないが、R・L・スティーヴンスンの『ジキル博士とハイド氏の奇妙な事件』（一八八六年）のジキルは、それを明瞭に認識して別人格として外部化しようとしている。そのように自己の中の悪を認識している点で、ジキルは無意識の領域としての「自己の中の外部」の考察対象にはならないが、彼の友達で重要な脇役であるアタスンが、知らず知らずのうちにハイドとの同化に陥っていくことを作品は描いている。本章ではアタスンに焦点を当てながら『ジキル博士とハイド氏の奇妙な事件』におけるそうした自覚されない悪の問題を考察していく。

Ⅰ

スティーヴンスンの『ジキル博士とハイド氏の奇妙な事件』のジキルには大学時代からの二人の親友、弁護士のアタスンと医師のラニョンがいる。作品の最後のジキルの手記によって分かることだが、ジキルはハイドに変身するための薬の効力を確かめた後、それを常用し始める前に、自分の身に何か起きた時にハイドとして財産を相続できるようにした遺言を作成しようとする。その依頼を受けたアタスンは、変身の事情を知らないため、遺言の内容の突飛さに強い反感を抱き、遺言の清書も引き受けず、ジキルに自筆で書かせたものを渋々受け取って保管していた。作品は、アタスンが彼の従弟エンフィールドからハイドの残忍な行為の目撃譚を聞き、ジキルの身を案じてハイドの人物を探り始める経緯の描写から始まる。アタスンを視点人物とした全知の語り手によるその叙述はジキルの死まで続いて作品の三分の二ほどを占める。その後に、公園でハイドに変身してしまい何とかホテルにたどり着いたジキルに手紙で助けを求められ、わけも分からずそれに応じ彼の変身を目撃したラニョンの短い手記がある。そして、自己の不道徳な部分を分離したいという欲求から薬を開発し、やがて薬なしでハイドに変身するようになってしまい、元に戻れなくなったことを述べるジキルの手記が続く（注にあらすじを付した）(1)。

作品の中盤までを占めるアタスンを視点人物にした部分は、作品が発表された当時は、ジキルにまつわる謎を深め、ラニョンとジキルの手記が与える驚きを大きくするために非常に効果があったと考えられる。今日では「ジキルとハイド」は二重人格を表す言葉としてあまりによく知られているので、ジキルのハイドへの変身という真相を知らない状態で『ジキル博士とハイド氏の奇妙な事件』を読む読者はほとんどいないと思われるが、そうした真相を知った上でも、アタスンが視点人物である部分は十分に読み応えがあり、その部分がなければこの作品は小説として興趣に乏しいものになっていたと言い得るだろう。

しかし、アタスンは小説の効果を高めるための視点人物にとどまらない重要な存在であると考えられる。作品における彼の存在の意味を考察する上で意義深いと思われるものに、ピーター・K・ギャレットの論考がある。ギャレットはその中で、アタスンがハイドを目撃した後、ハイド的なものに感染して（ギャレットはそのことを「汚染（contamination）」という語で表現する）、ハイドに似通った人物になっていることに着目している。ギャレットの論考の主眼は、ジキルが自己の善なる部分と悪の部分を二分しようとしているのに反して、作品がそのような二極化を否定し、かつまた二極を単純に一極化することをも否定していることの指摘にあり、アタスンがハイドに似通うに至ることは正義と悪という二極的と思われるものの混淆の重要な例と位置づけられる。ギャレットは、ハイドに変身して元へ戻れなくなったジキルが潜む部屋へアタスンが突入しようとした時、残存するジキル的なものが呼びかけていたとも考えられる声をハイドのものと決めつけ扉を壊して侵入したことに注目する。そしてギャレットは、複数のものである「叫びや声」（彼の論考のメイン・タイトル）を、単一の声と見なす際に生じる暴力がその物語の要であるとする（Garrett 64）。

本章の考察は、アタスンがハイドと似通った者になることへの注目に関しては、ギャレットの解釈と共通するが、ここでは、ギャレットが「汚染」と見ているものにより複雑な面があり、ハイドを見た者がハイドの悪の様相であると考えたものに、その目撃者自身が染まるという傾向があることに注目する。また、アタスンのハイド化の要が「慈悲心」の喪失であること、アタスンの名が「全くの息子（utter-son）」と読めることと彼がジキルの財産の相続者となることの意味にも考察を加える。そして、ジキルについての手記をアタスンに託したラニョンの名 "Lanyon" が寛大さを表す形容詞 "lenient" と似通うことにも触れながら、本作品における「慈悲」の問題を考察していきたい。

Ⅱ

ハイドの目撃者のハイド化は、少女を平然と踏みつけたハイドの蛮行をエンフィールドが目撃した場面に見ることができる。その場面での目撃者のハイド化は二つの面があり、一つはギャレットが言う「汚染」として単純に考えることができるものである。その一つ目の面をまず確認したい。

深夜、人のいない通りを歩いていたエンフィールドは通りを走ってきた少女と足早に歩いてきたハイドが十字路でぶつかり、倒れた少女の腹をハイドが平然と踏んで通り過ぎ、少女が泣き叫ぶのを目撃する。彼はハイドに駆け寄って衿をつかみ、騒ぎを聞きつけて出てきた少女の家族らのいる場所まで連れて行く。少女は家族に外科医を呼びにやられて夜中に外を走っていたのだが、その外科医もやってきて少女の容体を見ると、少女は怪我をしたというよりはおびえただけで、それで一件落着となってもおかしくない状況となる。しかし、エンフィールドも、少女の家族も、ハイドを一目見ただけで嫌悪感を抱き、「強いエディンバラ訛りがあり、バクパイプと同じくらいに感情に乏しそうな」外科医もまた「他の者たちと同じよう」で、彼がハイドを見る度に「彼を殺したいという欲望のために吐き気を催し蒼白になる」（「扉の物語」、九）[2]のをエンフィールドは目撃する。しかし、殺すことは問題外だったので、次善の策として、このことを醜聞にしてロンドンじゅうに悪名をとどろかせてやるとエンフィールドたちはハイドを脅し、結局、少女の家族に対して百ポンドというかなりの金をハイドに払わせる。

こうして彼らが脅す間の次の描写はハイドを目撃する者のハイド化の印象深い例と言えるだろう。エンフィールドはアタスンに次のように説明する。

私たちがそれを激しく言いつのっていた間中ずっと、私たちは女たちをできるだけ遠ざけておいていた。というのも、彼女たちはハルピュイア［顔と身体が女で鳥の翼と爪を持った強欲な怪物］のように荒々しかったのだ。私はそのように憎しみに満ちた顔が人を取り囲んでいるのを見たことがなかった。（「扉の物語」、九―一〇）

これらの人々の殺意は、ジキルが「命の危険を感じた瞬間もあった」（「ヘンリー・ジキルが記す事件の全容」、五三）とこの場面を回想しているほどに激しさを感じさせるものだった。こうした殺意は、ハイド自身が後に道を聞いた老紳士を狂乱状態になって殺すことを考えても、非常にハイド的なものと言えるだろう。ギャレットが言うように、ハイドを見る者はハイド的なものに染まるのである。

しかし、ハイドの目撃者のハイド化には別の面がある。それは、ハイドの目撃者がハイドはこういう人物だと考えるまさにそういう人物の特徴をその目撃者自身が帯びるに至るという面である。目撃者が考えるハイドの人格の特徴はハイドの実態とは一致しておらず、目撃者が思い描くハイド像に目撃者自身がなってしまうのである。

このことの例は、エンフィールドたちがハイドを脅迫して金を払わせていることと、エンフィールドがハイドを脅迫者と捉えていることとに見ることができる。百ポンドを支払うことになったハイドは通りに面した扉だけのある家に入って小切手を持って出てくる。エンフィールドたちは小切手が本物とは信じられず、銀行の始業を待って一緒に行くのだが、小切手は本物と判明する。小切手の名義がエンフィールドも知る名士（ジキル）だったので、彼はハイドがその名士の弱みを握って脅迫して金を得ているのだと考え、ハイドが入っていった家を「脅迫の家」（「扉の物語」、一〇）と呼んでいるとアタスンに語る。そうしてエンフィールドは、ハイドに百ポンドを少女の親へ支払わせたことについて全く罪の意識を抱いていないが、彼らがハイドに対してしたことは脅迫に他ならない。エンフィールドはハイドが行っていると考える脅迫を自ら行い、しかも彼が想定するハイドの悪事と自分の悪事の同一性を自覚していないのである。

ハイドのなす悪事は漠然とほのめかされるだけでその詳細は明かされないが、彼が脅迫を行っていたとは考えがたく、もちろんジキルを脅迫していたわけではない。その点で、エンフィールドが脅迫者に堕すことは単純な意味でのハイド化ではない。エンフィールドはハイドが行っていると彼が考える悪事を自らが行うという事態に陥っていて、自分が描くハイド像に自分自身が同化しているのである。ただし、出来事の順序としては、エンフィールドはハイドが脅迫を行う人物であると考えた上で脅迫を行ったのではなく、自分が脅迫をした後でハイドを脅迫者に違いないと想像している。しかし、順序はそのように逆であるものの、自ら悪事を行いながら罪の意識がなく、その同じ悪事をハイドが行う罪深い悪事として考えているエンフィールドにはやはり、自らが思い描くハイド像への自身の同化が見られるべきだろう。

次節ではこうした、自らが思い描くハイド像へ自身が同化する、という観点からアタスンについて考察したい。

Ⅲ

日曜の散歩でエンフィールドからハイドの忌まわしいエピソードを聞いたアタスンは、ジキルの作成した遺言を取り出して眺め、自分の死後や三ヶ月以上の失踪の後にはハイドに全財産を譲るという条項が狂気じみているだけでなく、恥辱であることを恐れ始める。彼はその日の晩のうちにラニョンを訪れるがハイドについて情報は得られない。エンフィールドの話に想像力を刺激された彼は、ハイドが少女を踏みつける場面や、ハイドがジキルをベッドから起こして用事をさせる場面を想像しながら眠れずに過ごす。そうした想像の中でハイドは顔を持たず、アタスンは「本物のハイド氏の顔の造作を見たいという奇妙なほど強い、ほとんど法外な好奇心」(「ハイド氏を探して」、一五)を抱く。

ハイドの顔を見たいというアタスンの好奇心については、二つの注目される点がある。一つは、ロバート・ミゴールが指摘するように、もしもハイドの顔がジキルと似ていれば、ハイドがジキルの隠し子であるという推測ができ、ジキルの謎めいた遺言の条項に一つの説明をつけられるから、アタスンはハイドの顔を見たがっているのだという点である(Mighall 163n5)。アタスンが思い描くハイド像の一つは、ジキルの息子であることなのである。ハイドの顔を実際に見た後には、アタスンはジキルとハイドの間の血縁関係を想像することはないが、少なくとも当初、アタスンはハイドがジキルの息子である可能性への思いに強く捕らえられていた。第一節で述べたようにアタスンを「全くの息子」と考える視点に立つ時、アタスンは彼がハイドについて思い描いた人物像に彼自身がなっているということになる。

アタスンのハイドの顔への好奇心で今一つ注目されるのは、その好奇心が述べられる部分にある「そして少なくとも、慈悲心のない男の顔、消え去らない憎悪の精神を、エンフィールドのような感銘を受けにくい精神にも、ただ現れるだけで引き起こすに足るような顔は、見るに値するだろう」（「ハイド氏を探して」、一五）という一文の中の「慈悲心のない男の顔」という一節である。「慈悲心」の原文は“bowels of mercy”（慈悲心の臓腑）であるが、この表現はキャサリン・ライネハンが注釈するように（Linehan 15n4）、内臓を同情心の身体における中心と見なす古い考えに基づいている。それ故、“bowels of mercy”は“mercy”と同等に「慈悲心」と捉えられる。ずっと後に、アタスンはハイドがいる部屋の扉に迫った時、ハイドが「お願いだから慈悲心を持ってくれ！（“for God's sake, have mercy!”）」（「最後の夜」、三八）と叫ぶのを無視し、扉を破壊して中へ入る。追い詰められたハイドは服毒自殺をし、アタスンはここで「慈悲心のない男の顔」という言葉にあるように、アタスンがハイドの人物像として想像したことにないことは、「慈悲心」を持たないかのように行動した形になっている。しかし、「慈悲心」を持た他ならない。アタスンはこの点でも、ハイドについて彼が思い描いた人物像に自分自身が化しているのである。

アタスンはその後根気強く見張りを続け、エンフィールドがハイドを見かけた場所でついにハイドに会い、その顔に異様に強い嫌悪感をかき立てられる。彼はハイドが入った家の反対側に回りジキルを訪ねようとするがジキルは留守で、帰路、ジキルとハイドの関係を思い、ジキルを助けるために力を尽くさねばと決意する。こうしてジキルの家から帰る時のアタスンの思いにも、ここでの議論に関連して二つの注目すべき点がある。

一つは次の点である。アタスンはジキルが若い頃の無分別な行いのせいでハイドに弱みを握られ支配されているのだと推測し、そのようなジキルの立場を気の毒がる。しかし彼は、人相の悪いハイドがジキルの過ちよりははるかに重大な罪を過去に犯しているに違いないと考え希望を抱く。つまり、ここでアタスンは、ハイドの弱みを見つけハイドを脅迫することでジキルをハイドの脅迫から救おうと考えるのである。同一人物であるのでハイドはジキルを脅迫しているのではないが、アタスンはハイドを脅迫者であると思い描く。そしてアタスンは自らがハイドに対する脅迫者になることを目指すのだが、エンフィールドがそうであったようにアタスンもまたハイドを脅迫することを悪だとは認識しない。そうしてエンフィールド同様、アタスンはハイドについて彼が想像する人物像に自ら陥ろうとする。

ジキルの家から帰るアタスンの思いの中でさらに重要と考えられるのは、ハイドがジキルの遺言の存在を知った場合の危険を心配していることである。ハイドが過去に重大な罪を犯しているに違いないという希望を抱いた後のアタスンの思考は次のように描かれる。

「物事がこのような状態で続くことはあり得ない。ハリー〔ヘンリー・ジキルのヘンリーの愛称〕のベッドの横へこそ泥のようにこの男が忍び寄る様子を思うと寒気がする。哀れなハリー、何という目覚めだろう！　それにその危険さはどうだろう。もしこのハイド君がその遺言の存在に感づいたら、彼は相続が待ちきれなくなるかもしれない。そうだとも、私は一肌脱がなければならない――もしジキルが私にそうさせてくれさえするなら」と彼は付け加えた。「もしジキルが私にそうさせてくれさえするなら。」というのも、彼は今一度、彼の心の目の前に、すかし絵のようにはっきりと、遺言の奇妙な条項を見たからである。（「ハイド氏を探して」、一九）

ハイドとジキルは同一人物であるので、ハイドがジキルの遺産を相続するのを待ちきれなくなるということはなく、それはアタスンがハイドについて思い描く人物像である。アタスンはこの二週間後ジキルに会い、ハイドから解放されるために力になろうと申し出るがジキルは心配は無用だと断り、逆にハイドに遺産を譲る条項を必ず果たすようアタスンに約束させる。そのためアタスンがハイドの過去の罪を探り始めることはない。しかし、ハイドが深夜に道で話しかけてきた上流階級の老人ダンヴァース卿を杖で殴って殺すという事件が目撃され、被害者がたまたまアタスンの顧客だったので、その情報はアタスンにもすぐ伝えられる。その直後、ジキルがハイドとは完全に縁を切ったと知らせてくる。ジキルはやがて謎の隠遁生活を始めるがその時にもアタスンは親身になって心配し、ジキルの家の召使いたちがジキルの部屋にハイドがいるという疑いを抱いて援助を求めてきた時にはそれに応じ、ハイドの声が聞こえる部屋の扉を破って入りジキルを捜す。しかしジキルが発見されるはずはなく、少し前にジキルがアタスンから取り戻していた遺言が、遺産の受取人をハイドからアタスンに変更された状態で発見される。

アタスンは、ハイドが遺産を狙ってジキルに危害を加えることを心配してジキルの力になろうと決意し、ジキルの身を案じ続けるのだが、最終的にはジキルを死に追いやり、しかもジキルの遺産を受け取ることになる。ジキルを殺して遺産を手に入れる、というアタスンがハイドが行いかねない行為として想定したものを、アタスン自身が行うに至っているのである。ジキルが遺産の受取人をアタスンに変更したことについては、ジキルは独身で子供がいないので、親身に心配してくれたアタスンを受取人にしたことなどが考えられるが、ジキルは手記でそのことには一言も触れていない。

アタスンが遺産の受取人になることについて作品中ではそのように全く説明がないが、その唐突な設定は、ハイドについて思い描く人物像にアタスン自身がなっていくことを描く重要な要素だと考えられる。アタスンはハイドがジキルの息子である可能性をかつて思ったが、彼はまさにジキルの息子のようにジキルの遺産を譲り受けることになる。彼はハイドを慈悲心のない男として思い描いたが、彼自身もジキル＝ハイドの慈悲心の求めを無視して扉を破り、ジキルを無慈悲に死へ追いやる。あくまでアタスンが思い描いたハイド像との同一化ではあるが、アタスンはジキル＝ハイドの血を引いた人物のようにハイドに似た者となり、言わば彼の「全くの息子」として莫大な財産を手にするのである。(3)

Ⅳ

"utter" には形容詞として「完全な、全くの」という意味があり、本章ではそちらの方の意味を採用して、"Utterson" を "utter son"「全くの息子」を意味するものとしてここまで議論を進めてきたが、アタスンの名については既に、「言葉を発する」という意味での "utter" に注目したアンドリュー・ジェフォードの考察がある(Jefford 51–55)。ジェフォードは作品中に、ワインが醸し出す会話、暖かく明るい室内、夕べの炉辺の人の集まりなどの肯定的なイメージ群と、ジキルの薬と関連する会話・発話の困難、霧が出て寒々とした人気のない街路や深夜などの否定的なイメージ群とがあり、アタスンの名の "utter" は和やかな会話と、秘密や恐怖による会話・発話の困難との作品中の対比に関わるものだと考える。ジェフォードが言及しているように、ウラジミール・ナボコフも作品中でワインが持つイメージの好ましい印象とジキルが作った薬の冷え冷えとした印象との対比を指摘しており(Nabokov 185)、会話・発話の困難さの表現が繰り返し現れていることも考えると、ジェフォードの考察には説得力がある。また、"Utterson" の名で注意が向くのが「言葉を発する」という意味での "utter" であることは、『パンチ』に掲載されたこの作品のパロディーでアタスンを茶化した人物が "Stutterson"("stutter" は「吃音とともにしゃべる」の意味)という名になっていることからも知られる(Maixner 208–10)。

本章の議論ではさらに、アタスンを「全くの息子」と考えることと組になる今一つの人名の解釈として、"Lanyan” を「寛大な」という意味の形容詞 “lenient” と関連させる見方を提示したい。“lenient” はフランス語のように語末の “t” を発音しなければ “Lanyan” の発音と似通う。そして、ラニョンのジキル＝ハイドへの態度も、アタスンの結果的には無慈悲だった態度と対極的であったりするのである。(4)

ラニョンのジキル＝ハイドへの態度で注目されるのは、ハイドがジキルへ変身するのを目撃したことについて記した手記を、あくまでもジキルの死または失踪の後に開封するよう条件を付してアタスンに残している点である。ラニョンはジキルからそれまでの経緯の告白も聞いているので、ジキルがハイドとしてダンヴァース卿を殺害したことも知っている。従ってラニョンはジキルを殺人犯として告発することもできたのだが彼はそれはせず、その告発となり得る手記もジキルが死んでから開封するよう条件を付けて、ジキルの処罰につながらないようにするのである。

ただし、ラニョンはハイドがジキルへ変身するのを目撃する前、医師が患者の秘密を守ることを誓う「ヒポクラテスの誓い」を覚えているな、とハイドから確認され、「これから起きることはその誓いの封印の下に置かれるのだ」(「ラニョン医師の物語」、四六)と言われる。ラニョンがジキルを告発しないのはこのためであり、また、ジキルが「私はラニョンの非難を夢うつつのように聞いていた」(「ヘンリー・ジキルが記す事件の全容」、五九)と手記で回想しているように、ラニョンはジキルの告白を聞いて寛大な態度を示したわけでもない。あるいは、ジキルが手記の封筒に添えた紙に書いているように、ラニョンはアタスンに手記を委ねると警告もしていた。しかし、ラニョンがジキルを告発しなかったのが直接的には「ヒポクラテスの誓い」が理由であり、ジキルへの彼の態度も非難に満ちたものであった一方で、ジキルと密接に関わったアタスンとラニョンの二人のうち、アタスンがジキルを死に追いやり、ラニョンはそうはしなかったという対照的な態度の違いは存在する。そしてその態度の対照的な違いは、無慈悲さと慈悲の違いとなっているのである。

アタスンとラニョンについては、人格に表裏があるかないかという対照も描かれている。アタスンがハイドの情報を得るためにラニョンを訪問した場面には、ラニョンの愛想の良さが「目にはいくらか芝居がかって見えるが、純粋な感情に基づいていた」（「ハイド氏を探して」、一三）という描写がある。この作品ではエンフィールドや殺人の犠牲者ダンヴァース卿など、立派そうでいながら夜中に何の用事でか出歩いていて、いかがわしさを感じさせる人物が多いが、「純粋さ」を言われるのはラニョンだけである。(5) 一方、アタスンは、快楽への好みを謹厳さで抑圧するジキルとの類似が最も詳しく描かれている人物である。そうした二重性のあるアタスンが無慈悲にジキルを追い詰め、「純粋さ」を言われるラニョンが、ジキルとは科学上の見解の相違から犬猿の仲だったにもかかわらず、「慈悲心」を体現するかのようにジキルを追い詰めない、という設定は意味のあることと思われる。

＊

快楽への好みを謹厳さで抑圧するという点でのアタスンとジキルとの類似は、アタスンが上等なワインが好きでありながら、一人で飲む時はその好みを押し殺してジンを飲んだり、芝居好きでありながら二十年間劇場に足を踏み入れていなかったりしているという作品の冒頭のアタスンについての描写（「扉の物語」、七）に見ることができる。また、ジキルが若い時の過ちでハイドに脅迫されているのだと想像する時には、アタスンは自分の過去を顧みて、「自分がなした多くの小さな悪事のために塵芥に等しいほどに卑下する気持ちになり、彼がしそうになって踏みとどまった多くのことのために厳粛で恐れに満ちた感謝の気持ちへと高められた」（「ハイド氏を探して」、一九）とあるように、ジキル同様、自己の中の謹厳ならざる部分を感じる時がある。ジキルほど極端にではないにしろ、アタスンもまた自己の中の快楽への志向を通常よりも強く抑圧してきた人物である。

アタスンはまた、「彼は他者に対する定評ある寛大さを持っていた」（「扉の物語」、七）と描写されてもいる。しかし、そのように自他ともに認める寛大さを持つアタスンは、結果的にジキルを無慈悲に追い詰め死に追いやる者となる。アタスンのこの姿を通して、作品は自己の中の快楽への志向を不自然に抑圧することが、他者への無慈悲な態度と表裏一体であることを警告していると考えられるだろう。あるいは、偽善的に自らの中に悪を隠している者が、ハイドの姿に自らの悪を投影しながらその悪を自己の中で増幅させてしまうことを作品は描いてもいるだろう。

他者への寛大さについて、作者スティーヴンスンは「人間の生活についての熟考と所見」と題するエッセーの中で「他者のために言い訳し、自分のためには全くしないことがこの人生での務めである」（七六）と述べている。他者への寛大さがスティーヴンスンにとって重要な関心の対象であったことがそこにうかがわれるが、自他ともに認める寛大さを持つアタスンすら無慈悲な迫害者となることを描きながら、『ジキル博士とハイド氏の奇妙な事件』は慈悲心の困難さと、困難であるが故の一層の重要性とを訴えている。そしてそれは、自己の中の快楽への志向を偽善的に抑圧することのへの警告と通底する訴えであると考えられるだろう。

第二部　自己と外部

第五章　『ドリアン・グレイの肖像』における能動性と受動性の交錯

第一部では十九世紀の小説家たちが無意識の心理に独自の関心を抱き、作品にそれを表現している例を見てきた。その例の中には、『大いなる遺産』でピップがオーリックなどと分身的な絆で結びつけられていたり、『ジキル博士とハイド氏の奇妙な事件』でアタスンが自身の思い描くハイドの人物像へと変化していたりするなど、知らず知らずのうちに自己が外部と結びつけられる関係も見られた。本書の第二部では自己と外部の特異な関係を描く作品の例を見ていくが、最初の第五章では『ドリアン・グレイの肖像』を取り上げ、自己実現という能動的な行いに邁進しているつもりになりながら、外部にあるものの受容という受動性に陥るなど、能動性と受動性が交錯している彼の自己と外部の関係を考察する（注にあらすじを付した）(1)。

オスカー・ワイルドの唯一の長編小説『ドリアン・グレイの肖像』（一八九一年）の二年前に発表された短編小説「W・H氏の肖像」の中に、年輩の紳士アースキンが若い友人に対して忠告について次のような発言をする箇所がある。

忠告をするのは常に愚かなことではあるが、よい忠告をすることは絶対に致命的である。私は君がその誤りに決して陥らないことを希望するよ。もしそうなったら君はそれを悔やむだろう。（一四三）

この一節は、忠告を立派な行いと考える思い込みを揺さぶる最初の一文も興味深いが、その妙味はむしろそれに続く二つの文にある。アースキンは年若い友人に忠告の愚かさと致命的な害を述べた直後、人に忠告を与える誤りに陥らないようにと忠告しているのである。忠告の非を説きながらも忠告を与えてしまうほど人は忠告癖から逃れがたい。

人に忠告を与えないようにという忠告にあるような自己言及的な逆説は、『ドリアン・グレイの肖像』の中でも、次の箇所のように、興味深い現れ方をしている。

不誠実さはそれほど恐ろしいことだろうか。私はそうは思わない(I think not)。それは単に私たちが自分の人格を多重化できる方法にすぎない。

それが、いずれにせよ、ドリアン・グレイの意見だった。(十一章、一一九)(2)

この一節の第二文の「私」は、複数の批評家がワイルドが顔をのぞかせたものと解釈している(Roditi 69; Lawler 111n4)。しかし、その「私」はワイルドが主張に熱を込めるために顔をのぞかせたのではなく、「私」自身を隠すためにことさら姿を見せているのだと考えられる。「私は嘘つきである」と述べる者が嘘でそう言っている可能性があるのと同じように、不誠実さを恐ろしいと考えないと述べる「私」は、不誠実にそう言っている可能性がある。「不誠実さは恐ろしいことではない」という主張自体の誠実さが自己言及的に不明であることを、主張者「私」の出現は一層明確にする。「私」の出現が「私」を隠すことになるような箇所を狙い澄まして、ワイルドは「私」として顔を現す。この引用はまた人格の多重化を推奨する箇所でもあるが、自己の多重化を志向する者は、それに反発する自己をも内包しなければ真に多重的ではないという逆説もそこにはある。

こうした逆説的な自己言及性は、ドリアンが初めてヘンリー卿に触発される場面にも見られる。ヘンリー卿は他者からの影響の受容は借り物の自己を身につけてしまうことだとし、自己の発展こそ人生の目的であり、そのために快楽の追求を恐れてはならないと説くのだが、ドリアンは他者から影響を受けるべきでないという、まさにその言葉に影響を受ける。

ドリアンの変化の端緒におけるこのような自己言及的な逆説は、複雑な問題を提起している。単純に考えれば、この状況は彼の自己の発展がまがい物である可能性を示唆していると解釈できる。しかし、ドリアンの作品中の描写をたどっていくと彼の自己は、利己心、快楽への欲望などとして激しく作用を及ぼし、まがい物ではない隆々とした発展を遂げているようにも見える。

ドリアンのそうした姿を理解する手がかりとして、ワイルドの操り人形についての独特な考えが注目される。彼の獄中記（ワイルドは当時イギリスでは違法だった同性愛の罪で服役したことがある）『深淵より』の中に、操り人形がそれ自身の情熱を持つという、次のような一節がある。

そのことで私は感じるのだが、君は何か秘密の見えない手によって、恐ろしい出来事に恐ろしい結末をもたらすよう動かされる操り人形（puppet）にすぎなかったのである。しかし、操り人形たち自身も情熱を持っている。彼らは自分たちが観客に見せているものの中に新しい筋を持ち込み、自分たちに命じられている浮き沈みする運命の最後にある結末を、自分たち自身の気まぐれや欲望に合うようにねじ曲げようとする。（一二三）

あるいは『ドリアン・グレイの肖像』にも、バジル殺害の翌日、ドリアンが阿片窟へ向かう街並みの描写に、「窓のほとんどは暗かったが、時々奇怪な影がランプに明るんだブラインドに映った。彼はそれらを不思議そうに見つめた。それらは化け物じみた操り人形(marionettes)のように動き、生きているもののような仕草をした。彼はそれらを憎悪した」(十六章、一五四)という一節がある。この「操り人形のように動き」かつ「生きているもののような仕草をする」というイメージ、あるいは、前の引用の「操り人形たち自身も情熱を持っている」という考えに、操り人形のようでありながら、奇妙に自らの情熱に促されているようにも見えるドリアンの自己の発展の問題を考える手がかりがある。

『深淵より』の引用の箇所は「完全に自由であり、同時に法則に完全に支配されていること、これは私たちがいつも認識する人間生活の永遠の逆説である」と続いていく。自由さの能動性と法則による支配の受動性が逆説的に同時発生するという考えは、対話篇「芸術家としての批評家」の中の「人は行動する時、操り人形である」(三六二)という考えと共通する。その能動性と受動性の指すものを、内在する自己に促される生と借り物の自己の生へと広げれば、それはドリアンの自己の発展の問題と深く関わるものとなる。『ドリアン・グレイの肖像』は他にも、自発的意志による能動的な行為と演劇で与えられた役を受動的に演ずることとをドリアンが奇妙に混同すること、他者の秘密を知ろうとする彼が自分の秘密を知られることを恐れること、ドリアンを犬のように殺そうとするヴェインが誤射された猟犬のように死ぬことなど、多くの能動性と受動性の交錯を含んでいる。その交錯はまた、肖像をナイフで刺すという能動的な行為によって自身にナイフが刺さって死ぬドリアンの最期にも象徴的に表れることになる。

そうした能動性と受動性の交錯を、ドリアンとヘンリー卿の出会いの場面に見ることから考察を始めたい。

I

ドリアンがヘンリー卿と出会うのは、画家バジル・ホルウォードのアトリエにおいてである。バジルはある夜会で知り合った美貌の青年ドリアンの等身大の全身像を制作する。小説はヘンリー卿が完成に近づいたその肖像に感心し、展覧会への出品を勧めるところから始まる。バジルはドリアンの人格から非常に強い影響を受けており、彼に心酔する自分自身を曝《さら》け出したその肖像を公衆には見せられないと言う。ヘンリー卿はドリアンに興味を抱き、たまたまその時彼が来たため、バジルは彼らを引き合わせる。

ドリアンはやがてモデルとして台の上に立ち、その間ヘンリー卿に話しかけてもらう許可をバジルに求める。バジルはヘンリー卿は友人に悪影響を及ぼすのでその言葉に耳を傾けないようにと注意を与えつつもそれを許可し、じきに制作に没頭する。ヘンリー卿は、バジルが言うほど友人にひどい悪影響を与えるのかとドリアンに尋ねられ、よい影響というものはなく、影響は全て不道徳であると答え、その理由を次のように述べる。

「それは、人に影響を与えることが人に自分自身の魂を与えることだからだよ。その人は自分の生来の思考をせず、自分の生来の情熱で心を焦がすこともない。彼の美徳は彼にとってリアルではなく、彼の罪も借り物である。もっとも罪と言っても、罪などというものが存在すると仮定してのことだけれどもね。彼は誰か他の人の音楽のこだまとなり、彼のために書かれたのではない役の演技者になる。人生の目的は自己の発展である。自分の生来の性質を完全に実現すること――それが我々一人一人の存在理由なのだ。」（二章、一九）

ヘンリー卿はこれに続けて、現代人が自分自身や社会、神を恐れて願望を抑圧し自己の発展という最高の義務をないがしろにしていること、衝動の抑圧は精神を毒するが、臆さずに罪を犯せば精神は浄化されることを説く。ドリアンはそれらの言葉に当惑し、ヘンリー卿に話を中断するよう頼み、その時の様子は「十分近い間、彼はそこで、両唇を離れさせ、目を奇妙に輝かせて不動のまま立っていた。彼は全く新鮮な影響が彼の内部で作用しているのをかすかに意識していた。しかしそれらの影響は本当には彼自身から来ているように思われた」（二章、二〇）と描写される。ドリアンのこの反応で注目されるのは、影響の受容が真の自己の喪失につながるという、ヘンリー卿の言葉の最初の部分を彼が忘れてしまっているらしいことである。彼は影響への警告に影響を受け、しかも、その影響を内部から湧き上がってくるもののように考える。しばらく後、ヘンリー卿と庭へ出た時も、彼は「自分自身に自分を明らかにさせる役割が、なぜ見知らぬ人に任されたのだろう」（二章、二二）と、ヘンリー卿の影響を、自分自身を知ったことだと見なす。

庭でヘンリー卿はさらにドリアンの美貌をほめ、その美貌の短命さ、老いの惨めさを説く。彼はウォルター・ペイターが『ルネサンス――美術と詩の研究』の結語で「新しい印象」（Pater 189）を追求し、有限な人生を最大限に享受せよと提唱しているのをねじ曲げ、「常に新しい興奮を追い求めたまえ、何物も恐れるな」（二章、二三）と道徳を顧慮しない快楽の追求へドリアンを駆り立てる。ヘンリー卿のそれらの言葉がドリアンへ与えた影響は、再びモデルを務めた後、彼が完成した肖像を見た時に表れる。彼は啓示のように初めて自分の美貌に気づき、自分が老い絵が若さを保つことに怒り、それが逆であったらという願いを口にする。バジルは彼のこの取り乱しように驚き「これは君の仕業だ」とヘンリー卿を責めるが、ヘンリー卿は肩をすくめて「それが本当のドリアン・グレイなのだよ――単にそれだけのことだ」（二章、二六）としか答えない。

ドリアンの変化の全てが「本当のドリアン・グレイ」の発現であるとは限らないはずだが、彼自身はその変化が内部に眠っていたものの覚醒であると信じる。この場面の少し前、先に見た影響への警告に続くヘンリー卿の言葉について、彼はそれらの言葉が「今まで触れられたことのない何か秘密の弦に触れた」ように、また、以前は音楽がしばしば彼の中に生み出した混沌に、ヘンリー卿の言葉が具体的な形を与えたように感じる。ドリアンはヘンリー卿に君自身も恐怖、恥を覚えずにはいられない情熱、考え、夢を抱いたことがあるのだと言われ、耐えきれずその言葉をさえぎる。しかし、彼は「そのとおりだ。私の少年時代には私が理解できないものがあった。私はそれらを今理解した。人生は私にとって突然火のような色彩を持つものになった。私には自分が火の中を歩いてきたのだと思われる。なぜ私はそれを知らなかったのだろう」(二章、二〇)と、ヘンリー卿の言葉は確かに正しかったのだと考える。ドリアンのこの印象の全てが錯覚というわけではないであろうが、彼は真の自己をヘンリー卿が知っていて、明らかにしてくれるという印象をここで持ってしまい、その後ヘンリー卿からの影響にますます容易に身を委ねることになる。

そのことは、ドリアンがシビル・ヴェインの自殺を知り、彼がヘンリー卿の影響下に再び入っていく時にも強調される。彼は天才的な演技力でシェイクスピア劇のさまざまの役を演ずるシビルに魅惑され婚約するが、彼女が現実の愛を知って舞台上で虚構の愛を演じる能力を失うと怒り、別れを宣告する。帰宅したドリアンは自分の肖像の口元が残酷な表情を浮かべているのに気づき、絵が老いと罪の痕跡を負って、自分が若さと純真さを保つという願いが実現したことを知る。その肖像の変化を良心の戒《いまし》めと考え、彼はシビルとの結婚の約束も果たそうと思うが、その夕方ヘンリー卿に彼女の自殺を知らされ衝撃を受ける。しかし、ヘンリー卿はシビルの死への責任を顧慮しない現実の芸術とのすり替えや女性蔑視を巧みに吹き込み、ドリアンはやがてそれらの意見に同意し次のように言う。

「ハリー、あなたは私自身を説明してくれました。」彼はほっとしたようにため息をつきながらつぶやいた。「私はあなたがおっしゃったこと全てを感じたのですが、どういうわけかそれを恐れ、自分自身に言い表すことができなかったのです。何とあなたは私のことをよく知っているのでしょう！」（八章、八七）

これに続く部分でドリアンは「あなたは確かに私の最良の友人です。あなたほど私を理解した人は今までにいません」とも言う。彼はこうは言うものの、シビルといる時には自分が変化させられ、ヘンリー卿の有毒な理論を全て忘れてしまうと感じたり、肖像の変化を見て彼女への仕打ちを悔いた時には、ヘンリー卿にもう会うまいと決意するなど、ヘンリー卿の影響から離反しようとしてきてもいる。それでもなおこの場面でドリアンがヘンリー卿の影響下へ戻ってしまうのは人生の重要な選択となるのだが、その際にも、彼はヘンリー卿が彼の真の自己を知っているという考えを根拠にその選択をする。

この翌日、ドリアンはある架空の書物をヘンリー卿から貸し与えられて読み魅惑される。彼はその「有毒な本」の主人公を彼自身を予兆するタイプであると思い、その書物全体も自分がそれを生きる前に書かれた彼自身の人生の物語を含んでいるように思う。そしてその本の影響から何年も脱しようとしなくなるが、ここでも自分に影響を与えるものの中に自分の姿を見出し、その影響を受け入れる根拠とするパターンを彼は繰り返す。ヘンリー卿もその本を十六歳の時に読み影響を受けるが、ドリアンのようにそこに自己を見出すのではなく「それまで知らなかった多くのもの」（二章、二〇）を明らかにされたと感ずるにとどまる。ドリアンも最初それを読み進める時には「私がかすかに夢見たことのあるものが突然私にとって現実のものとされた。私が決して夢見たこともないものが次第に明らかにされた」（十章、一〇四）と感じるのだが、「決して夢見たこともない」と感じたものもやがて自分の自己と人生の予兆と見なしてしまう。

ドリアンのヘンリー卿との出会いからシビルの自殺までの約一ヶ月が描かれた後、彼の十八年間の生活が一つの章で足早に描写される。その歳月の間も彼はヘンリー卿の影響のもと「新しい興奮」を追い求めるが、その追求は「感覚の精神化」（十一章、一〇八）を目指して美へ感覚を研ぎ澄ます努力に向かう一方で、人目をはばかる不道徳な快楽の探求にも向かう。彼は歳月と自分が犯す罪の痕跡を負って肖像が醜悪になっていくのを残酷な喜びとともに眺めるが、肖像に表れる彼の魂の腐敗は恐怖をも引き起こす。民族音楽の楽器、宝石、タペストリーなどの収集や美への彼の傾倒は、その恐怖を忘れるためのものでもある。

ドリアンのこうした生活と「自己の発展」の関連については、ペイターによるこの作品の書評にある次の一節が注目に値する。

真の享楽主義は、人という有機体全部の徹底的でありながらも調和した発展を目指している。従って、ワイルド氏の主人公のように、たとえば道徳的感覚を、罪と正しさの感覚を失うことは――氏の主人公たちは可能な限り速やかに、徹底的にそうしようと決意している――有機的構造の喪失あるいは下等化であり、複雑さの減少、高度な発展から低度のそれへの移行である。(3)

道徳の感覚の喪失が「複雑さの減少」につながるとペイターが考えるのは、罪への欲望の対立項の消滅によって、人が単純化し人格の調和を失うためであるだろう。しかし、ドリアンは、ペイターの考えとは逆に、自分の人格が複雑になっていると考える。彼は先祖の肖像を見ては先祖たちの願望、罪深さ、情熱などを自分が受け継いでいるように思い、文学作品や歴史上の罪深さで際立った人物たちの人生も自分の人生であるように思う。そのように感じる自分自身を省みながら、彼は人を「無数の生活と無数の興奮を持つ存在、自らの中に思考と情熱の奇妙な遺産を抱える複雑な多形の生き物、その肉までも死者たちの奇怪な病気で染められたもの」（十一章、一一九）と考える。

自己が複雑化したとドリアンが考えようとするのは「高度に有機的な構造を持つことは、人の存在の目的であるような気がする」（六章、六四）と述べるヘンリー卿の影響である。自己の複雑化を目指す彼の志向自体も外から与えられたものだと言えるが、その志向には自分の外部に自己を見出すという特徴もある。ヘンリー卿に貸し与えられた本の主人公を自分自身の姿だと考えたのと同じように、ドリアンは罪深い生涯を送った人々の中に次々と自己を見出し、そのことで自己の複雑化と発展を遂げつつあるように考える。

ドリアンが歴史上や文学作品中の罪深い人物ばかりに自己を見出すのは、不道徳な自分の生活の正当化だとも考えられる。しかし、そのような罪への偏りなしに、人類の過去に見られる全ての精神のあり方に自己を見出すことは、「芸術家としての批評家」で提示される、批評精神の発展によって可能になる理想でもある。

批評精神の発展とともに我々は自分たちの人生だけでなく、人類の総体の生活をも実現することができ、そのことにより近代性という言葉の真の意味において、我々自身を絶対的に近代的にできるのだと私には思われる。（三八二）

「人類の総体の生活をも実現する」可能性の根拠としては、人の中に遺伝の原理によって人類の過去が集積されているという考えが提示される。従って、その対話篇では、批評精神は人の内部に既に存在する人類の過去の集積を人に自覚させる役割を担うものとなる。しかし、遺伝の原理による人類の過去の集積という考えは、一方で、過去の集積によって人が行動を支配されて、「人は行動する時、操り人形である」（三六一）という見方にもつながっている。ドリアンが数多くの先人の思考と情熱の複雑な寄り集まりとして思う自己像は、そのような行動という能動性が、操られるという受動性と入れ替わってしまう問題を内包しているのである。

これまで見たように、ドリアンは能動的に自己実現を追求しつつあると思いながら、奇妙な受動性に陥っている。しかし、一方で彼には「利己性」の発現によって強力に自己を発揮しつつある面がある。また、罪への衝動もドリアンの自己の強力な作用であると考えられるが、逆にその衝動に支配され受動性に陥ったりもする。死への恐怖にも彼の自己の強力な発現を見ることができる。それらのことを次節で考察するが、まずはワイルドの利己性と利他性への強い関心が童話集にも表れていることを見ることから考察を始めたい。

Ⅱ

ワイルドの童話集『幸福な王子と他の物語』は、利己性と利他性についての連作であるとも言える。王子の像がツバメを使者にして自らの金箔や目の宝石を貧しい人々へ届けるという第一話「幸福な王子」は、「教訓」としては利他的な自己犠牲を称揚している。第二話「ナイティンゲールと薔薇」は恋をする若者に真っ赤な薔薇を与えるために自分の命を犠牲にするナイティンゲールを描き、第三話「利己的な巨人」も利他的に庭を子供に開放する喜びに気づく巨人を描いている。第四話「献身的な友達」も利己的な粉屋に食い物にされるハンスの献身を描くものだ。(4)第五話「すばらしいロケット」は、尊大で自己中心的なロケットが前面に出ているが、その物語は逆に、そのロケットも含め、人間を楽しませるために爆発によって自らを消滅させる運命にありながら、そのことに疑問も悲壮感も抱いていない花火たちの利他的な存在を描いてもいる。

そのように利己性と利他性はともにワイルドの強い関心の対象であるが、『ドリアン・グレイの肖像』でも、ドリアンが無自覚のうちに、あるいは、無自覚であるが故に、利己性によって強く支配されていくことが重要な問題となっている。(5)「私」があるかどうか不確かなところに「私」があるように思い込む彼はまた、「私」があると自分で思っていないところに強烈に存在する「私」に支配される。"self" の発現である彼の "selfishness" は、彼の中でますますつのり、「自己の発展」に似かよう様相を呈していくのである。

ある感情の原因が何なのか本人が自覚していない場合に特に強くその感情が人を支配することは、シビルの弟ジェイムズが姉に言い寄る紳士を「彼自身説明できず、そして説明できないが故に一層彼の内部で支配的なある奇妙な種族の本能で」(五章、五八)憎んだという描写にも見られるが、より端的に描かれた例として、ドリアンのシビルへの恋をヘンリー卿が分析する次のような一節がある。

シビル・ヴェインへの彼の突然の狂ったような恋ははなはだ興味深い心理学的な現象である。好奇心がそれと大いに関わっていることは疑いがない。好奇心と新しい経験への欲望である。しかしそれは単純ではなくむしろ非常に複雑な情熱である。その中にある少年期の純粋に感覚的な本能によるものは、想像力の作用によって変形され、その青年自身には感覚からほど遠いものに思われる何かに変えられてしまっており、まさにその理由によって一層危険になっている。我々を最も強く暴君的に支配するのは、その起源について自分自身を騙している情熱である。我々の最も弱い動機は我々がその性質を意識しているものである。我々が他者に実験をしていると思っている時に、実は我々自身に実験をしていることはしばしば起きる。(四章、五二―五三)

「まさにその理由によって一層危険になっている」とあるように、原因が自覚されない感情の強力な支配力がここでは言われているが、それはドリアンの自覚しない利己性が彼を強く捉えることにも当てはまる。ドリアンのシビルへの愛はヘンリー卿が考えるより高邁なものも含んでいるが、一方でその愛は、彼女が生身の人間になることを想定しない非常に利己的なものでもあるのである。(6)

ドリアンの肖像の最初の変化が、口元に現れた残酷な表情であったことは、残酷さが自らは傷つかず安全であるという利己性と結びついている点で意味深い。彼はシビルに別れを宣告する時、傷ついたもののように床にしゃがみ込んだ彼女を「美しい目で」見下ろし「彼の彫刻のような唇は非常に魅惑的な軽蔑の表情を浮かべてゆがんだ」(七章、七五)と描写される。ドリアンは既に肖像の力に守られて、シビルへの非道な仕打ちの最中にも美しい表情をしているのだが、肖像は彼の表情を美しく保ったのと引き替えに、彼の残酷さを刻み込む。彼が後に醜悪になる肖像を残酷な喜びとともに眺めるのも、自分自身は醜さと老いから守られているという利己的な意識が基盤となっている。

シビルの自殺を知ってドリアンは打ちひしがれるが、ヘンリー卿の慰めを受けるうちに、その悲劇を自分が望むほど悲しめないことを次のように述べる。

けれどもあなたが私を無情だと思わないので私はうれしいです。私は無情などではありません。私は自分がそうでないことを知っています。けれども私は今度起きたことが、そうあるべきように私の心を動かさないことを認めざるをえません。私にはそれがすばらしい劇のすばらしい結末にすぎないように思えます。それはギリシャ悲劇の恐ろしい美しさを全て持っています。その悲劇に私も加わったのですが、私はその悲劇によって傷つけられていないのです。(八章、八四)

「知っている」という言い方でドリアンは、自分が無情でないことをあたかも客観的な事実であるかのように見なし安心しようとする。しかし、ヘンリー卿はそれらの言葉を「無意識の利己性」と捉え、そこにドリアンが自分では知らない無情さを見る。「『それは興味深い問題だ』と、その青年の無意識の利己性をかき立てることに非常に魅惑的な喜びを見出しながらヘンリー卿は言った」という描写がドリアンの言葉に続く。ドリアンはその少し前、彼が正しい道からそれないよう導いてくれただろうシビルがそうせずに自殺したのは利己的だったと、彼自身の利己性を露呈しながら発言してもいる。彼の現実と劇の混同癖を示す先の引用の言葉も、ヘンリー卿の慰撫を受けながら発現していく彼の無意識の利己性の流れの中に位置している。

ドリアンはシビルを自殺させた自分の責任を軽視し、快楽にふける生活を選ぶが、彼のそうした利己性は十八年後、バジルが彼に忠告しに来た時に、堕落の責任を肖像とその作者に転嫁する様子を通じて、さらに強調して描かれる。ドリアンの三十八歳の誕生日の前夜、バジルはパリに長期滞在しに出かける直前ドリアンに会い、最近伝え聞いた彼の悪評を告げ、彼が友人たちに悪影響を及ぼし破滅させたことを非難する。しかし、ドリアンは自分の責任を否定し、やがてバジルが彼の魂を見たいと言うと、「彼の恥辱の全ての起源である肖像を描いた人物」（十二章、一一八）に秘密を共有させその重荷を負わせようと急に決意し、肖像が隠されている最上階の部屋へバジルを連れて行く。

肖像を見せられ衝撃を受けるバジルを、ドリアンは名優の演技を見る観客のような表情を浮かべて眺めるが、彼の魂の腐敗への驚きをバジルが述べるうちに、彼も心を動かされすすり泣きを漏らす。しかし、バジルが罪が清められるために祈るよう訴えると、ドリアンはバジルへの激しい敵意を「まるで画布の上の像によって彼に示唆されたかのように、そのにたにた笑う唇によって耳にささやかれたかのように」感じ、「狩られる動物の狂ったような激情」（十三章、一二二）とともに、ナイフで彼の首を何度も刺す。

やがてドリアンは部屋を出ながら自分のバジル殺害を「彼の惨めさの全ての原因である致命的な肖像を描いた友人がこの世を去った」（十三章、一三三）ということにすぎないと考える。彼の利己性は、バジルの祈りへの訴えに良心を動かされ快楽の断念を迫られた時、「狩られる動物」のように自らの罪の責任を肖像に転嫁し、その作者を殺して窮地からの脱出を果たす。バジルへの殺意をドリアンが肖像から示唆されるように感じるという描写も、行為の責任を外部に転嫁しようとする彼の傾向を示していて意味深い。

Ⅲ

これまで見たように、シビルへの愛にも、シビルの死を知った後にヘンリー卿の影響下へ戻ることにも、ドリアンの注目すべき利己性があり、バジルの殺害にも責任を外部に転嫁するドリアンの利己性が表れている。そうした利己性はドリアンの意図しない「自己実現」となってもいるが、「生きているもの」としての衝動もまた彼の自己の強力な発現と捉えることができる。しかし、そうした自己の発現は行動の自由を奪われるようなドリアンの逆説的な受動性につながってもいく。

ドリアンはバジルを殺害した後いったん外に出、呼び鈴で召使いを起こしてその時初めて帰ったように装い、翌日になると召使いに旧友の化学者アラン・キャンベルを呼んでくるよう命じる。ドリアンは彼にバジルの死体を薬品で消滅させる仕事を頼みたいのだが、彼が到着するまで、彼が来るのを拒んだり、外国に行っていたりするのではないかとひどく恐れる。ドリアンは崖の縁へ風に押されるように感じ、その先に待っているものが見えてしまうのに耐えられず、脳の視力を奪おうとするかのように眼球を眼窩へ押し戻そうとする。そして、次のような一節が続く。

それは無駄だった。脳はそれ自身の食べ物を持っていてそれを食べて肥え太る。そして想像力は恐怖によってグロテスクにされ、痛みによって生きているもののように捻《ねじ》られゆがめられ、台の上の何か醜悪な操り人形のように踊り、動く仮面越しににたりと笑った。（十四章、一四〇）

この一節は「生きているもの」と「操り人形」が重ね合わされたイメージを含む点で注目されるが、この箇所はまた、ドリアンが死への激しい恐怖によって「生きているもの」の性質を強烈に発揮することを表現してもいる。この場面ではほどなくキャンベルが現れ、ドリアンは彼の秘密を暴露すると迫って依頼を引き受けさせる。能動と受動の交錯の一例と言うべきだが、自分の秘密の露見を極度に恐れるドリアンは、逆に、秘密をつかむことで他者を強力に支配する。

キャンベルはやがて作業を終えて去り、ドリアンはある晩餐会でいつもと同じくつろいだ優美な物腰を見せる。語り手はここでも演技と能動的行為の境界をぼやかすように、「おそらく人は役を演じなければならない時ほどくつろいで見えることは決してない」（十五章、一四六）と述べる。しかし、しばらくしてドリアンは平静を失い早くに辞去し、バジルの持ち物を暖炉で焼却する。その後、彼は阿片への渇望に駆られ、阿片窟へ馬車を走らせる。本章の導入部で引用した「化け物じみた操り人形のように」動き「生きているもののような仕草」をする窓のブラインドの人影の一節はこの部分にある。彼はその道中「あらゆる人間の欲求の中で最も恐ろしい、生きようという激しい欲望が全ての震える神経と繊維を目覚めさせた」（十六章、一五四―五五）と描写される。操り人形的であるドリアンもこの時点では、生きる欲望に操られていると言うのがふさわしいほど激しく生きている様子が強調される。

阿片窟でドリアンは自分が破滅させた友人の一人エイドリアン・シングルトンを見出し、心を乱され他の場所へ移る。彼がここで特にこの友人に出会う設定には、責任を外部に転嫁する彼の傾向を象徴的に描く重要な意味がある。シングルトンは小切手に友人の名前を書いたために破滅したことが第十二章でドリアンの口から明らかにされる。自分が支払うべき小切手を他者に回した罪で社会から葬られ阿片窟で全てを忘れようとしているシングルトンと同じように、ドリアンは自分が償うべき罪の責任を肖像とその作者に転嫁してバジルを殺し、その罪を阿片で忘れようとする。ドリアンは阿片窟へ来て彼のいわば分身を見出す。"Dorian" と "Adrian" という名前の類似もそれを示唆しているだろう。

ドリアンは阿片窟を出る時、一人の女から「プリンス・チャーミング」というシビルが彼を呼んでいた愛称を投げつけられる。彼は歩きながら、シングルトンの破滅が「本当に自分のせいだった（was really to be laid at his door）」かどうかを思い、結局「他人の過ちの重荷まで自分の肩に背負うには人の人生は短すぎる」と自分の責任を認めず、「人はそれぞれ自分の人生を生きそれを生きた代償を支払う」（十六章、一五七—五八）と罪は償っているかのように考える。そして彼は罪への情熱に操られる自動人形のように別の阿片窟へ急ぐが、その途中、一軒目の阿片窟から追ってきたシビルの弟ジェイムズ・ヴェインにピストルを突きつけられ、姉の死は「彼のせい（is at your door）」であり、姉が彼を呼んでいた愛称だけを手がかりに彼を捜してきたのだと告げられる。ヴェインのドリアン襲撃でも、ドリアンの外部への責任転嫁と、その責任転嫁をはねつけられる姿が描かれている。

ドリアンはヴェインが「神と和解」するよう一分の猶予を与えた間に、姉の死が何年前なのかを聞き、自分の若い顔を街灯の下で見せ、十八年も前のその事件に彼が関わったはずがないと思わせる方策を思いついて実行し、ヴェインから逃れる。しかし、その方策を思いつくまでのドリアンの死に対する恐怖の激しさは、騙されたと知ってヴェインが彼を地方の地所セルビー・ロイヤルへ追ってきた時の恐怖とともに、生きることへの彼の欲望の強調として重要である。

生きているものとしてのドリアンのそうした強調は、半年後、ナイフが心臓に刺さった時の彼の叫びによってもなされている。彼の最期は、レイチェル・ボウルビーが指摘するように(Bowlby 182)、彼が完成した肖像を見て自分が老いるだろうことを思った時「鋭い痛みがナイフのように彼を突き通した」(二章、二五)という描写によって予兆されている。ただし、第二章のその場面で彼は激痛で絶叫したりはしない。第二章の予兆的な描写とドリアンの最期は、想像の中でのナイフに刺される痛みと、生身の身体にナイフの刺さった痛みの差を強調し、劇と現実を混同するなど物事のリアルな感覚の希薄なドリアンも、断末魔の苦しみはまさにリアルに感じつつあることを描く。

ドリアンが肖像の破壊を決意した契機は、駆け落ちを約束していた田舎娘にそれを直前に思いとどまらせ善行をしたつもりになっていたのに、肖像が目に偽善の表情を加え、娘の自殺をほのめかすように新たな血を手から滴らせていたことである。彼は罪を公表し、償いをしなければ絵の汚れは消えないのかもしれないと考えるが、ついに告白は選択せず、彼にとって今はうとましいだけのその肖像をナイフで刺す。絶叫があって十五分後、窓から入った召使いは若々しい主人の肖像の前で、醜悪な人物が心臓にナイフを刺して死んでいるのを見つけ、指輪からやっとそれがドリアンであることを知る。

ヴェインに殺されることに恐怖したり、告白による刑死を避けようとしたり、ナイフが刺さった激痛に叫んだりする「生きているもの」としてのドリアンは、根源的な自己が強力に発現している姿と考えられるが、能動性と受動性の交錯するドリアンの「自己実現」の複雑な様相はどう整理できるだろうか。

Ⅳ

第一節で見たように、ドリアンはヘンリー卿が彼の真の自己を知っていて教えてくれるという印象のもとに彼の影響を進んで受容する。また歴史や文学作品の罪深い人物の中に自己を見出し、彼は自分の中にそれらの多数の人々が抱いた罪への欲望が集積しているように思う。ドリアンは外からの影響や外に存在する人格の中に自己を見出し、それを模倣しながら自己を発展させているように思う。しかしそれは、本来自分に与えられたのではない役を演じる操り人形のような生き方である。

しかし、ヘンリー卿の言葉を最初に聞いた時、自分の内部にあった罪への欲望を言葉で具体的に示されたとドリアンが感じることは、錯覚だとは限らない。その点に限れば、ヘンリー卿はドリアンに真の自己を教えたのではある。そして、バジルの絵はドリアンのそのような自己覚醒の瞬間を捉えたものだと言える。彼がその時に浮かべていた表情の特別な美しさは、外からの影響に触発される受動性と、自己を見出すという能動性が同時発生している瞬間の美しさでもある。

一方、ヘンリー卿がドリアンに彼の真の自己をいくらか開示したとはいえ、罪への情熱を道徳への顧慮なしに実現し、短い若さを最大限に生かすため常に新しい興奮を追い求めるべきだとの考えは、以前にはドリアンの内部になかったにもかかわらず、ヘンリー卿が彼の中に植え付けたものである。ドリアンはそのように吹き込まれたものまで、真の自己であると錯覚して受容してしまう。彼はそうしてヘンリー卿に仕込まれたオウムのように、あるいは「誰か他の人の音楽のこだま」のようになる。

ドリアンがヘンリー卿から最初に受ける影響は、真の自己を示されたり、それまで内在していなかったものを植え付けられたりと、変転するが、さらにもう一つの変転に注目しなければならない。ヘンリー卿は、道徳への顧慮からの脱却を説きはするが、少なくとも当初、自ら償わなければならないものを外部へ転嫁するという形での利己性はドリアンに教えていない。ドリアンはヘンリー卿から植え付けられた自分の美貌の認識や若さの礼賛に突き動かされて、絵が若さを保ち自分が老いることを嘆く。そこまではヘンリー卿の影響であるが、しかし、絵に老いを引き受けさせ、彼自身はそれを免れたいというその直後の祈願は、自らが償わなければならないものを外部へ転嫁するという利己性をドリアンが独自に発揮させたものと考えられる。

ヘンリー卿はその後、利己性が人を色彩豊かにすると発言したり、シビルの自殺の直後にはドリアンの「無意識の利己性」を煽ったりする。しかし、それ以前に、肖像の変化の原因となる重要な祈願の中で、ドリアンは独自に利己性を発現させている。ドリアンがシビルの自殺の軽視、バジル殺害、絵の破壊の試みなどでつのらせていく利己的な責任転嫁は、彼と肖像の関係の端緒から既に存在しているのである。そしてまた、彼のそうした外部への責任転嫁の傾向は、彼の操り人形的な姿と合わさって、彼の外部との関係の二面性を示してもいる。ドリアンは外部にある自分にとって喜ばしいものは、それが自分の真の自己だという口実のもとに進んで受容し、自分の中の都合の悪いものは、その責任をしきりと外部に転嫁するのである。

しかし、ドリアンの独自の利己性も、二転、三転する能動性と受動性の変転と混在の中で捉えられなければならない。彼の利己性はまず第一に、ヘンリー卿が外部から彼の内にかき立てた大波の荒れ騒ぎの中で揺り動かされて目覚めたものである。また、彼の中に本来無自覚に存在していたかもしれない罪への欲望も、ヘンリー卿が植え付けたそれへの無制限な耽溺という考えと混じり合ってしまう。罪への欲望はまた死への激しい恐怖となって、生命の根元的欲求という様相を呈するに至る。能動的にも発現していただろうドリアンの利己心と罪への欲望は、やがてあまりに激しくなり、彼はそれらに受動的に操られるほどになる。

「操り人形」という語は、ヘンリー卿の「我々の四肢は衰え、感覚は腐る。我々は衰退しておぞましい操り人形となる」（二章、二三）という言葉の中にも、あるいはシビルの「劇の操り人形たちと私は何の関係があるでしょう？」（七章、七四）という言葉の中にも現れる。あるいはまた同じ章でシビルの演技を見たヘンリー卿は「もし彼女が木の人形のようにジュリエットを演じたとしても何が問題だろう？」（七章、七二）と言う。ヘンリー卿の「自己の発展」の提唱と若さの賛美に触発されたドリアンは、このように老人や劣った演技者になぞらえられる操り人形となりはてる。

他者から影響を受ける人物が「彼のために書かれたのではない役の演技者」となるというヘンリー卿の言葉は、影響をこうむらない人も自分のために書かれた役の演技者であることを含意している。その言葉では、通常の能動的行為すら役を演ずる受動的行為として把握される。他にも行動と演技の能動性と受動性の逆転が描かれる箇所は多い。演技力の喪失を責められたシビルは「本気で言っているのではないのでしょう、ドリアン？　あなたは演技している」（七章、七四）とつぶやく。肖像にかかったカーテンを引けば魂が見られると言われたバジルは「ドリアン、君は狂っている。そうでなければ役を演じているのだ」（八章、一三〇）と言う。一方のドリアンはシビルの悲嘆とその後の自殺を劇中の出来事のように考え、肖像を見たバジルの驚愕を舞台上の名優の演技に見入るように見る。

能動性と受動性の逆転は、ドリアンがヘンリー卿から受ける影響において顕著に表れるが、「影響」という問題では、ドリアンが「想念が生きた有機体に影響を与え得るのなら、想念は死んだ非有機的な物にも影響を及ぼすのではないだろうか」（八章、八九）と、肖像の変化を彼の想念の「影響」と捉える一節がある。影響を及ぼすことをヘンリー卿は「人に自分自身の魂を与えることだ」と言うが、その言葉は、肖像が老い自分が若さを保つためなら「自分の魂を与えるだろう」（二章、二五）というドリアンの発言と呼応している。ドリアンのその発言は、永続的な若さを受け取る代わりに魂を与えるという、若さと魂の取引であるが、その発言は影響を及ぼすことを魂を与えることと同等視するヘンリー卿の論理では、ドリアンが肖像に影響を与えることの表現でもあり得る。ヘンリー卿から影響を受けるドリアンは今度はまわりの友人に影響を与え破滅させるが、彼は周囲の友人にもまして彼自身の肖像に「影響」を与える。

ドリアンは先の第八章の引用で肖像を「死んだ非有機的な物」と捉えているが、額縁商たちが肖像を最上階へ運ぶ場面では、肖像が生身の人間のように重いことが描かれる。額縁商たちも苦労するその異様な重さは、バジルのデザインした大きな額縁のせいであるとしても、肖像本体の人間のような重さを想起させる。絵の中の像が生身の人間のような存在だと考えると、作品の結末はナイフを刺された絵の中の醜悪な姿のドリアンが躍り出て死に、若い姿のドリアンが絵の中に収まることを表現しているようにも思われる。現実の世界で行為していたドリアンと、その行為の影響を絵の中で受け醜くなっていったドリアンと、どちらが本物のドリアンであるのか分からないような、影響の与え手と受け手の錯綜した関係がある。

本章の導入部分の最後にいくつか言及した能動性と受動性の交錯の事例は、他にはヘンリー卿に吹き込まれてドリアンが繰り返す「感覚によって魂を癒し、魂によって感覚を癒す」（十六章、一五三）という言葉の中の感覚と魂の関係にも見られる。あるいは、他者に実験を施す者が自ら実験を施されるというヘンリー卿の考えにもそれは見られる。あるいはまた、ドリアンは肖像が若さを保ち自分が老いることを嘆き「逆（the other way）でさえあったら」（二章、二五）と祈願するが、その言葉は能動性と受動性の関係に似た運動の方向の逆転を印象づける。運動の方向の逆転は、影響を受容しつつ自己を能動的に発展させ始めたと思い込む堕落の発端から、ナイフを刺して刺される最期に至るまで、奇妙にドリアンにつきまとうのである。

V

本章の導入部分で、『ドリアン・グレイの肖像』の中で唯一語り手が「私」として現れる箇所を見たが、ワイルドの小説類で作中人物と関わりを持たない語り手が「私」と自称する箇所は、四番の注で述べたように、『ドリアン・グレイの肖像』のその箇所と『幸福な王子と他の物語』の第四話「献身的な友達」の最後の一文の他は数少ない。「W・H氏の肖像」でも語り手は「私」と称するが、彼は登場人物の一人である。注意を要するのは短編集『アーサー・サヴィル卿の犯罪と他の物語』に収められた「カンタヴィルの幽霊」である。英国へ移住した合衆国の元大臣オーティス氏の一家が、幽霊を全く恐れず幽霊を絶望させるという筋のその短編は、アメリカ人の物質主義への揶揄を含んでいるが、その作品には一見全知の語り手と思われる語り手が一人称の人称代名詞を使う箇所が六つある（六三、六六、七二、七三、七三、八六）。しかし、全知のようなその語り手はその六つの箇所の最初で、一家のある晩の食卓での会話の話題を列挙するのに先立って「私が後でオーティス氏に聞いたところでは」と述べ、作中人物と関わりがあることを示す。

ワイルドが彼の作品では異例なことに六度も全知の語り手に「私」と言わせ、しかも作中人物と会話もするらしいことを示すのは、彼がこの作品を、語り手をもう一人の幽霊と見立てた二重の幽霊話として意図しているからだと考えられる。全知の語り手は、あたかも幽霊のように、どこにでも自在に現れ、たとえば一人きりでいるはずの人物の言動と心理を見て取る。全知の語り手のそのように幽霊に似たあり方を、ワイルドは他ならぬ幽霊話で描こうとしている。オーティス氏はカンタヴィルの幽霊にも驚かないので、語り手である幽霊とも平気で口をきくだろう。オーティス氏の住みついた屋敷には三百年来の幽霊とともに、人を驚かそうとはしないがしきりと観察をして物まで書く幽霊がもう一人いるのである。

「カンタヴィルの幽霊」ではそのように語り手だけが幽霊と見立てられているが、全知の語り手による作品では、読者もまた語り手に寄り添って幽霊のように浮遊し、時には作中人物が必死に人に知られまいとしている秘密をつぶさに眺めたりする。普段は意識されない読者のそのような幽霊に似た存在の様態は、『ドリアン・グレイの肖像』では特別な意味合いを帯びる。読者は隠された秘密を知るという、ドリアンが取り憑かれている行為へ、自身の読む行為によって巻き込まれるのである。

バジルが最初に作中に紹介される時、「数年前突然姿を消し、当時非常な興奮を公衆に引き起こし、とても多くの奇妙な推測を呼んだ」（一章、六）人物という説明が付く。読者は公衆が興奮したバジルの失踪の神秘の実情（ドリアンによる殺害）を知るのだが、バジルの失踪すらそれほどの憶測を呼んだとしたら、ドリアンの奇怪な死は、どれほどの興奮と推測を世に引き起こしただろうか。公衆には説明をつけられそうもないその神秘の実情を読者は特権的に知らされる。

禁断の知恵の実を食べてアダムとイヴが楽園を追放されるのと符合して、ドリアンは「知る」ことへの欲望に取り憑かれ、無垢の状態から外へ踏み出す。未知の快楽の追求が直接ドリアンの堕落につながる一方で、彼が隠されたあらゆる秘密に神秘を感じ、それを暴くことへの欲望に駆られる様子が作中に繰り返し描かれる。肖像の変化を最初に確認した時彼は「ほとんど科学的な興味で」（八章、八〇）それを眺めるが、その描写でも「科学」の「知識」という語源が意識されているだろう。そうした「知る」行為とそれへの欲望を、読者は作品を読み進むことで、ドリアンと共有することになる。

しかし、特権的な読者に対しても、キャンベルのついに明かされない秘密のように、知ることが意図的に不可能にされる場合がある。その重要な例は、セルビー・ロイヤルへドリアンを追ってきたヴェインの死の挿話である。阿片窟の近くでヴェインに殺されかけてから一週間後、ドリアンは地方の領地の屋敷で温室に行った時、窓に彼が顔を押しつけているのを見て気絶する。彼は翌日も家に閉じこもったまま恐怖に苦しむが、ヴェインの顔を見たのは錯覚かもしれないとも思う。その時彼は次のように考える。

実際の人生は混沌であるが、想像力には恐ろしく論理的な何かがある。罪の足元に悔恨をつきまとわせるのは想像力である。犯罪に奇形の子供を生ませるのも想像力である。事実のありふれた世界では、邪悪な者は罰せられず、善良な者は報われない。（十八章、一六五）

ドリアンはこのように因果応報を否定して、自分が罰を受けずにすむと思おうとする。その三日後、ドリアンは元気を回復し狩猟の一行に加わる。彼が客の一人であるジョフリー卿の傍らを歩いていた時、前方に野ウサギが跳び出しジョフリー卿は撃とうとする。しかし、ドリアンはその野ウサギの優美さに魅せられ、生かしてやるよう叫ぶ。ジョフリー卿は笑って取り合わず、野ウサギが茂みに飛び込んだところを撃つ。その弾丸は野ウサギに命中するとともに、そこに潜んでいたヴェインにも当たり、彼は即死する。

ドリアンは死んだのがヴェインであることを夕方まで知らずにいる。事件のすぐ後ジョフリー卿の妹の侯爵夫人に野ウサギを撃たないよう叫んだ理由を聞かれて彼は「ええ、それは奇妙でした。なぜそう言ったのかは分かりません。何かの気まぐれかと思います。それは小さな生き物の中で最も愛らしく見えたのです」（十八章、一六九）と答える。ヴェインが誤射されたのはドリアンが野ウサギを撃たないよう叫んで、ジョフリー卿の発砲が遅れたためである。ドリアンは意識しないが、彼は野ウサギを救ってやろうとした善行のいわば報いとして、ヴェインの追跡から解放される。

このことは先に引用した恐怖に苦しんでいた頃の「邪悪な者は罰せられず、善良な者は報われない」というドリアンの考えと皮肉な対照をなしている。しかし一方、ドリアンは、たとえ小さな善行の報いとしてではあれ、ヴェインの復讐による罰から免れてしまってもいる。「邪悪な者」は罰せられていない。「邪悪な者は罰せられず、善良な者は報われない」という考えを、この出来事は同時に肯定し否定もする。この挿話に関する限り、読者は因果応報の考えが肯定されているのか否かを知ることを阻まれているのである。

ヴェインの死の挿話はワイルドの矛盾や逆説への偏愛の深さを印象づけるが、ワイルドは矛盾を真に愛する者にふさわしく、矛盾を愛しつつ、矛盾でないものをも愛するという矛盾に進んで陥っているようである。因果応報という道徳的な考えに対しどういう態度を取っているのかが、ヴェインの死の挿話では矛盾する状況の現出によって意図的に隠されていたが、それとは対照的に、『ドリアン・グレイの肖像』は全体としては、ドリアンの快楽の追求が罰を免れ得ないことを矛盾なしに描く道徳的な作品である。(7) 作品中にちりばめられたヘンリー卿の不道徳な言葉は読者を幻惑するけれども、作品は彼の言葉をいくつもの重要な点で否定する。

たとえば、ヘンリー卿の吹聴する考えの一つに矛盾の称揚があるが、作品はドリアンの自己矛盾をうかつな自己認識の欠如として否定的に描く。ドリアンはヘンリー卿の永続への軽蔑に同調するが、自身のためには若さの永続を切望し、実現したそれを享受する。あるいは、「一つの感情をなくすのに何年もかかるのは浅薄な人間にすぎない。自分自身の主人である者は喜びを発明できるのと同じように容易に悲しみを終わらせることができるのだ」（九章、九〇―九一）とバジルに言う彼は、やがて苦悩、恐怖、罪への欲望につきまとわれ、それらの感情を容易に終わらせることはできない。能動的であると思い込みつつ受動的であるという矛盾の他にも、彼はそうした矛盾を抱え込んでいるが、それらの矛盾には人格の豊かな複雑さという印象は薄い。作品中に積極的に矛盾を現出しさえするワイルドは、その矛盾への志向と矛盾して、ドリアンの自己矛盾の浅はかさを描く。

『ドリアン・グレイの肖像』の道徳的な側面は、罪が魂に与える破壊的な影響の強調にもある。(8) 罪を犯すことは魂を浄化させるというヘンリー卿の考えを、はなはだ道徳的にも、作品は真っ向から否定する。しかも、肉体の犯す罪が魂を腐敗させるだけでなく、魂の腐敗は如実に肉体の表面に表れ、人は犯した罪を隠すことはできないということまでも作品は描く。「魂と肉体、肉体と魂――それらは何と神秘的であろう！」（四章、五二）とヘンリー卿は思う。彼がそう思うのは「魂にも動物性があり、肉体も精神性の瞬間を持つ」（四章、五二）という観点からではあるが、ドリアンの魂の腐敗を映す肖像は、魂と肉体の密接な関係という観点から「魂と肉体、肉体と魂」の神秘を示す。

出版当時の悪評にもかかわらず、『ドリアン・グレイの肖像』はそのように道徳的なメッセージを含んでいる。単行本の冒頭には、掲載誌とは別の雑誌に「『ドリアン・グレイ』の序文」として前もって掲載された二十四の警句が掲げられていて、その中には「道徳的な書物、不道徳な書物といった物は存在しない。書物はうまく書かれているか、まずく書かれているかのどちらかである」という警句も含まれている。しかし、それらの警句はもし作品の中に含まれるならば、作品から美以外のメッセージを受け取るべきでないというその内容自体によって作品のメッセージであることを止めてしまう。ワイルドは「人の道徳的な生活」を「芸術家の題材」として用いながら、読み取ろうと思えば道徳的なメッセージを読み取ることができてしまいはするが、奇妙に魅惑的な非現実感を帯びた美しい一つの物語を書いたのではある。

真実らしさの観点では、ドリアンの影響の受けやすさはいくらか芝居がかっており、彼とシビルの恋にも、ドリアンの現実と劇の頑なな混同や、恋を知ったシビルの演技力の喪失など、現実にはあり得ないように見える不自然さがある。しかし、それらの不自然さは、舞台上の俳優の化粧と同じように、作品の主題にくっきりとした隈取りを与える適度な人工性であるとも言える。罪が覿面《てきめん》に魂を腐敗させそれが肉体の表面に表れるという設定にも、現実感よりは約束事のような印象があるが、しかし、それは芸術作品にふさわしい美しい非現実感であるだろう。

＊

魂の腐敗が如実に肉体の表面に表れるという考えは、ドリアンの魂の腐敗を映す肖像の変化としてだけではなく、バジルによっても述べられる。ドリアンの悪評を心配して諌《いさ》めに来た彼は「いいかい、私はそれらの噂を少しも信じない。少なくとも、君を見る時、私はそれらを信じることができない」と言い、その理由を「罪は人の顔にそれ自身を書き記すものだ。それが隠されることはあり得ない。人々は時々秘密の悪徳のことを言うが、そのようなものは存在しない。もしもある卑劣な男が悪徳を持っていれば、それは彼の口の線や、瞼の垂れ下がりや、手の形にすら表れる」（十二章、二二六）と述べる。あるいは二十章でドリアンは、彼が誘惑した田舎娘に自分が卑劣だと告げた時、彼女が笑って、卑劣な人はいつも年取っていてとても醜いと答えたことを思い出したりする。

何度か繰り返されるこの考えは、深層と表層の同一化や逆転という主題と関わりがある。肖像の変化やバジルが述べる考えにおいては、魂という神秘的な深層は、顔という肉体の表層と一致させられる。「生涯に一度しか恋をしない人々は実のところ浅薄な人々である」（四章、四四）などと喋々と人格の深さと浅さの既成のイメージを逆転させるヘンリー卿は、別のところでは、幾重にも隠された深層にあるもののような神秘が、可視的なものの上にこそあるという、この作品において重要な意味を持つ考えを述べる。

> 美は皮相なものにすぎないと人は時々言う。それはそうかもしれない。しかし美は少なくとも思想ほどには皮相ではない。私にとって、美は驚異の中の驚異である。外見で判断しないのは浅薄な人々にすぎない。世界の真の神秘は、不可視なものではなく可視的なものである。（二章、二二）

このヘンリー卿の第二章での言葉と、ドリアンの人格の深い影響を言うバジルの次の言葉を比べてみよう。

彼の人格は私に芸術における全く新しい方法、様式における全く新しい形態を示唆した。私はものを違ったふうに見、それらについて違ったふうに考える。以前には私には隠されていた仕方で私は今や人生を再創造することができる。（一章、一四）

バジルは少し後で「何か捉えがたい影響が彼から私へやってきて、生涯で初めて私は、平凡な森林地帯に私がそれまで常に探し求め常に見出し得なかった驚異を見たのだ」（一章、一三）とも述べる。見る仕方こそ「以前には私には隠されていた」とはいえ、バジルが見出す「驚異」はたとえば平凡な森林地帯の上に以前から可視的に存在していたものである。バジルが言う「驚異」は「美」とも、また「探し求める」というイメージから「神秘」とも言い換えられ得るだろうが、それはそのように深層ではなく目に見える表層にある。不誠実さを恐ろしいこととは考えないと言う、先に見た箇所の語り手「私」に似て、神秘は表面に表れていながら隠されており、隠されていながら目に見えるのである。

「平凡な森林地帯」に「驚異」をバジルが見出すことは、第十一章で説かれるドリアンの「感覚の精神化」の考えの中の「物が新鮮な形と色を持つだろう世界」への渇望の一つの実現である。「脳の部屋部屋を現実そのものより恐ろしい幻影が吹き抜ける」夜の後、「夜の非現実的な影から、私たちが知っていた現実の生活が帰ってくる。」そして次のように述べられる。

私たちは止めたところからそれを再開しなければならない。そして、紋切り型にされた習慣を、退屈でも元気を出してまた繰り返さなければならないという、恐ろしい思いが私たちに忍び寄る。あるいは、忍び寄るのは、ある朝瞼を開くと闇の中で、私たちの喜びのために世界が作り変えられていたらという激しい憧れかもしれない。その世界で物は新鮮な形と色を持ち、変化させられ、他の秘密を持っているだろう。そこでは過去は場所をほとんど、あるいは全然持たず、少なくとも、責任や悔恨という意識的な形では残存しない。嬉しかったことを思い出しても苦さがよぎり、喜びの記憶も痛みを帯びているのだから。（十一章、一〇九）

このような考えのもとにドリアンは「新しく同時に喜ばしい興奮、ロマンスにとって全く不可欠な奇妙さの要素を持った興奮」を探し求めるが、結局、新奇さの喜びのため、あるいは恐怖を忘れるため、さまざまの思想や収集に一時的に熱中するにとどまる。しかし、表面は同じである世界が、新しい作り変えられた世界であるように見えてくることは、表層での美と神秘の発現として、作品中で渇望され経験されるものである。

ドリアンから受けた影響についてのバジルの告白を、ヘンリー卿は彼にとって「啓示（revelation）」（九章、九四）だったとドリアンに言う。完成した肖像を初めてドリアンが見た時、彼自身の美しさの感覚が「啓示のように」（二章、二五）彼に訪れる。弟との散歩でシビルは「恋に陥ることは自己を超えること」だと意気軒昂して、今夜の演技を見て劇場の支配人が「私を啓示だと宣言するでしょう」（五章、五九）と言う。そのシビルはしかし、その晩彼女自身が啓示を受けたかのように、「空虚な見せ物の空疎さ、ごまかし、愚かさ」（七章、七三）を見抜き、舞台の見え方の激変を経験する。そうした「啓示」は、人生の見物人であるヘンリー卿には影響を及ぼさないものの、ドリアンの人生を一変させ、バジルとシビルの芸術を大きく左右する。

ドリアン、バジル、シビルの三人が経験する「啓示」はそれぞれ外部に触発された自分自身や外界の見え方の激変である。作品は外部からの触発による「啓示」の経験を、人の人生の最も貴重な瞬間として描く。ヘンリー卿の言葉に影響されつつある瞬間のドリアンの表情を捉えた肖像は、その影響が彼の中に能動性と受動性の破壊的な交錯を生むとはいえ、外部からの触発を受け、世界の表層が新たな仕方で見え始めた人の美しい恍惚を表現している。ドリアンからの影響により世界の見え方が一変するのを経験したバジルは、そうとは知らないうちに、ドリアン自身の同様な経験の瞬間を写す。バジルが描いたその肖像は、その完成時に画面の表面にそれが捉え、ドリアンの死とともに取り戻す美しさによって、新しい世界を目の当たりにする「啓示」への夢をも表しているのである。

第六章　「たくさんの小さな蛇から成る一匹の蛇」
――『インドへの道』におけるフラクタル――

第五章では、外部のものを真の自己として取り入れるドリアン・グレイの自己と外部の関係を考察した。その関係は自己と外部の境界の曖昧さとも捉えられるが、この第六章では、それと類似した自己と外部の境界の曖昧さを、『インドへの道』で描かれている外部と自己を区切る差異の同時的な存在と不在という主題に見る。『ドリアン・グレイの肖像』で外部の見え方が激変する「啓示」の問題に触れたが、『インドへの道』でもマラバー洞窟のエコーがムア夫人に全てのものの同一性という啓示を与える。あるいは、その洞窟では全ての愛の同一性の啓示を与えるべく「魔物」がアデラ・クエステッドに訪れるが、彼女はその啓示を受けとめ損ねたりする。それらの啓示が、異なりながら同じであり、同じでありつつ異なってもいる、という「異」と「同」の動的関係の主題とつながっていることをこの章では考察していきたい。

E・M・フォースターの『インドへの道』（一九二四年）は、差異と同一性を繰り返し描く作品である。ムア夫人を虚無主義に陥らせるマラバー洞窟のエコーは、全ての物音の差異を消し去って同一の鈍い音にしてしまう。アジズが婦女暴行未遂の容疑で告発された際の騒動も、同一の事象の見え方の相違に起因するものでもある。並々ならぬ善意によるアジズのマラバー丘陵への小旅行も、後にイギリス人たちの目には醜くゆがめられて映る。主な舞台となる架空の小都市チャンドラポアが内部からと高台の居留地からとで、全く見え方が異なるという冒頭の描写を皮切りに、作品は事象の見え方の差異が、誤解を生み人々の融和の妨げとなる様子を繰り返し描いている（注にあらすじを付した）[1]。

この章では、そうした異と同に関わる問題のうち、まず、異なった種類の愛を同一であるとする主題を取り上げ、それがマラバー洞窟でアデラに起きる出来事を通じて描かれていることを見たい。その議論で提起する解釈は、「マラバーの魔物説」と呼ぼうと思う。さらに、その出来事を通して描かれる異種の愛の同一性の主題が、他のいくつかの異と同の主題とともに、排除と包摂の同一性、異と同の同一性というより大きな主題を、フラクタル図形のように構成していることを見ていく。

I

「マラバーの魔物説」の中心となるアデラ・クエステッドは、チャンドラポアの治安判事ロニー・ヒースロップのイギリス時代の恋人で、婚約する前に彼のインドでの暮らしぶりを見たいと言って、ロニーの母ムア夫人とインドを訪ねて来ている。アデラがインドで見出したロニーは、他のイギリス人の考え方に染まり、インド人に侮蔑的な態度を取るようになっていて、彼女はそのことを不満として、婚約をしないことを申し出る。ロニーはそれを紳士的に受けとめ、アデラは彼を少し見直すが、そうした会話の直後、近くに珍しい鳥が現れ、二人はその名を知ろうとする。しかし、鳥は茂みに隠れてしまい、語り手はこう説明を加える。「インドでは物が何であるかを突きとめることが全く不可能である。単に問いかけるだけで、対象は消え去るか、他の何かに紛れてしまう」（八章、七八）[2]。

この作品では、こうしたインドの捉えがたい混沌とした神秘を前に、西洋人の分析的理性が空しく分節を試みる姿が繰り返し描かれる。これから提案する「マラバーの魔物説」は「西洋的」な分節の試みだが、それは、マラバー丘陵には動物的性欲を象徴する魔物が跳梁しており、洞窟の中でアデラの前に現れるのはその魔物なのだと考える、東洋的な神秘を排除しない解釈である。洞窟にやがて現れるその魔物の存在の示唆は、アデラとロニーが、しないことに一度決めた婚約をやはりしようと考え直すきっかけとなる交通事故に始まっている。

アデラとロニーが先に紹介した鳥についての会話をしていたところへ、ナオブ・バハーダというその地方のイスラム教徒の有力者がやって来て、二人をドライブに誘う。その車中、後部座席で若い二人の手が触れるが、どちらもそれを引っ込めない。車がマラバー丘陵を走っている時、道の横から何かが走り出て車とぶつかり、アデラとロニーはその揺れの中で手を強く握り合う。事故は大事には至らず、二人は車にぶつかった生き物は何だったのかと興奮しながらその足跡を調べる。その正体は分からずじまいになるが、二人はその興奮の中で親しみを取り戻し、先刻の考えを変えて婚約する。

二人は帰宅してムア夫人に婚約の報告をするが、その時、自動車の事故の話を聞くとムア夫人は小声で「幽霊!」(八章、八八)と言って震える。アデラはそれを聞きとがめて、車にぶつかったのはハイエナだったと言う。彼女は神秘や謎を放置できない西洋人らしく、道路へ飛び出てきた何かをハイエナのような小動物だったと割り切って安心しようとしたのだった。ムア夫人も「幽霊!」と口にしたのは、一瞬のとっさの思いで、深く考えたわけでもなく、アデラの言葉に簡単に同意する。だが、ムア夫人の「幽霊!」というとっさの呟きは、魔物の存在の重要な示唆だと考えられる。

アデラが一旦は止めようと思ったロニーとの婚約を再びする気になったのは、彼の性格を多少見直したからとはいえ、車中で手を触れ続け握り合ったことが大きなきっかけとなっている。そのことと、車にぶつかったものが正体不明のままとなり、しかもムア夫人が「幽霊!」と呟くことには、動物的性欲を発生させる神秘的な存在の出現がほのめかされていると思われる。事故がマラバー丘陵で起きたのも重要な点で、アデラとロニーはその地に跳梁する魔物の導きで婚約に至るのである。(3)

しかし、アデラは後に自らの婚約を動物的接触のせいだったと反省する。それは、マラバー洞窟群への小旅行で、ムア夫人らを後に残して、アジズと道案内の村人との三人で次の洞窟へ歩いていく時である。アジズはムア夫人に対するのと違ってアデラには好感が持てず、親切に話しかけないので、アデラは道々物思いに耽っている。彼女はロニーとのインドでの生活で遭遇するであろうさまざまの困難を予見するが、それらを克服できる自信を感じる。しかし、「愛についてはどうだろう」と思った時、婚約以来初めて、自分とロニーの間に「愛」が全く存在していないのに気づく。「尊敬と薄暗がりの中の動物的接触はあった。けれども二人を結びつける感情は不在だった」（十五章、一四三）。

この「発見」はアデラを大いに狼狽させるが、彼女は何とか感情を制御し婚約の解消まではしまいと思う。そして彼女はアジズに手を取られて歩きながら、彼の妻について尋ね、東洋人の女には魅力的であるだろうアジズの姿を見て、自分とロニーに肉体的魅力が欠けているのを悔やみ、髪や肌の美しさが二人の関係を違ったものにするだろうにと思う。そうした連想もあって、アデラはアジズに、妻は一人か複数かと質問する。アデラに悪気はなかったが、当時は既に、教養あるイスラム教徒にそのような質問をするのはひどく無礼なことで、アジズはいい加減に返事をしたまま、怒りを鎮めるために、彼女のそばから離れる。その間にアデラは観光は退屈だと思ったり、結婚について考えたりしながら一人で近くの洞窟に入り、そこで問題の事件が起きる。

洞窟に入る前のアデラのこれらの想念は、洞窟でアデラを見舞った出来事の意味に深く関わっている。アデラのそれらの思いで重要な点は、彼女が婚約のきっかけとなった動物的接触を「愛」と区別していることである。肉体的な魅力が男女関係に持つ力の大きさを彼女はすぐ後で思いはするが、「愛」にまではそれを結びつけない。

しかし、そのように「動物的接触」を「愛」と区別して蔑視したアデラは、動物的性欲を象徴するマラバーの魔物の出現によって、懲罰を受ける。あるいは、懲罰を加えるためではないとしても、愛と動物的性欲は同一であるというメッセージを伝える使者として、その魔物は彼女の前に現れるのである。

洞窟内での具体的ないきさつにも目を向けておこう。洞窟に一人で入ったアデラは特に理由もなく壁を指で引っかいてエコーを立ててみる。すると、エコーが止まないうちに洞窟の入り口を人影がふさぎ、彼女へ追い迫り、双眼鏡の紐をつかんで洞窟内を引きずり回す。その紐が切れ双眼鏡は落ちて大きな音を立て、その響きを残してアデラは逃れ去る。異なるものを同一化するエコーとともに現れる点に、襲撃者に付与された象徴性がうかがわれるが、またそのことは、襲撃がエコーに触発されたアデラの錯覚である可能性を感じさせる。アデラが安堵とともにはっきりと思い出すところによれば、襲撃者は彼女の身体には全く接触を果たさず、双眼鏡の紐で彼女を引きずり回したにとどまる。狂乱したアデラが自分の身体の動きで双眼鏡の紐を張りつめさせ、引っ張られる錯覚を抱き、紐も切ってしまった可能性がそのことにより暗示されるが、しかし一方で、彼女の洞窟内の記憶は、実際に何者かの侵入があったと思わせるほどに生々しい。

襲撃者はアジズだと思い込んで逃げる際、アデラが谷のサボテンの棘で大怪我をするのも重要な点である。アデラは襲撃者には身体を触られずにすんだが、何百ものサボテンの棘を抜いてもらうために、静養中、いやというほど他者に肌を触られることになるのだ。「彼女が予期した唯一の接触は、精神の接触だった。今や全てが彼女の身体の表面へ移され、身体は復讐し、不健康に腹を肥やしていた」(二十二章、一八四)。この一節で使われる「接触」が、アデラが「愛」と区別してさげすんだ「動物的接触」と同じ「接触」である点にも注目しよう。精神による他者との交流にのみこだわり、身体の接触を疎んじてきたアデラは、洞窟での災厄を契機に、身体の過剰な接触により復讐されるのである。

静養中から裁判の場に至るまで、ただ一度の例外を除いて、アデラはずっと洞窟のエコーの幻聴に悩まされ続ける。その幻聴が一時的に消える唯一の機会が、ムア夫人の次の言葉を聞いた時だったことは、特に重要である。

そして愛についてのこの下らない騒ぎ。教会の中の愛、洞窟の中の愛、まるで少しでも違いがあるみたいに。

（二十二章、一九二）

ムア夫人がこう早口に言った時、アデラはその名は少しも出ていないのに、アジズの無実が言われたと思い、自分の思い違いがはれ、エコーの幻聴も消えたように感じる。だが、ムア夫人はそんなことは言っていなかったとロニーに教えられて、アデラは自信なげに納得し、再び幻聴からの解放の喜びを失う。

エコーの幻聴が一時的に消えるこの唯一の機会のエピソードが示唆するのは、洞窟の出来事からアジズらインド人の下劣さという間違ったメッセージを受け取ってしまったために、アデラがエコーの幻聴にさいなまれているということである。その故にこそ、ムア夫人の言葉で正しいメッセージに触れた時、アデラにはそれが同時にアジズの下劣さという間違ったメッセージの否定にも聞こえたのだ。教会の中の神の愛、あるいは結婚を成り立たせる愛、そうした愛と洞窟内で示されたような動物的性欲とが、異なったものではなく同一なのだということ、それがマラバー洞窟でのアデラの事件が表現していることである。それらの同一である愛を区別立てしたために、アデラはマラバーの魔物に罰せられる、あるいは、洞窟の出来事の正しいメッセージに触れるまで、アデラはエコーの幻聴にさいなまれるのである。

エコーの幻聴に苦しんでいる間やその後も、アデラは洞窟の出来事の真相を知る人物として、ムア夫人に神秘的と言っていいほどの信頼を寄せている。ムア夫人は「襲撃」の現場に居合わせたわけではなく、アデラは自分の夫人への信頼を、「テレパシー」（二十九章、二五二）という考えでフィールディングに説明してみたりする。テレパシーによって夫人が洞窟内の出来事を見ていたとアデラは言い、フィールディングにその説明の突飛さを指摘されて、彼女はすぐその考えを撤回するが、後で見るように、テレパシーは作品の要で現れる神秘の重要な一作用である。ムア夫人はまた、幽霊の存在を信じていた人としてアデラによって回想される。アデラは西洋的な分節の志向を持っているが、そのようなアデラですら、夫人が幽霊を信じていることで夫人を信頼する。そうしたアデラのムア夫人への信頼の度重なる強調によっても、作品は洞窟の出来事と神秘的なマラバーの魔物との関わりを暗示していると言えるだろう。

以上が「マラバーの魔物説」だが、第二節ではさらなる議論の前提として、洞窟事件に関してムア夫人が及ぼす善の力と、彼女の否定的な虚無主義との間の食い違いを確認したい。

Ⅱ

洞窟事件に関し、ムア夫人が最大の善の力を及ぼすのは、彼女自身は不在だった法廷においてである。法廷では、アジズに有利な証人であり得たかもしれないムア夫人をイギリス人側が船で送り出してしまったことへの抗議から、インド人側から夫人の名の連呼が起こり、その名はヒンドゥー教の女神の名のように変形されて、「エスミス・エスムア」（二十四章、二二四）という詠唱が法廷の外にまで広がる。それを聞きながらアデラは体調が格段によくなったと感じ、その詠唱に感謝する。それと同時に、詠唱はその役割を果たしたかのように急に止み、直後に始まった証言で、アデラは事件の当日の出来事を初めて澄明に思い出していき、アジズの告発が自分の思い違いであったことに気づく。裁判の場に不在であったムア夫人はいわば、人々の詠唱によって法廷へ呼び出され、アデラの思い違いをはらし、悪を打ち払う役割を果たすのである。

ムア夫人がこのように善なる力の権化として描かれるのを、作品中でどう意味づけしたらよいのだろうか。ムア夫人はマラバー洞窟の均一なエコーによって、気高い物も下劣な物も、全ての物は同一で価値がないという虚無主義と無関心に陥り、裁判でアジズを助けようとすらしない。洞窟の出来事に関しては、異なった種類の愛も同一であるという、アデラにとってはエコーの幻聴が一時的に消える喜ばしいメッセージの伝え手となるが、ムア夫人はその言葉を「もし結婚が何かの役に立つのなら、人類は何百年も前に一人の人間にまとまっていたことでしょうよ」（二十二章、一九二）という、虚無的な言葉に続けて苛立たしげに言ったのだった。精神的な愛と同等に、肉体的な愛をも肯定する異種の愛の同一性は、ムア夫人の中では、全ては同じで無価値だとする虚無主義の一端でしかない。

善の権化のような力を及ぼし、アデラからは真理の神秘的な把握者のように信頼されながら、ムア夫人は一方で、その虚無主義の限定的な一面性を強調されてもいる。ボンベイから故国へ船出するムア夫人について次のような一節がある。そこでは、擬人化され言葉を話すココナツ椰子がムア夫人に、彼女の虚無主義が決して普遍的真理ではないと呼びかける。

ほどなく船は出航し、何千ものココナツ椰子が停泊地のまわりに現れ、丘陵に上り彼女に手を振って別れを告げた。「それではあなたはエコーがインドだと思ったのですね。マラバー洞窟群を究極だと考えたのですね。」彼らは笑った。「私たちと洞窟にどんな共通点があるのです。あるいは洞窟とアシルガール要塞とで何が共通するのです。さようなら！」（二十三章、二〇〇）

このように一面的な意義しか与えられていないマラバー洞窟群のエコーの表す虚無主義にムア夫人は没入しているのだが、そうした夫人の虚無主義と彼女が作中で及ぼす善の力との間の対立をどう考えたらよいのか。以後の議論では、ムア夫人の位置づけのこの困難さを、「異」と「同」の間の動的関係という主題を作品が描いていると想定しながら考えていきたい。その「異」と「同」の動的関係は、個別の主題の親となるような主題であり、それの一つの個別的な主題である排除と包摂の同一性が、ゴドボウル教授とムア夫人の結びつきを通して描かれていることの考察から、次節を始めることとしよう。

Ⅲ

チャンドラポアの官立大学の教授だったヒンドゥー教徒のバラモン、ゴドボウルは、アジズの告発の騒ぎをよそに、西方数百マイルのヒンドゥー教徒の藩王国マウへ移住し、その地の文部大臣となる。裁判で勝訴したもののイギリス直轄地に嫌気のさしたアジズは、彼のつてでマウへ来て王室の典医におさまる。『インドへの道』の第三部は、裁判から二年後の雨期、マウでのクリシュナ神誕生の祝祭の描写から始まり、祭りの二日目にフィールディングが妻と義弟とともにやって来て、彼とアジズがある誤解による不和を解消して和解し、しかしもう再びは会わないだろうという予感とともに最後の交流を楽しむ場面で終わる。

フォースター自身もインド滞在中に実際に見て感銘を受けたクリシュナ神誕生の祭りの描写では、個人性の溶解の喜びが特に強調されている。

その集まりは、イギリス人の群衆には未知の、やさしい、幸福な状態に浸っていた。それは恵み深い水薬のように沸き返っていた。村人たちが銀の聖像を一目見ようとどっと前へ出て来た時、非常に美しい輝くような表情が人々の顔に表れた。その美の中には個人的なものがなかった。美しさはそれが宿っている間、全ての人々を互いに似かよわせたからだ。美しさが引いた時にだけ人々は元の個々の塊になった。（三十三章、二七五）

このように祭りの陶酔の中で差異を消滅させ一体化するのは人々だけではない。先の引用の直後には、音楽もまたあまりにも音源が多く、一つの塊となって、外の雷鳴と合体していることが描かれる。この祭りの祝いの対象であるクリシュナ神の像も祭壇のごたごたと一体化して見分けがつかなくなってしまっている。西洋人の目には「理性と形態の挫折」でしかないこの祝祭の混乱は、全ての事象の差異を消滅させるマラバー洞窟のエコーと同じく、インド的混沌を象徴しているだろう。ただ、洞窟のエコーでは差異の消滅の恐怖と虚無感が、この祝祭ではそれの歓喜が表現されているという違いがあるのみである。

マラバー洞窟とこの祝祭のそうした象徴的同一性を考えると、祭りの最中、ゴドボウルの脳裏にマラバー的なものの象徴であるムア夫人のことが思い浮かぶのも奇異なことではなく、それがフォースターによる洞窟と祝祭の象徴的同一性の強調であることがよく理解される。

歌っている人々の表情は間が抜けてぐったりとしたものになった。彼らは全ての人々を、全宇宙を愛した。そして、彼らの過去の切れ端、細部の小さな断片が一瞬浮かび出て、宇宙全体の温かさの中へ溶け込んだ。かくしてゴドボウルは、彼にとって重要な人ではなかったが、チャンドラポア時代に出会った一人の老婦人のことを思い出した。（三十三章、二七六―七七）

ムア夫人はマラバー洞窟のエコーを聞いて虚無主義に陥るものの、作品の始め近くでは人類や宇宙への愛を体現する人物として描かれており、右の引用のような文脈で彼女が想起されるのは全くふさわしいことだと言える。彼女はフィールディングのお茶の会でゴドボウルの奇妙な歌を聞いてインド的混沌に初めて触れ、無気力さへ変化し始めるのだが、それ以前には、ガンジス川に映る月影に宇宙との一体感を覚え、息子にインド人との和合の大切さを説き、結婚という結合が人類の融合にとって持つ意義を確信していたりする。あるいはムア夫人は、次のようにジガバチをも慈しむその包括的な愛を描かれる。

外套を掛けようとした時、彼女は掛け釘の先端に一匹の小さなジガバチがとまっているのに気づいた。昼間も彼女はこのジガバチの親類を見かけていた。イギリスのジガバチとは違っていて、黄色の長い足があり、それが飛ぶ時に後ろに垂れるのだった。おそらく彼［ジガバチ］は、掛け釘を小枝と間違えたのだろう——インドの動物はどれも家の内と外を区別する感覚を持たないのだ。蝙蝠も、鼠も、小鳥も、昆虫も、戸外と同様に屋内にも巣を作る。家も彼らにとっては永遠のジャングルから自然と生まれたものにすぎない。ジャングルは樹々と家々を交互に生み出しているだけなのだ。彼はしがみついて眠り、平原に獲物をあさるジャッカルの遠吠えが太鼓の音と混じり合って聞こえていた。

「かわいらしいこと」ジガバチに向かってムア夫人は言った。彼は目を覚まさなかった。彼女の声は戸外に流れ出て、夜の不安をふくらませるのだった。（三章、二九）

ムア夫人の愛の包括的特質は、このすぐ次の章の二人の宣教師たちの包摂の限界と対比して強調される。宣教師たちは「わが父の家には住処《すみか》おほし」という『ヨハネ伝』十四章二節の教えにのっとって、天の神の家には住処が多く人種の区別なく歓待されると説く。だが二人の宣教師は神の歓待は人間に限定されるのかと話し合い始める。老齢で保守的な方の宣教師は猿すらも神の歓待の対象から除外するが、若く進歩的なソーレー氏は猿を除外せず、神の慈悲は全哺乳類には十分行き渡るだろうと考え、やや渋々ながらジャッカルも範囲に含める。

ではジガバチはどうであろうか。ジガバチのところまで下っていくうちに彼は不安になって、ともすれば話題を変えようとした。ではオレンジは、サボテンは、水晶は、泥はどうだろうか。ではソーレー氏の体内のバクテリアはどうだろうか。いやいや、これはどうも行きすぎだ。私たちの集会にも遠慮してもらわなければならない人もいる。さもないと何も残らないことになるだろうから。（四章、三二）

宣教師たちの会話でもジガバチという語が現れているが、ジガバチという言葉の作中の関連はピーター・バラが指摘して[4]（Burra 320）、その評論をフォースターが「毀誉褒貶《きよほうへん》や忠告には人は慣れる。しかし理解されることはめったにない」（Forster 313）と喜んだものだ。しかし、先の二つの引用はさらに、「家」という語によっても対照的な関連が強調されている。神の「家」は大きいかもしれないが、家に招かれるか否かにかかわらず、家という人造の区分を乗り越えて、インドの生き物は氾濫する。無しか残らないからと排除のラインを引いても、インド的混沌はそれを乗り越えて押し寄せてくるのである。

ここで再び、祭りの最中のゴドボウルの脳裏に目を向けよう。ムア夫人を彼が思い出した部分の数行後、次のような一節が現れる。

彼の感覚は次第に鈍くなった。どこで見たかは忘れたが、彼は一匹のジガバチのことを思い出した。たぶん石の上にいるのを見たのだろう。彼はジガバチを同じように愛し、完全さの見出される場所へ同じように押し進めた。彼は神の真似をしていた。そして、そのジガバチがくっついていた石を押し進めようと――彼にできるだろうか……いやいや彼にはできなかった。石を押し進めようとしたのは間違いだった。論理と意識的努力が誘惑したのだった。彼は赤いカーペットの上へ戻ってきた。そして、その上で踊っていることに気づいた。（三十三章、二七七）

ゴドボウルはこのように、ムア夫人とともに彼女が慈しんだジガバチをも脳裏に浮かべる(5)。ゴドボウルが、彼自身は目撃していないムア夫人とジガバチの結びつきをここに想起するのは、アデラが先に言っていた「テレパシー」の作用であるだろう。ここで注目したいのは、ゴドボウルが、ジガバチのとまる石を、ムア夫人とジガバチを入れた「完全さの見出される場所」へ入れられず、陶酔から覚めてしまうことである。ジガバチを包摂し得ることでゴドボウルは宣教師ソーレーより進んでいるとはいえ、石を排除せざるを得ないことで、ソーレーと程度が違うだけで同質となってしまう。

ゴドボウルはその後しばらくして神殿からの出がけにもう一度、さらにはっきりと、ムア夫人を思い出す。油と埃にまみれて、ゴドボウル教授はもう一度彼の魂の生命を発展させた。彼はますますはっきりとムア夫人をもう一度見た。そして、彼女のまわりにはさまざまの形の苦難がかすかにまつわりついていた。彼はヒンドゥー教徒のバラモンであり、彼女はキリスト教徒だったが、それは問題ではなかった。彼女が見えたのが記憶の奸計であろうと、テレパシーによる感応であろうと、それも問題ではなかった。彼自身を神の位置に置き、彼女を愛し、彼自身を彼女の位置に置き、神に「来たれ、来たれ、来たれ、来たれ」と言うのが彼の義務であり、希望でもあった。それが彼のなし得る全てだった。何と無力だろうか。しかし、各人は自らの能力に応じてするより仕方がない。そして彼は自分の能力があまりないことを知っていた。「一人のイギリスの老婦人と一匹の小さな、小さなジガバチ」彼は神殿から出て、土砂降りの灰色の朝の中へ歩み出しながら考えた。「それは大したもののようには思われないが、私より大きなものだ。」（三十三章、二八一）

ゴドボウルはムア夫人と比べた自分の存在の小ささと無力さを思うが、それでもなお、義務と希望として、神とムア夫人の位置に身を置き、彼の考えでは決して「来ることのない」（七章、七二）神へ「来たれ、来たれ」と呼びかけ続ける。ムア夫人はジガバチを慈しみ、包摂したが、石については包摂したかの記述はない。しかし、ムア夫人はそれこそ石をも含め全てを同一とするようなマラバー洞窟のエコーによって、虚無主義に陥るのだと考えることができる。先の引用の「彼女の声は戸外に流れ出て、夜の不安をふくらませるのだった」、あるいは、「彼女のまわりにはさまざまの形の苦難がかすかにまつわりついていた」という不安を思わせる要素は、ムア夫人の虚無主義と関連するだろう。そのように虚無的なまでに全的包摂を体現するムア夫人を、石とジガバチの間に境界を設けたゴドボウルが繰り返し思い出し、二人が結びつけられているのはなぜだろうか。

Ⅳ

フランク・カーモードは、この作品の第三部の祝祭が全てを愛のもとに包括し一体化していると見ている（Kermode 221）。彼の考察は、排除された例外的なものの包摂が『インドへの道』の重要な主題であることを浮き彫りにしている点で卓見だが、やや過度の単純化があるようだ。ゴドボウルが石とジガバチの間に境界を設けていることについての考慮が欠けているからである。しかし、ゴドボウルの石の排除は、祝祭の陶酔の中に置かれ、全的包摂の象徴であるムア夫人と結びつけられることで、カーモードの見る「包括」と「一体化」をさらに深いものとするのだと考えられる。すなわち、排除をも包摂する包摂が示されるのである。排除は異なっているとして退けることであり、包摂は同族として迎え入れる同化であるので、排除と包摂の同一化は「異」であることと「同」であることとの同一化でもある。

異であることと同であることとの同一化は作品中に具体的な表現の例を見ることができる。それは、アジズの告発をめぐるチャンドラポアの興奮という大きな出来事の描写にも表れている。アジズの告発は、人々をイギリス人側とインド人側とに分断するという差異化を行うが、その差異化は、普段は分裂しているインド人たちを同化するものともなる。イギリス人側の描写でも「その日ヨーロッパ人たちは通常の個性をかなぐり捨て共同社会の中へ自分たちを沈めつつあった」（十七章、一五六）とされる。「理性の角灯」という、作中で西洋的とされる特性は「消すことが布告され」、アジズ告発によるチャンドラポアの分断は、西洋を非理性と自我の溶解という東洋的な状態へ近づける。西と東は、それらを分断し、区別立てすることで同化するのである。

あるいは、ムア夫人とジガバチの場面をもう一度振り返ってみよう。宣教師たちより広いムア夫人の抱擁が象徴的に描かれるこの場面で、ムア夫人はインドとイギリスのジガバチの差異を思う。作中で西洋的とされるこうした分節の志向が、インド的混沌と全的抱擁の象徴であるムア夫人の中に同居させられる。あるいはまた、インドという土地は、西洋的な分節の志向を挫折させる混沌とした特質を何度も強調されながら、他方、人々を分断せねばやまない存在ともされる。さらに、マラバー洞窟群への小旅行の描写も例に挙げることができる。その洞窟のエコーは、全ての物の差異を消滅させる混沌の一つの象徴だが、一方、アジズ一行が象を仕立てて洞窟へ向かう道中では、エコーの完全な欠如である静寂が人々の思考を停止させ、人々の想念の中で、路傍の物体はその本来の差異を奪われ、他の物と混同され続ける。同一化の発動力たるエコーの過剰も、同一化の発動力の完全な不在も、同じく差異を消滅させる様子が描かれる。

このように作品は、区別立てすることと、区別立てを抹消することとの共通性を作中に幾度も描いている。全包括へ至れぬことでは宣教師たちと五十歩百歩のゴドボウルが祝祭の陶酔の中でムア夫人と結びつけられるのは、そうした差異化と同一化の同一性を最も印象深く表現するものだと言える。マラバー洞窟のエコーは、さまざまな音という「異なった事象」を同一化するものである。だが、作品はさらに進んで、「異なっているという事象」と「同じであるという事象」の二つが同一であることを描く。あるいは、作品の根底にこの「異」と「同」の同一性という主題が据えられていて、洞窟のエコーが表現する異なった事象の同一化という主題は、根本にある親の主題が個別的に表れたものであると考えることもできる。

さらにここで注目したいのは、異と同を同とすることは、メタ的な論理から、異と同は異とすることにもなる点である。異と同を同とする論理によって、同はまた異にもなるのである。異と同を同として捉えることは、異と同の間に無限に動的な関係を措定することになる。マラバー洞窟のエコーは異を同にする方向を印象づけるが、作品は異と同の主題をその両者の動的関係として描いているのである。

異と同の動的な関係の主題は、マラバー丘陵の描かれ方にも表れている。この丘陵には、互いに区別のつかないほどよく似た洞窟がおびただしく散在すると設定されている。個々の洞窟のエコーだけでなく、差異のない洞窟の遍在によっても、マラバー丘陵は「同」の象徴として描かれる。しかし、この丘陵は一方で、均質的に広がって向き合う空と大地の間に「異」を差しはさむ、拳や指のような岩石の巨大な塊としての様相も繰り返し強調されるのである。マラバー丘陵は「石」的なものの象徴としても描かれ、その石はゴドボウルの全的包摂への努力を挫き、作品の結末では馬に乗ったフィールディングとアジズの行路を別れさせ、融合への拒否を表明する。マラバー丘陵という作中の大きな要素にすら表れる異と同をめぐる正反対の食い違いは、「異」は「同」でありつつ、その「同」はまた「異」であるという主題の表れとして注目される。

このような異と同をめぐる正反対の食い違いは、作品の重要な要素の間にいくつも見出される。この作品では、マラバー洞窟のエコーとムア夫人の変化を通して、差異の消滅に対する恐怖が大きな主題として描かれる。他方、差異の消滅は第三部のクリシュナ神誕生の祭りでも描かれ、今度はそれのもたらす陶酔と喜びが主題とされる。洞窟のエコーでもこの祝祭でもともに「差異の消滅」が強調されるものの、その両者の間には、恐怖と歓喜という「差異」が存在している。それらの「差異の消滅」の大きな差異は、「差異の消滅」という「同」がまた「異」でもあることを表す。あるいは、ゴドボウルの「善と悪は神の二つの側面である。一方に神は存在し、他方には不在であり、その存在と不在の違いは大きい……しかし、不在は存在を含意し、不在は非存在ではなく、それ故にこそ私たちは『来たれ、来たれ、来たれ、来たれ』と懇願する資格が与えられる」（十九章、一六九）という考えも、異と同の動的関係の主題のもとにその重要性と意味が理解される。善と悪は神の二つの側面として大きく異なりながら、全く異質というわけではない。そのように善と悪が「異」でありつつ「同」であるからこそ、人は神の不在である悪が善へ同化することを、神の到来を懇願しながら、期待できるのである。

また作品では、人々を誤解によって引き裂く原因として、同一の事象の見え方の差異が繰り返し描かれるが、そうした事象の見え方の差異も、同じ事象でありながら異なって見え、しかも同じであるという点で、異と同の動的関係という根本の主題の個別的な表れの一つだと考えられる。さまざまの誤解によって引き裂かれたり、友情によって融和したりする、この作品が描く人間関係もまた、異と同の主題と関わっていると言うべきだろう。作品は人の個人性が、ある一つの均質なものの一時的な個別化にすぎない可能性を描き、一方、その均質的なものが不可避的に個別化し、個別化したもの同士対立し争わざるを得ないことをも描く。その意味では、この作品の植民地支配をめぐる社会的な主題の層も、異と同という根本的な主題を、対立して争う人々の「異」の姿を通して描くものである。しかも、そうした「異」の顕現である社会的な騒動の描写の中にも、先に見たとおり、「同」が分かちがたく表現されている。

全的包摂を象徴し、神秘的なまでに善の力を及ぼす様子を描かれるムア夫人が、一方で極端な虚無主義と無関心に陥ることを描かれている食い違いにも、そこに、異と同の動的関係の大きな表現が見られるべきだろう。ムア夫人の全的包摂も、虚無主義も、その根底に全てのものの差異の同化が横たわっており、その限りにおいてムア夫人は作品の中で首尾一貫した存在である。そうしたムア夫人に付与される大きく食い違う二つの様相は、差異の同一化が持つ二つの側面の同一性を表してもいるのである。

V

異と同の関係の一例として、人の個人性が、それを浸す一つの均質的なものの一時的な個別化として描かれていることに先ほど触れた。この第五節では、個人性のそうしたあり方といくらか類似して、作品のいくつもの主題が、異と同の動的関係という根本の主題の個別化として捉えられることを、マラバー洞窟のエコーが形成する反復のパターンに注目しながら考察したい。そのパターンは、類似した図形が寄り集まってそれと似た大きな図形を作る、相似の図形の尺度を変えた反復である。

全ての物音を同じバウムという鈍い音に変えてしまう洞窟のエコーは蛇にたとえられるが、その直後に次のような一文がある。

もしも何人かの人が同時に話すと、重なり合う、うなるような物音が始まり、エコーはエコーを生み、洞窟はたくさんの小さな蛇から成る一匹の蛇で充満し、しかも、それらの小さな蛇たちはおのおの独立して身をくねらせる。（十四章、一三九）

この一文で注目されるのは、小さな蛇が寄り集まって、それと相似の大きな蛇を形成するという、相似形の尺度を変えた反復のパターンである。このパターンは、『インドへの道』でいくつかの主題が、独立して存在しつつ、全体として異と同の動的関係という主題を浮かび上がらせることと類似している。第一節で見た異種の愛の同一性の主題も、マラバー洞窟とクリシュナ神誕生の祝祭において、差異の消滅がもたらす恐怖と歓喜の主題も、同一の事象の見え方の差異の主題も、人々の融合と対立、さらには植民地支配をめぐる社会的な主題も、差異と同一性を問題にしているという共通性があり、その共通性をつきつめると、作品の根底に異と同の動的関係という主題があることが理解されてくる。そうした諸主題のありようは、マラバー洞窟のエコーを形成している相似形の反復のパターンの言語化とも見られる。

洞窟のエコーの描写にある相似形の尺度を変えた反復は、一九七五年にフランスの数学者B・マンデルブロが「フラクタル（fractal）」と名付けて、自然科学の諸分野から大きな注目を集めた概念である。その呼称は、ある形をそれと相似のより小さな形へ割っていくイメージから、ラテン語の「こわれる」という意の動詞（frangere）を変形させて独自に作られたもので（マンデルブロ　上二〇）、英語では形容詞にも可算名詞にも使われる。マンデルブロ自身が引用しているように、その概念の表現は『ガリヴァー旅行記』の作者ジョナサン・スウィフトの風刺詩にも見られる（マンデルブロ　下三四八）。

「フラクタル」の広い意味での例は、私たちの身のまわりの事象に広く見ることができる。たとえば、ある種の樹木の大枝は、その樹の地上全体の姿を相似的に反復しており、それはさらに中規模の枝や小枝で繰り返され、二次元においては個々の葉の葉脈に樹全体の姿が反復されている。あるいは、私たち多細胞生物の個体は、それの属する種の一つの細胞のようであり、さらにそれぞれの種も生命全体の連鎖の中の一細胞のようであるのも広義のフラクタルと言ってよいだろう。あるいはまた、銀河が数千億個の星の回転する渦であり、その中に惑星系をはじめ幾段階もの渦があり、全ての星を作る原子もまた核を中心とした電子の渦であるというように、フラクタルは私たちの生命のあり方、宇宙の巨と微の構造までも表すものである。

こうしたフラクタルの概念との強い関連を感じさせる作中の表現として、多重的な階層のイメージがある。「ブリッジ・パーティー」で、イギリス人とインド人が橋渡しされるどころかますます隔たって向き合う場面の空の描写と、その晩のムア夫人の思いとから例を挙げてみよう。

数羽の鳶《とび》が隔てなく公平に頭上を舞い、その上を一羽の禿鷹がよぎり、何にも増して公平に、濃くない色の半透明な空が、その全周辺から光を注いでいた。その一連の段階はそこで終わるようには思われなかった。空の向こうには、全ての空にアーチをかけるさらに公平な何かがあるにちがいないのではなかろうか。その向こうにもまた……（五章、三四）

アーチの外側にいつももう一つのアーチがあり、最も遠いエコーの向こうには静寂があるように思われた。（五章、四六）

空の上にさらに幾層もの空があり、アーチの上にずっとまたアーチが続くというこれらのイメージは、フラクタルにおいて相似形の現れる水準が次々と開けていく階層のイメージを強く連想させるものだ。二つ目の引用で、アーチがエコーと置き換えられ、エコーが層を成す多重的なものとして捉えられているのも、マラバー洞窟のエコーのフラクタルな階層性を描く一文との関連を感じさせる。

先の二つの引用ではまた、より高い層が、公平さや静寂という同一化、均一化へ向かっていることも注目される。作品の最後でフィールディングがアジズに「なぜ今私たちは友達になれないのだろうか」(三十七章、三一二)と問うたのに対し地上のおびただしい事物は「駄目だ、まだ駄目だ」と声を発し、空は「駄目だ、その地上では駄目だ」と言う。「まだ駄目だ」という否定には将来への希望の余地が残されるが、「その地上では駄目だ」という空の答えは、地上において人々や生き物、事物が永遠に融合と分裂、対立を繰り返すことを運命づけられていることを示唆する。しかし、そうした差異と対立を運命づけられた地上と対照的に、「大空」はその隔てのなさが強調される。

＊

『インドへの道』では、一見、イギリス人でただ一人アジズを支持するという英雄的行為をしたフィールディングが作者の代弁者のように思われる。「世界は互いへ届こうとしている人々の球体であり、それは教養と知性と善意の助けによって最もよく実現できる」(七章、五六)という信条を持つフィールディングを、作者の代弁者と見るのは正しいだろう。しかし作品中、フィールディングの持つ人々の融合への希望はむしろ、その小ささが強調される。法廷で人々の騒ぎから超然として手動の扇風機の紐を引き続ける最下層の美しい青年、インドの統治のされ方には全く関わりのない大多数の生き物たち、アデラとフィールディングが抱く「小さな者たちが会話し、お互いが同じ洞察の足場に立っていることを確認し合って握手している」（二十九章、二五二）ような感覚などの描写を通じて、人間の融合と対立、ましてや社会のほんの一部の層の人々の融合や対立が、いかに小さな問題であるかを作品は繰り返し訴える。人間たちの地上的な融和と対立の繰り返しを包んでいるさらに大きな「空」の存在が作品の表現しようとする焦点なのである。

一部の研究者は『インドへの道』に否定文や否定の副詞の多いことに着目しているが[6]（Beer 44–58; Stone 23）、作品はむしろ肯定の方を向いている。作品の最後は確かに「駄目だ、その地上では駄目だ」という空の言葉で終わっているが、考えを向けられなければならないのはその否定の言葉ではなく、地上に対しそのように否定の言葉を投げる空の象徴する肯定的特質である。差異や対立という個別化が現れては消える地上を覆うその空とは、「排除」にすら否を言わず受け入れる大いなる包摂である。そうした肯定的特質を持つ故にこそ、大空は地上に対し「駄目だ、その地上では駄目だ」と言い得る。作品は、植民地制度や文化的、個人的誤解による人々の分裂と対立の問題の切実さを強調してもいる。しかし、人間たちにとって切実なそうした対立や不和を描きつつも、作品はそれらの不和や対立すらその中へ溶かし込んでしまう大空へ、「アーチの外側にいつももう一つのアーチがあり、最も遠いエコーの向こうには静寂があるように」思われる空へと視線を向けているのである。

第七章　「そしてもし万一誰かが見たとしても、それが何だろう」
――『ダロウェイ夫人』における外部からの自己の解放――

第五章、第六章では自己と外部の境界の曖昧さの表現を考察したが、第七章では、ヴァージニア・ウルフの『ダロウェイ夫人』(一九二五年)が、境界を越えて侵入してくる外部から自己を解放することの主題を描いている点に着目しながら、この作品を考察する。本章がまず提起するのは、主人公クラリッサ・ダロウェイの一見好ましく思われる親切心が、人によく思われ好かれようという、他者の視線への過剰な顧慮であり、クラリッサがそうした顧慮とは無縁の真の自己を、ミス・キルマンへの激しい憎悪と愛という生々しい感情に見出すに至っているとする解釈である。

『ダロウェイ夫人』に関しては、セプティマスという未知の青年の代理的な死によってクラリッサが再生するということが、研究者の間で既に長く受け入れられている解釈である。外部からの「改宗」の圧力から、自己を守るように自殺したセプティマス・ウォレン・スミスの死によって、クラリッサは代理的に自己の解放を得たように感じ、新たな力強い存在感を取り戻す。本章はその解釈を再確認するものではあるが、他者の視線への顧慮、リージェンツ公園駅の物乞いの女性が歌う愛の意義、その女性とセプティマスの妻レツィアとの重ね合わせ、クラリッサと共通する、レツィアによるセプティマスの死の理解などの観点を付け加えることを目指している。

『ダロウェイ夫人』は外部からの自己の解放や保護を描く一方、クラリッサとセプティマスが互いの分身となっているように、個人性の限界を超えた自己のあり方も描いている。本章では、自己と外部を描くイギリス小説の特徴ある一つの例を、この作品に見ていくこととしたい。

I

『ダロウェイ夫人』が描く出来事は、一九二三年の六月のある朝、下院議員リチャード・ダロウェイの妻クラリッサが、その日自宅で開くパーティーの花を一人で買いに出かけるところから始まり、その晩のパーティーの終わり近く、小部屋にしばらく一人で物思いに耽っていたクラリッサが、パーティーの部屋へ戻るところで終わる。作品には、その一日の出来事だけでなく、ブアトンにあった両親の別荘での若い日々の出来事も、断片的な回想として描き込まれる。奔放なピーター・ウォルシュとの友情、同性愛的な感情を交えたサリー・シートンとの強烈な幸福感の記憶、別荘を訪れたリチャードとの結婚の選択などである。社会にうまく適合できないピーターは、インドの官僚の職を辞してロンドンに戻ってきて、パーティーの催されるその日の午前、クラリッサを自宅に訪ねる。彼は視点人物にもなって、ロンドンを歩き回る彼の意識の中で、臆病さ、硬さ、横柄さ、気取りというクラリッサの「魂の死」(五一)[1]が言われる。彼も、そしてサリーも、晩のパーティーに来る。

作品の視点人物は、クラリッサ、ピーターの他、ロンドンの多数の人物から自在に選ばれるが、その中で重要なのはセプティマス夫妻である。商社の事務員であるセプティマスは第一次世界大戦でイタリアへ派兵され、その地から妻レツィアを連れ帰る。彼は数ヶ月前からシェル・ショック(戦場での長期の精神的緊張が引き起こす神経症)を発症し、その日初めて精神の専門医ブラッドショーの診察を受けに行き、入院するよう言われる。夫妻はともにブラッドショー医師から圧迫を感じ、帰宅後、その共感から彼は妻と幸福なひとときを過ごしていた。しかし、それまでかかっていた町医者ホームズが訪れると、彼は医師たちによる支配から逃れなければならないと急に感じ、窓から飛び降りて自殺する。セプティマスとクラリッサは一度も出会わないが、ブラッドショー医師がクラリッサのパーティーへ遅れてやってきて、リチャードを相手にシェル・ショック患者の問題としてその自殺について話し込む。クラリッサは医師の夫人からそれを聞いて、自分のパーティーの最中にもたらされた未知の青年の死の知らせに衝撃を受け、小部屋で物思いに耽るが、やがて自己の独立を守ったセプティマスの死を喜ぶに至る（注にあらすじを付した）(2)。

こうした内容の作品の中でまず着目したいのは冒頭の一節である。冒頭では、花を買いに家を出る時の扉の蝶《ちょう》番《つがい》のきしみに、若い頃ブアトンにある両親の別荘で、庭へ出る時に開けたフランス窓の蝶番のきしみを連想し、クラリッサの回想が始まっていくのだが、その前の最初の二行は、直接的には、彼女の召使いたちへの親切心を示しながらも、他者の視線へのこだわりを示唆するものでもある。

ダロウェイ夫人は、私が自分で花を買ってきましょうと言った。
なぜなら、ルーシーには割り当てられた仕事があるから。（一）

その日のパーティーの準備のために割り当てられた仕事で召使いが手一杯だからと、クラリッサはパーティー用の花を注文しに花屋まで往復する。また、その外出から戻った後には、破れたドレスも自ら繕う。前夜には召使いたちを観劇に行かせてやっており、門限のため劇の途中で帰らなければならなかったことを聞くと、もし頼まれれば最後まで見ることを許してやったのにと同情する。

召使いに親切にしようとするクラリッサのこの志向は、自己の理想像への強いこだわりとして見ることができる。ドレスの修繕の手伝いを申し出たルーシーに、クラリッサがそれには及ばないと答えた後の次の部分には、召使いに寛大にすることが、彼女がこうありたいと願う自分の姿を実現しようとする志向の一環であることが表れている。

「けれど、ありがとう、ルーシー、どうもありがとう」とダロウェイ夫人は言った。そして、ありがとう、ありがとう、と彼女は言い続けた(彼女は膝にドレスやはさみ、絹糸を置いてソファーに掛けていた)。ありがとう、ありがとう、と彼女は、彼女の召使いたちみんなに、自分がこのようになるのを、自分が望んでいるように穏和で、寛大になるのを助けてくれることに感謝しながら言い続けた。召使いたちは私を好いていてくれる。(三三)

クラリッサは自己の理想像に強くこだわっていて、作品の最初の二行から描かれる召使いに対するクラリッサの親切心も、その一つの表れと考えられる。彼女のこうしたこだわりは、しかし、彼女に冷たさや、硬さをもたらすものとして否定的に捉えられている。鏡に見入るクラリッサを描写した次の部分を見てみよう。

一体何百万回彼女は自分の顔を見たことだろう、しかもいつも同じわずかな縮んだ感じがあるのだ！　彼女は鏡を見る時に唇をすぼめる。それは顔にとがった点を与えるためだった。それが彼女の自己だ――とがっていて、投げ槍のようにぴんとして、はっきりしていた。それは、いくらか努力し、彼女の自己になるよう自分にちょっと呼びかけて、いくつもの部分を寄せ集めた時の彼女の自己だった。それらの部分部分がいかに違っていて、相容れないものか、それらがいかに世間のためにただ一つの中心、一つのダイヤモンド、一人の女になるよう作ったものかは彼女だけが知っていた。客間に座って合流点を作る一人の女としての彼女は、退屈な生活の中の光輝であるのは疑いもなく、孤独な人にとっては多分隠れ家でもあった。彼女は若い人たちを助けてやり、感謝されていた。いつも同じであろうとし、自分の他の全ての面――ブルートン令夫人が彼女を昼食会に呼んでくれなかった今度のことで感じたような欠点、嫉妬、虚栄心、猜疑心は決して見せなかった。それは本当に卑しいと彼女は(最後に髪をとかしながら)考えた。(三二)

ここでは召使いへの親切心は書かれていないが、すぐ後で階段を下りて召使いたちのところへ行く場面にも「あのダイヤモンドの形、あの単一の人を集める」という表現があるので、召使いへの態度もクラリッサが集約する自己の理想像に含まれていると考えられる。

引用したこの部分はクラリッサが急に老いの恐れに襲われ、過ぎていく歳月の「滴を捕らえようとするかのように」「その瞬間のまさに核心へ飛び込み、それをそこに――全ての他の朝の圧力がのしかかっている六月の朝のその瞬間に――突き刺して固定する」(三二)様子を描いた段落から続いている。そのように瞬間を一点に固定しようとするクラリッサの志向が、引用部分では、多様な自己を集約する志向へ移ってきている。瞬間を固定しようとするクラリッサは肯定的に描かれていると考えられるが、多様な自己の一点への集約は、引用第一文の末尾にある「縮んだ感じ(contraction)」という一語が示しているように、彼女を縮め、「投げ槍のような」硬さを彼女に与えてしまうものとして描かれている。

「縮む」ことの否定的なイメージは、「幕のようにまつわりつく処女らしさ」をクラリッサが出産後も振り払えずにいることを述べた箇所で、彼女が「冷たい精神」の何らかの「収縮(contraction)」(二六)からリチャードの愛情に応えられないことがあった、という表現にも表れている。クラリッサの自己の理想像には、息子の戦死を知らせる電報を手にしながらもバザーを開いたベクスバラ令夫人の持つような克己心も含まれていて、そのように感情を抑圧することは、後に見る激しい感情の肯定と対比して、否定的に見られていると考えられる。

クラリッサの召使いへの親切さは、このように彼女に冷たさ、硬さをもたらす自己の理想像へのこだわりという主題の中でまず捉えられるが、彼女の親切さが人に好かれたいという思惑から生じている点から、それはまた他者の視線への顧慮という主題と関わってくる。

クラリッサが人に好かれたくて親切な行為をすることは、ドレスの修繕を手伝わなくてもいいと召使いに告げた後の描写でも、その最後で、召使いたちに好かれていることを彼女が喜んでいるところに見られる。先に引用した多様な自己を集約することを述べる部分では、世話をしてやった若者たちが自分に感謝していることを彼女は思う。あるいは、花屋でクラリッサが娘エリザベスの家庭教師ミス・キルマンへの憎しみを鎮めようとしている時、その憎悪を波のように覆い隠してくれるのは、花々の美しさとともに、かつて親切にしてやった花屋の主人ミス・ピムに好かれ、信頼されているという意識でもある。また、公園で出会ったヒュー・ウィットブレッドの病身の妻イーヴリンの見舞いに持って行く本を探している場面では、クラリッサは、自分が物事をそれ自体のためにではなく、人にこう思わせよう、ああ思わせようという不誠実なもくろみとともにしかできないことを嘆く。

人に好かれたい、人によく思われたいというクラリッサの願望は強いもので、かつてブアトンでピーターに言われたさまざまの非難は彼女を今に至るまで苦しめている。彼女がミス・キルマンを嫌う一因もミス・キルマンに彼女が劣等感を感じさせられることにある。自己の理想像に強くこだわるクラリッサにとって人に劣っていると思われることは耐えがたく、ウィットブレッドの完璧な礼儀に自分が未熟な女学生であるように感じさせられたり、ピーターのナイフを弄ぶ癖を見ては自分を取るに足りないと思わされたりして彼女は苦痛を感じる。あるいは、ブルートン令夫人の昼食会に夫だけが招待されたことを知った時、彼女が「まるでパーティーを後にするように」落胆して屋根裏部屋へ上がって行く場面でも、クラリッサにとってのパーティーは「今この友達が、また今あの友達が、彼女の顔、彼女の声をぱっと反射してくれる」(二五)場所としてイメージされている。他者の目に自分の姿がすばらしいものとして映っているという意識が、クラリッサに高揚感を与えるのである。

先に引用したクラリッサの自己の理想像へのこだわりを示す部分でも、そうした理想の自己は世間のために「作った(composed)」ものであることが述べられているが、そうした他者の視線への顧慮という主題は、クラリッサ以外にピーターや、セプティマスの妻レツィアなどを通しても描かれている。

ピーターは、何ヶ所かで自分は他者の評価を気にかけないのだと強がる。五十三歳である彼は若者にはない力を自分は持っていると考えるのだが、彼が考えるその力の属性の一つは「人の言うことを少しも気にせず」(一四四)自分のやりたいことができるというものである。彼はまたリチャードやウィットブレッドなどの人々が自分について言うことを全く気にしていないと思ったりもする。しかし、ピーターは強気と弱気の両極を激しく揺れ動く人物であり、意気軒昂していない時には彼も人の評価をひどく気にしていることが何度も描かれる。クラリッサを訪れた時、彼女にどう思われるかが気にかかるあまり、結婚の計画をなかなか打ち明けられないでいたことを一例として挙げることができる。(3)

人の目を気にすることに関して、レツィアは作品中最も端的に描かれる。登場する最初の場面から彼女はセプティマスの取り乱した様子が人目につくことをしきりに恐れている。彼女はイタリアにいる母親にもセプティマスは働きすぎで具合が悪いと告げるだけで、彼が自殺を口にすることは打ち明けられない。

このように人目を気にすること、人によく思われようと親切などをすることは、繰り返し作品に描かれているが、作品は、それら全ての描写を背景としながら、他者の視線への顧慮から解放されることを肯定的な価値として描いている。パーティーから帰る首相を送り出す場面でクラリッサが啓示のように突然、人によく思われる喜びの空虚さを感じ、ミス・キルマンに対する愛憎のような激しい感情の価値を悟る次の箇所を見てみよう。

本当に首相はよく来て下さった、とクラリッサは感じた。そして彼と部屋の出口へ歩いて行きながら、サリーがそこに、ピーターがここにいて、リチャードはとても喜び、あたりの人々みんなが多分ちょっと羨みがちでいるのを意識すると、彼女はその瞬間の陶酔を感じ、まさに心臓の神経が膨張して震え、浸され、真っ直ぐになるように感じるのだった。——そう、だが、結局それは他の人たちが感じることなのだった、そのことは。なぜなら、彼女はそれを愛し、それの刺すようなずきずきする感覚を感じてはいたが、しかしそれでも、こうした外観や、こうした勝ち誇った感じ(たとえば、親愛な懐かしいピーターは彼女をとてもすばらしいと思っていた)には空虚さがあるのだった。腕の届くところにそれらはあったが、心の中にではなかった。彼女が老いつつあるということかもしれなかったが、しかし、それらはもはや昔のようには彼女を満足させなかった。そして、彼女が首相が階段を下りて行くのを見ていた時、突然、マフをつけた小さな女の子をジョシュア卿が描いた絵の金めっきした枠が、さっとキルマンを思い出させた。彼女の敵、キルマン。それは満足のいくものだった。それは本物だった。ああ、彼女はどれだけ彼女を憎んだことだろう——激しやすく、偽善的で、堕落していて、あんなに力を持っていて、エリザベスの誘惑者であり、盗み、汚すために忍び入って来たあの女(リチャードは、何て馬鹿な！　と言うだろうが)。彼女は彼女を憎んでいた。彼女は彼女を愛していた。人が欲しがるのは敵であって、友ではない——ダラント夫人やクララでも、ウィリアム卿やブラッドショー令夫人でもなく、ミス・トゥルーロックやエレノア・ギブソン(クラリッサは彼女が階段を上がって来るのを見ていた)でもない。(一五四—五五)

夫リチャードを喜ばせたり、人々に羨まれたり、ピーターにすばらしいと思われたりすることの陶酔感の鋭い喜びを認めつつも、クラリッサはそうした評価が他人の感じるものであり、手の届くような近くにはあっても、自分の外にあり、自分の心の中にはないものだと考える。そして自分に本当に満足を与え、真実に感じられるのは、ミス・キルマンが自分の心の中にかき立てる憎しみと愛なのだということを、彼女は悟る。そうしたクラリッサの悟りを通じて、「友」が与えてくれる喜びや安らぎではなく、「敵」が心にかき立てる激情の価値を作品は訴えかける。

II

パーティーの描写に挿まれたその一節は、このように、他者の視線を過剰に顧慮することの数多い描写の重みを背負っているのだが、それと同じ重みを、地下鉄リージェンツ公園駅の向かいで、風に吹かれる枯れ木のように立って、物乞いの年老いた女性が歌う歌の「そしてもし万一誰かが見たとしても、それが何だろう」（七二）という歌詞も負っている。二ページほどのその物乞いの女性の挿話のあらましは次のようである。

その女性の歌声は最初ピーターの耳に「弱々しい震える音、方向も、生気も、始めも終わりもなく泡のように湧き上がる声、あらゆる人間的な意味もなく弱々しくまたかん高く『イー　ウム　ファー　ウム　ソー／フォー　スィー　トゥー　イーム　オー』という音となって流れる声、年齢も性別も分からない声、大地から吹き出す太古の泉の声」として聞かれる。しかし、彼が声の主に近づくにつれてその声は彼に意味を伝え始め、その歌の内容、あるいは歌詞に触発されたピーターの夢想が叙述される。その女性が歌うのは「これまで百万年続いてきて」「やがて勝利をしめる愛」についてである。彼女は百万年前の五月に恋人といっしょに歩いたことがあったが、「夏の日々のように長い歳月のうちに、そして彼女の記憶の中では赤いえぞ菊で燃え立っている歳月のうちに、彼は行ってしまった、死の巨大な鎌がそれらのとてつもなく大きな丘々を打ち払ったのだ」と彼女は歌う。「そして、ひどく年老いた白髪頭を大地についに横たえながら、今や氷のように冷たいただの燃え殻になってしまった彼女は、一束の紫のヘザー［スコットランドなどの山地に多いヒースの一種］」を「彼女の横、最後の太陽の最後の光が愛撫する彼女の高い埋葬地のそこに、置くように懇願する。なぜならその時、宇宙という見世物は終わるだろうから」と叙述される。そして、どろどろで植物の根の茂った大地の穴から泡のように湧き出るその歌声がロンドンの街を流れていき、「湿ったしみ跡を残し、あたりを肥沃にしていく」という夢想が語られる。

夢想はさらに続き、その女性が、一千万年後にもまだ、「いつか太古の五月に自分が恋人と歩いた様子を思い出しながら」そこにい続けるだろう、と述べられる。夢想は、女性がそうして一千万年後も「かつて五月に自分が今は海であるところを歩いた様子を思い出しているだろう」が、彼女が誰と歩いたかは重要ではない、とする。もちろんそれは彼女を愛した男にはちがいないが、歳月の経過が記憶をぼやかし、「あなたの優しい目で私の目をじっと見つめて」と女性がピーターに懇願しても、彼の具体的な顔つきは見えず「ぼおっと浮かぶ姿、影の姿だけ」が女性には見える。その姿に向かって「私にあなたの手を取らせ、そっと握らせて」と歌う女性に、ピーターはタクシーに乗り込みながらいたたまれずシリング硬貨を与える。女性は「そしてもし万一誰かが見たとしても、それが何だろう」と歌い、微笑んでシリング貨をポケットに入れる。「すると凝視する全ての好奇心に満ちた目は消し去られたかのようになり、そして、通り過ぎていく幾世代もの人々——舗道は忙しげな中産階級の人々で一杯だった——は、まるで木の葉のように踏みつけられ『イー　ウム　ファー　ウム　ソー　／　フォー　スィートゥー　イーム　オー』というあの永遠の泉に漬けられ、浸されて沃土に変えられ消え去った」と最後は締めくくられる。

この歌う物乞いの女性の一節については、彼女の歌う歌が、ヘルマン・フォン・ギルムの歌詞にリヒャルト・シュトラウスが曲を付けた「万霊節」であるとのヒリス・ミラーの指摘がある(Miller 190)。この小説の全体が死者のよみがえる万霊節なのだとするミラーの解釈は意義深いが、「万霊節」の詩がほとんどそのまま使われている「あなたの優しい目でじっと私の目を見つめて」、「私にあなたの手を取らせ、そっと握らせて」、「そしてもし万一誰かが見たとしても、それが何だろう」などの言葉が、他者の視線への顧慮を捨てて、愛の情熱に身をまかせることを訴えていることにここでは着目したい。

その訴えかけの強さは「たとえ万一誰かが見たとしても、それが何だろう」と女性がピーターに「求めた(demand)」という表現からも見て取れる。そのように強い動詞が使われているのは、情熱的な生き方をまさに彼に「要求」しているということでもある。クラリッサの冷たさを批判し、自らの情熱を誇るピーターは実のところ、情熱的な生を希求しつつも満たされずにいる。そのような彼を叱咤激励する物乞いの女性は、情熱的な、生気ある生というこの小説が打ち出そうとする肯定的な価値の体現者なのである。

そうした活力あふれる生という価値の体現者として、老いてやつれた女性は一見不似合いだが、彼女の歌声も、「弱々しい震える音」とされるのは最初だけである。ピーターが去った後、レツィアがその女性の歌を耳にする場面へ変わるが、そこでは女性の歌声は「陽気に、ほとんどはしゃいだように」空中へ曲がりくねって登っていく音の不屈の糸として描かれる。レツィアは人目を気にする彼女らしく「自分の父親や、もっと暮らしがよかった頃の誰か知り合いがたまたま通りかかって、そんな溝の中に立っているところを見られたらどうするんだろう」と気の毒がる。しかしその女性が陽気に「そしてもし万一誰かが見たとしても、それが何だろう」と歌うのを聞いて、彼女は突然全てがうまくいくと確信する。人の目を気にすることからの解放の喜びが、その確信の底にはある。レツィアをそのように元気づける力を、その女性の歌声は持っている。

その歌う女性が、物乞いをする社会の最底辺の存在であることも、作品の肯定的な価値の体現者としてむしろ積極的な意義を持っている。アレックス・スワードリングが指摘するように(Zwerdling 120-43)、生を萎縮させるものは、中産階級以上の上流社会的なものとして作品では把握されている。そのような上流社会的な価値の対極を体現する存在として、物乞いをする女性はむしろふさわしい。挿話の末尾にあるように、その女性は、意味の欠如した、人間以前の生命の歌声の泉に浸して「中産階級の人々」を沃土に変えて消し去る。彼女の歌声は、生にとって否定的なものに満ちた文明都市の街路に肥沃さのしみを残していくのである。

最下層の人物が横溢する生を体現している例は、リチャードがクラリッサにバラを買って帰る時に出会う女性浮浪者にも見られる。彼女は「(厚かましく、口に締まりがなくユーモラスで、全ての絆から解放されて、物事がなぜ、どうして起きるのかを好奇心をもって観察し、大胆に思索し考察するために身体を地面に投げ出したかのように)片肘をついて長々と寝そべっている」(一〇二)と陽気で生き生きした存在として描かれている。作品の冒頭近くにクラリッサが「最悪の薄汚い女たち、玄関の踏み石の上に座り込んでいるひどく元気のない惨めな物乞いをする者たち」も、「彼女と同じように人生を愛し、その人生への愛というまさにその理由で、議会の法令もその人々をどうしようもない、と確信する」(二)一節があるが、それと符合するように国会議員であるリチャードもその女性浮浪者をどうしていいか分からない。彼は彼女の生気と対決するように、自分もこれからバラの花束を渡しながら妻に「愛している」と告げるつもりなのだと自負するが、結局気恥ずかしさからそれを果たせない。社会改革を考えながら歩いていたリチャードとその女性浮浪者を出会わせることによって、本当に必要な変化は自分の感情を口にできないような生の萎縮の克服であることを作品は際立たせる。

これまで見てきたように、作品は他者の視線への顧慮から解放されることを、価値あるものとして描いている。次節では、作品が価値あるものとして訴えるいくつもの主題が錯綜して表れる箇所として、クラリッサがセプティマスの自殺の知らせを聞いた場面を考察する。その場面の考察でも、歌う物乞いの女性が再び鍵となる。その女性の姿は、セプティマスが自殺した直後のレッィアとも重なってくる。

Ⅲ

パーティーの終わり近くにセプティマスの自殺の知らせを聞いた時、クラリッサは自分のパーティーの只中《ただなか》で死が口にされたことに憤慨しながら、隣の小部屋に向かい、そこで、未知のその若者の死の瞬間の情況をまざまざと感じる。この後、パーティーの場に戻るまでのクラリッサを描写した二ページほどの部分の中で、ここではまず歌う物乞いの女性と関連する部分として、最初の二つの段落を見てみたい。

彼女はかつてサーペンタイン池に一シリングを投げ込んだことがあったが、決してそれ以上のものは投げ込まなかった。しかし、彼［セプティマス］はそれを投げ出した。人々は生き続けていく（彼女は戻らなければならないだろう。部屋はまだ混み合っていて、人がやって来つつあった）。人々は（一日中彼女はブアトンや、ピーター、サリーのことを考えていた）、人々は年をとっていくだろう。一つの大切なものがある。おしゃべりの花輪で飾られ、彼女自身の生活の中で汚され、ぼやかされるもの、堕落や、嘘や、おしゃべりの中で毎日滴り落ちていくにまかされている一つのものが。これを彼は守った。死は挑戦なのだ。死は気持ちを伝え合おうとする企てだ。人は中心にたどり着くことができないと感じる。それは不思議にも人々から逃れてしまう。近しさは遠のき、狂おしい喜びは薄れる。人は孤独だ。だが、死の中には抱擁がある。

しかし、自殺したこの若者——彼は自分の宝物を抱えて飛び降りたのだろうか。「もし今死ぬとしたら、今

が一番幸福な時」と彼女はかつて白い服を着て階段を下りながら、自分に言ったことがあった。（一六三）

物乞いの老いた女性は、その挿話の前半で、百万年前の五月に恋人と一緒に歩いたと、愛の貴重な記憶を歌っていたが、ここに引用した二つの段落も、愛の至福の瞬間とその保存の価値を表現している。ビヴァリー・アン・シュラックと、そして特に詳しくエリザベス・エイバルが指摘しているように（Shlack 63; Abel 39–40）、作品の他の部分で描かれているクラリッサが感じる愛の幸福感が、セプティマスが自殺によって守ったとクラリッサが想像する「一つの大切なもの」に、重ね合わされている。[4]

それはまず、引用の最後の部分に読み取れる。「もし今死ぬとしたら、今が一番幸福な時」は『オセロ』の二幕一場で、遅れてサイプラス島に到着したオセロが、妻デズデモーナとの再会を喜びながら、しかし、嫉妬を交えない愛の喜びがその後永遠に去ってしまうのを予感するかのように言う台詞である。実際もし万一オセロがその場で死んでいたら、その死は彼の愛の幸福感をイアーゴーの「嘘」による腐食から「守って」いたことだろう。そして、クラリッサがその台詞を「自分に言ったことがあった」という場面も、サリーへの「愛」（二七）にまつわる最も幸福な瞬間として、その日の午前中にも回想されていたものである。セプティマスがそれを抱えながら自殺して守ったとクラリッサが想像する「宝物」は、白い服を着てサリーに会いに晩餐の席へと階段を下りながら彼女が感じた愛の幸福感としてイメージされている。

その他にも、エイバルが「言葉のこだま」（Abel 39）のオーケストレイションと呼ぶものを通じて、「一つの大切なもの」は愛の恍惚感と重ねられている。たとえば、サリーにキスをされた時にクラリッサは、「ダイヤモンド」を、あるいは、「包まれた何か限りなく貴重なもの」（三〇）を贈られたように感じる。セプティマスが「宝物」を抱えながら飛び降りたとクラリッサが想像することには、そのように宝石のイメージで捉えられた愛の幸福感が反響させられている。あるいは、引用の第一段落の、人がたどり着くことのできない「中心」という語は、異性に対してはクラリッサが欠いていると言われる「行き渡る何か中心的なもの」（二六）の反響であり、また、「近しさは遠のき、狂おしい喜びは薄れる」という表現も、「近いものは退き、硬いものは柔らかくなる。それ——その瞬間——は終わるのだった」（二七）というクラリッサが同性にかき立てられる幸福感の衰えの描写と響き合うものである。

しかし、クラリッサが想像するセプティマスの自殺の原因は多様であり、先に引用した部分に続く二つの段落では、「魂に強制をする」ブラッドショーの抑圧や、生きることに伴う「恐怖、圧倒的な無力感」という異質な原因がそれぞれクラリッサによって推測されている。また、引用した二つの段落についても、「一つの大切なもの」には愛の幸福感だけではなく、「人々は年をとっていくだろう」という句が示すように、「若さ」もそれに含まれている。また、「死の中には抱擁がある」という考えは、人が死後も他者や事物の一部として生き続けていくというクラリッサ独特の死についての観念を反映しているし、セプティマスの心の中で繰り返される「死はない」という「メッセージ」ともつながっている。あるいはまた、「大切なもの」は、リチャード、ウィットブレッドなどの「完璧な紳士達」（六六）によって窒息させられつつあるとピーターやサリーが考える彼女の「魂」でもあるだろう。

このように、セプティマスが守ったとされる「大切なもの」は多様であるが、「おしゃべりの花輪で飾られ、彼女自身の生活の中で汚され、ぼやかされるもの、堕落や、嘘や、おしゃべりの中で毎日滴り落ちていくにまかされている一つのもの」とあるように、「大切なもの」は外部からの浸食にむしばまれるものである。それは外部からの「改宗」の圧力に犯されない自己の独立であり、愛の幸福感という生命の高揚の記憶でもある。また、先に引用した部分から三つ後の段落に「しかし、かつて彼女はブアトンのテラスを歩いたのだ」という、クラリッサがテラスを歩いていてサリーにキスをされた場面を指す一文がある。これも、物乞いの女性が回想する五月に恋人と一緒に歩いたという愛の貴重な記憶と呼応している。歌う物乞いの女性の挿話は、クラリッサがセプティマスが自殺によって守ったと想像する愛の幸福感と密接に関連づけられているのである。

この歌う物乞いの女性とセプティマスの自殺との関わりは、夫の自殺直後のレツィアに彼女の姿が重ねられることにも読み取れるが、それを理解するにはまず、レツィアが、クラリッサ同様、セプティマスの自殺を理解する存在となることを見なければならない。

Ⅳ

先にも触れたように、クラリッサはセプティマスの自殺の一因として「魂に強制をする」ブラッドショー医師の圧迫を推測している。実際にセプティマスの自殺の直接の引き金になるのも、この「魂のプライヴァシー」(一一二)を侵害しようとするブラッドショーやホームズ医師からもはや逃れられないという彼の危機感である。(5) クラリッサ自身、ブラッドショーの診察を受け、ひどい圧迫感を彼から感じたことがあるが、そうであるにしても、彼女は不自然なまでに、彼の自殺の一因を的確に想像することができている。しかし、その異様な明察は、クラリッサとセプティマスの一体性を際立たせるものと考えられるだろう。それと同じように異様な明察とともにセプティマスとの一体性を強調されるもう一人の人物がレツィアである。「レツィアは窓へと走り、見た。彼女は理解した」(一三二)という一文の「理解した」は、単にセプティマスが自殺したことだけでなく、彼の自殺の意味までも「理解した」という重みを持つ語と見られる。

レツィアのそのような「理解」の背景には、彼女もブラッドショーの中に宿る「改宗」という人の魂のプライヴァシーを踏みにじる女神に気づいていたということがある。ブラッドショーが弾劾される数ページの部分は、作中の人物の視点を離れて書かれているが、一ヶ所、括弧に入れて「（レツィアはそれに気づいた）」（八八）と述べられる。また、セプティマスが自殺する直前にその夫婦にこれまでになかったような幸福が訪れることも、レツィアの「理解」の背景になっていると考えられる。セプティマスは、レツィアが作っている帽子について冗談を言って、彼女を今までの生涯でなかったほどに幸福に感じさせたり、帽子の飾りの配色を決めるのを引き受けて彼女を喜ばせたりする。彼女は、セプティマスがメッセージを書き取らせた紙片を大切に保存するために絹糸で縛り、たとえ彼が連れて行かれても決して離れないと言い、急に出会った頃のように思ったことを何でも告げられるようになったように感じ、「今、私たちは完璧に幸せだわ」（一二九）と言う。

そうしたレツィアとセプティマスの一体化は、セプティマスの意識を通して、さらにはっきりと進められている。セプティマスは、自分がメッセージを書き取らせた紙片を束ねる彼女を見ながら、彼女がホームズとブラッドショーに勝利を収め二人の重たい身体を担《にな》って階段を上って行くという幻想を見る。彼女は、敵対する医師達を打ち負かしてくれた自分の味方と意識されるようになっているのである。その意識は、自殺直前の彼の心の中でも繰り返される。ホームズ医師が階段を上って迫って来る時、セプティマスは、自殺の手段は窓から飛び降りることしかないと悟り、「窓を開け身を投げ出すという仕事」を「退屈で、面倒で、ちょっとメロドラマ的だ」と感じる。そしてそれに次の二つの文が続く。

それは彼らの悲劇の観念であって、自分やレツィアのものではない（なぜなら彼女は彼の味方だからだ）。ホームズやブラッドショーがその種のことを好むんだ。（一三二）

セプティマスのこの考えの正しさを裏付けるかのように、レツィアは、セプティマスの自殺後、人々が悲劇の発生とばかりに大騒ぎしている中で取り乱さない。彼女の様子は、何か大きなことの成就を見届けたかのようである。

自分がしようとする自殺をセプティマスが悲劇と捉えないことは、彼の狂気の一断片にすぎないようにも見える。シェル・ショック患者であるセプティマスは、確かに第一次世界大戦の悲劇的な犠牲者である。しかし、セプティマスの自殺についてクラリッサが思いを馳せる部分は、戦争告発とは違った主題の中で読まれなければならない。レツィアがセプティマスの自殺を理解する部分も同様である。そして、セプティマスが自殺だけでなく自らの狂気をも悲劇と見ていないことも注目される。

セプティマスは、医師の診察を受けるのを初めて認めた時、次のように描かれる。「ついに彼は、機械的に、その不誠実さを完全に意識しながらメロドラマ的なしぐさをして、頭を手に埋めた。さあ彼は降伏した。さあ他の人たちは彼を助けなければならない。人々が呼びにやられなければならない。彼は降参したのだ」（七九）。彼は狂気に打ちひしがれるような「メロドラマ的なしぐさ」を嘘と知りつつしたのである。[6] 彼は自分の狂気を悲劇と見るのは、あくまでも自分の外部の社会の人々の考え方だと見なしている。

セプティマスの自殺は、迫り来るホームズ医師から逃れようとする形でなされる。その点で、彼は死へと追いやられた悲劇的犠牲者とも見える。しかし、窓からの彼の跳躍は、外部から自己の大切なものを守る「死」という、肯定的な、善きものへの跳躍である。セプティマスは飛び降りる直前「あなたにそれを与えよう(I'll give it to you!)」と叫ぶが、「あなた」は医師を指しているのではない。人の魂を征服しようとする医師たちに、そんなに欲しいならくれてやる、と彼は叫ぶのではなく、彼は自分の魂は医師たちから守り通して死ぬのである。「あなた」は医師たちではなく、不特定の誰かを指すもので、特にクラリッサを指していると言ってもよいだろう。死が善きものであるとともに、生も善きものである。死を実現するためには、命を捨てなければならない。だが、人々は死のために命を捨てることまではしかねている。セプティマスの自殺は、そうした人々に代わって、自らの命を差し出し、死という善きものを実現することなのである。

セプティマスの自殺を聞いた後のクラリッサは、先に引用したように、自分は「かつてサーペンタイン池に一シリングを投げ込んだことがあったが、決してそれ以上のものは投げ込まなかった。しかし、彼はそれを投げ出した」と思う。自分にとって貴重なものはわずかしか放棄しなかったクラリッサに代わって、セプティマスが命という貴重なものを放棄して、死を彼女のために実現したというのが作品の大きな枠組みなのである。彼の自殺の直前に「彼は死にたくなかった。生命はいいものだった」という二つの文があるが、それらも、彼の自殺の悲劇性を強調するものではなく、生命という価値あるものとの交換によってのみ実現される死のありようを言うものである。セプティマスの代理的な死によって、クラリッサは命を犠牲にせずに善きものとしての死を体感し、生き続ける。

そうしたセプティマスの自殺を理解する者としてのクラリッサは、同じく彼の自殺を理解するレツィアと結びつけられており、そのことを次節で見たい。

V

セプティマスの自殺の後の喧噪の中で、甘い薬か飲み物をあてがわれている時、エイバルが注目するように(Abel 34)、レツィアは「長い窓を開けて、どこかの庭へ歩み出しつつある」(一三二)ように感じる。[7]これは、小説の冒頭で蝶番のきしみからクラリッサが思い起こす、ブアトンの別荘の庭へフランス窓を開けて出て行く場面と対応させられていると考えられる（フランス窓は、庭やバルコニーに出入りできる観音開きの格子のガラス扉で、床まで達していて長い）。その場面はクラリッサのブアトン回想の端緒をなしていた。ブアトンはクラリッサにとって、サリーとの高揚した愛の記憶の場である。セプティマスが自殺によって守ったとクラリッサが想像するものの一つは、彼女にとってブアトンが象徴するものである。レツィアがセプティマスの自殺直後に、クラリッサのブアトン回想の端緒となる場面をほぼそっくり思い描くという描写は、レツィアによるセプティマスの自殺の理解を象徴的に表現していると考えられる。

セプティマスの自殺の直後のレツィアと彼の自殺の知らせを聞いた後のクラリッサとの共通性は、どちらの場面でも時計が鳴り始めることによっても強調されている。レツィアが庭へ長い窓を開けて出て行くように感じた部分のすぐ次の部分を見てみよう。

時計が打っていた――一つ、二つ、三つ。あたりのどしんどしんいう足音やささやき声全てと比べて、その音は何と賢明なことだろう。まるでセプティマスその人のようだ。彼女は眠りに落ちつつあった。しかし時計は打ち続けていた。四つ、五つ、六つ。そしてエプロンを振っているフィルマー夫人は（死体をここへ運んで来ないでしょうね？）あの庭の一部であるように、あるいは旗であるように思われた。ヴェニスの叔母のところに滞在した時、彼女は旗がマストからゆっくりと波打っているのを見たことがあった。戦死した男たちはそのようにして敬礼を受けるのだった。セプティマスは戦争をくぐり抜けてきた。彼女の思い出は、たいていが幸せなものだった。（一三二）

クラリッサはセプティマスの自殺を耳にした後、隣家の老婦人が部屋で床に就こうとしている姿を小部屋から目撃するが、その場面でも時計が鳴り始める。

客間で人々が笑い叫んでいる一方で、その老婦人が全く静かに一人で床に就きつつあるのを見るのは、心を奪うものだった。彼女は今ブラインドを引いた。時計が打ち始めた。あの若者は自殺した。しかし、彼女は彼を哀れだとは思わなかった。時計が時を打っていた。一つ、二つ、三つ。これら全てが続いていく中で、彼女は彼を哀れに思わなかった。ほら！ その老婦人は明かりを消した！ 家全体が今や暗くなり、これらのことが続いていた、と彼女は繰り返した。そしてあの言葉が彼女に思い起こされた。太陽の熱をもはや恐れるな。（一六四―六五）

この老婦人は、部屋の中で自律的に動き、医師たちの圧迫からセプティマスが守った魂のプライヴァシーを象徴する存在である。この老婦人をクラリッサが目撃する時に聞こえる時計の音が、セプティマスの死の後のレツィアにも聞こえる。「太陽の熱をもはや恐れるな」というシェイクスピアの『シムベリン』四幕二場からの引用は、それが仮死状態にあるイモージェンに歌われた挽歌の一部であることで、クラリッサがセプティマスの代理的な死を経て生の世界によみがえるというこの場面の意味をも象徴している。

セプティマスの自殺直後のレツィアは、歌う物乞いの女性の姿とも重ね合わされている。レツィアは、先に引用したように、マストに旗を付けて戦死者が敬礼をされる場面を思い出しながら、セプティマスの死を間接的に戦争と結びつけている。同じように、歌う物乞いの女性も戦争で殺された恋人を悼んでいると推測される箇所がある。「彼は行ってしまった、死の巨大な鎌がそれらのとてつもなく大きな丘々を打ち払ったのだ」という彼女の歌は、戦場で大量に殺戮される兵士たちの死を想起させる。

歌う物乞いの女性とレツィアとの今一つの共通点は、両者が豊饒と結びつけられていることである。その女性の歌声がロンドンの街路に肥沃さの幻想を浮かばせたことは先に見た。ミラノ出身のレツィアもかつては豊饒の世界に属していた。彼女は「幌付きの車椅子にうずくまって鉢植えの醜いわずかな花々を眺めている半分死んだような」ロンドンの人々とは対照的に、生き生きと笑い声を上げて街を歩くイタリアの人々を懐かしみながら、「だって、ミラノの庭を見なきゃ駄目なのよ」（一九）と口にする。セプティマスの自殺を理解したレツィアは、「長い窓を開けて、どこかの庭へ歩み出しつつある」という心象の中で、郷里の豊饒の庭へと回帰する。

レツィアの豊饒への回帰はセプティマスの自殺直後の先の引用に続く次の段落でも、小麦畑を駆ける彼女の姿、穀物の立てる音を通して表現されている。(8)

彼女は帽子をかぶり、小麦の畑を抜けて――それはどこだっただろう？――どこか丘の方へと駆けた。海の近くのどこかだった。というのも、船があって、カモメや蝶がいたからだ。二人は崖の上に座った。ロンドンでも二人は座った。そしてなかば夢見ている彼女へと、寝室の扉を通り抜けて、雨の降る音、ささやき、渇いた小麦のかさかさいう音、海の愛撫が聞こえてきた。海はまるで二人をアーチ形の貝のような窪みに入れているように、そして、岸辺に横たわる彼女につぶやいているように彼女には思われた。彼女は誰かの墓の上を飛ぶ花のように岸辺にまき散らされているように感じた。（一三三）

セプティマスの自殺は、若さ、愛の幸福感などの生命の充溢を日常や老いの腐食から守るものとしてこの作品では捉えられているが、彼の自殺を理解したレツィアが豊饒へと回帰することは、こうした生命の充溢を肯定する作品の主題の重要な表現なのである。

引用した段落の後、レツィアは「彼は死にました」と彼女を介抱してくれているフィルマー夫人に言ってほほえみかける。死体が部屋に運び込まれることを心配するフィルマー夫人が描写された後、次の三行ほどの段落でセプティマスの自殺後の場面は終わり、レツィアも作品から姿を消す。

「眠らせてあげなさい」とホームズ医師は彼女の脈を見ながら言った。彼女は窓を背にした彼の体の大きな輪郭を見た。そうすると、それはホームズ医師なのだ。（一三三）

「そうすると、それはホームズ医師なのだ」という最後の一文は、レツィアが窓を背にして立つ人物の身体の輪郭を、声を聞くまでは、誰のものか分からずに見ていたことを示している。歌う物乞いの女性の挿話でも、歳月の経過が女性の恋人の記憶をぼやかし、彼の具体的な顔つきは見えず「ぼおっと浮かぶ姿、影の姿だけ」が女性には見えることが語られている。レツィアが見ていたのは、セプティマスを死へ追いやったホームズ医師ではあるが、一千万年以上の歳月によって記憶が磨滅した物乞いの女性のようにおぼろな人の姿を見ているレツィアは今、女性が歌う「ひどく年老いた白髪頭を大地についに横たえながら」死の床に就くその女性自身の姿と重なる。「宇宙という見世物」が終わるまで永劫の時の流れの中で生き続け、最後に息を引き取るように、レツィアは眠りに就く。

＊

レツィアはセプティマスの自殺の理解者である一方、自分の心の落ちつきのために愛情もなく彼女と結婚したセプティマスの欺瞞の犠牲者でもある。エイバルが指摘しているように（Abel 34）、彼女の省略しない名前ルクレツィアは、シェイクスピアの『ルークリースの陵辱』の主人公の名前を意識したものだと考えられる。男性の身勝手さの犠牲という意味合いをレツィアは負わされているとするエイバルの見方は適切であるだろう。兵士の妻として故郷から連れ去られ、ソーホーに叔母がいるとはいえ、戦争の影響である夫の狂気のせいで異国の地に一人で放り出される彼女は、戦争の犠牲者でもある。

『ダロウェイ夫人』は、花屋へ出かけたクラリッサが目撃する群衆の王室への敬慕など、帝国主義を底で支えるさまざまな要素の描写が散りばめられていて、政治性が決して希薄ではない作品である。(9) さまざまな層から成る作品の、そのように社会を弾劾する層においては、レツィアもセプティマスも戦争の犠牲者として位置づけられる。しかし作品のそれとは違う層において、その二人はクラリッサや歌う物乞いの女性らと結ばれ合って、自己を外部から解放することの肯定的な価値を表現する。それは生を萎縮させる他者の視線への顧慮から解放されて自己の生々しい感情に生きることの価値であり、外部から個人の独立性を守ることの価値であり、生命の横溢である愛の貴重な記憶を外部の浸食から守ることの価値である。

そのような価値を訴えながら、作品は結末に向かって、希望の色を濃くしていく。その一つの例は、パーティーの終わり近くでリチャードが、エリザベスに自分の娘と見分けられないほど魅力的に見えたと告げ彼女を幸福にさせることである。以前には「愛している」とクラリッサに言えなかったリチャードは、自分の気持ちを口にできるようになる。それを見ていた今やロセター令夫人となっているサリーが言うように、「リチャードはよくなった」のである。二ページほど前の部分でサリーは「人は感じたことをそのまま言わなければいけない」（一七〇）と述べていたが、そこでも彼女は「心に比べたら頭の出来なんて問題じゃないわ」と感情の価値を賞揚する。リチャードが娘に気持ちを感じたまま伝えられたこの場面は、感情の表現という肯定的なものが実現される瞬間なのである。

肯定へと向かうこうした動きは作品の締めくくりで極点に達する感がある。

「僕も行くよ」とピーターは言った。しかし彼はしばらく座り続けた。この恐怖は何だろう、この恍惚感は何だろう、と彼は心の中で思った。異様な興奮で僕の心を満たすそれは何だろう?

それはクラリッサだ、と彼は言った。

なぜなら、彼女がいるからだ。（二七二）

客間の敷居に立った時に部屋を「精妙な緊張感」（二五）で満たす力は、クラリッサが老齢とともに失いつつあるのを恐れたものである。しかし、生命の充溢と通じ合う若さの力であるその存在感を、セプティマスの自殺によって死を代理的に体験し再び客間に入って来たクラリッサは回復している。

「ダロウェイ夫人は、私が自分で花を買ってきましょうと言った。／なぜなら、ルーシーには割り当てられた仕事があるから」という作品の書き出しの二行は、召使いに対するクラリッサの親切心という否定的な意味合いを持つものを表現していた。しかし、「と言った。なぜなら」という型を書き出しの二行と共有する作品の締めくくりの二行「それはクラリッサだ、と彼は言った。／なぜなら、彼女がいるからだ」は、クラリッサが回復した存在感という肯定的なものを指し示しているのである。

第八章　背表紙キャサリン・アーンショー
――『嵐が丘』における自己の複写――

第二部では外部の自己への受容、自己と外部の境界の同時的な存在と不在、自己の外部による支配からの解放という、自己と外部の関係を見てきたが、第八章では自己と類似した存在を外部に残すことで、世界の一部であり続けるという自己と外部の関係を『嵐が丘』を通して考察する。『嵐が丘』については第一章でヒースクリフのキャサリンへの絶対的な服従という関係を指摘したが、この第八章では、キャサリンにとってヒースクリフが自己に似た「写し」となっていることを考え、キャサリンの亡き後もなぜヒースクリフは長く生き続け、なぜやがて死に至ったのかの問題にも取り組みたい。考察の中では、キャサリンと外部の関係が、開くと鳥のような形になり、また、多数の複写物として存在するという、「本」の二つの特徴に関連づけられることも見ていく。

『嵐が丘』のアーンショー家とリントン家の姻戚関係はC・P・サンガーが指摘するように左右対称的だが(Sanger 331)、その対称性は開けば翼を広げた鳥のようになる本の形に似かよっている。(1) 作品の結末でヒースクリフとキャサリンが魂の融合への渇望を満たされ、一体化しただろうのと同じように、読み終えられた本の両翼は閉じられて一体となる。あるいは、鳥が片翼ではいられないのと同様、本の背表紙もその両側に表紙がなければならないが、それと類似して、キャサリンはヒースクリフとエドガーのどちらか一方だけを選ぶことを拒否する。「鶫《つぐみ》十字(Thrushcross)」というリントン家の屋敷の名は、翼を広げた鳥の十字の姿と関連し、それも本の背表紙のように両翼にはさまれたキャサリンの姿を表しているだろう。

『嵐が丘』は作者の存命中は二巻本として出版されていたけれども、一冊の本の、中央で開いた場合の翼を広げた鳥のような左右対称の形は、作品にとって重要な意味を持つと思われる。『嵐が丘』における本の重要性は、本で教養を得る道を閉ざされた少年時代のヒースクリフがキャサリンとの距離が広がって苦悩しなければならないこと、ヘアトンが向学心を侮辱されて本を火にくべ、二代目キャサリンとは隔てられていたものの、彼女から差し出された本を受け取ることを印に彼女と和睦し、恋仲となることなどにも表れている。(2) しかし、この章の『嵐が丘』の考察では、本へのそうした作品中の言及とは別に、本の特に鳥と類似した形状に着目しながら、鳥の胴に当たる書物の背表紙にキャサリンがなぞらえられているという解釈を提示する。そしてそれをもとに、本を投げることで彼女が始めた、彼女自身を即座に損なう「反逆」と、ヒースクリフとエドガーのどちらも手放そうとせず、墓地では二人に両側に寄り添われる彼女の飛翔への憧憬とその実現の示唆とを考える。さらに、本は複写によって世界に多数存在するものだが、複写としての本のあり方に着目しながら、キャサリンが自己の複写を世界に残すことで世界の一部であり続けようとしたことの重要性を指摘したい。

I

キャサリンとヒースクリフの仲が疎遠になるのは、二人がスラッシュクロス屋敷を見に行き、犬に足首を嚙まれたキャサリンがその屋敷のリントン家で介抱される出来事に発端がある。その日二人の姿が見えなくなったことをネリー・ディーンは、「ある日曜日の夕方、たまたま二人が騒いだか何かその手の軽い罪で居間から追い出されることがあり、夕食に二人を呼びに行ってもどこにも見つかりませんでした」(六章、三七)(3) とだけ語る。しかし、ロックウッドが嵐が丘滞在中に見つけて読んだキャサリンによる書物の余白への走り書きが、二人にとって運命的なその日の外出前にあった出来事を記していると推測される。そう推測できる根拠は、その日がアーンショー老人の死後間もない時期の日曜であること、雨よけに二人が借りた乳搾りの女の外套への言及が一致することである(三章、一八、六章、四〇)。

キャサリンの走り書きによると、その日曜は激しい雨で教会へは行けず、ジョウゼフがキャサリンとヒースクリフ、野良働きの少年の三人を屋根裏部屋へ集め、寒さの中、三時間も説教する。その苦難から解放されたキャサリンは居間の食器棚の下のアーチ型の窪みにヒースクリフともぐり込んで「できるだけ心地よく」し、二人の前掛けを結んでカーテン代わりにする。しかし、用事で居間に来たジョウゼフは、二人のその様子に性的親密さを見とがめたのか、キャサリンの両耳を殴り、アーンショー老人の死後間もないのに不謹慎だと叱りつける。そして彼は『救いの兜』、『滅びへの大道』という二冊の宗教書を読むよう二人に命じるのだが、キャサリンは前者を犬小屋へ投げつけ、ヒースクリフも後者を同じ場所へ蹴り飛ばす。その時のジョウゼフの叫びで、キャサリンの投げた本の背表紙が裂けて取れたことが示される。

「ヒンドリーご主人様！」と私たちの牧師は叫んだ。「ご主人様、こっちへ来てくだされ！　キャシー嬢様は『救いの兜』の背表紙を裂いてはがしちまいなさった。ヒースクリフは『滅びへの大道』の第一巻を蹴飛ばしちまいました！」(三章、一七)

二人は台所へ追い出されるが、その後、キャサリンはそこで見つけた本にそれらの出来事を記し、やがてヒースクリフの発案で、乳搾りの女の外套を雨よけにして荒野で遊ぶために家を抜け出す。

このエピソードで注目されるのは、キャサリンの投げた本の背表紙がはがれたことと、それが二人の「反逆」の第一歩だったことである。キャサリンは走り書きしたその日の記録の最初に、ヒンドリーの非道に耐えかね「反逆」しようとしていることを次のように記している。

「お父さんがまた戻ってくれたらと思う。ヒンドリーは父の代わりとしてはいやでたまらない――彼のヒースクリフへの振る舞いはひどい――Hと私は反逆しようとしている――私たちは今夜その最初の一歩を踏み出した。」（三章、一六）

そして、その反逆の第一歩がジョウゼフの本を投げ、蹴ることだったのである。ヒンドリーに台所へ追い出された後、スラッシュクロス屋敷へ行くことにしたのも、二人が受けている圧制と関係していて、よその家でも子供が自分たちのようにひどい目に遭っているかどうか確かめるのが目的だった。しかし、「最初の一歩を踏み出した」と宣言したキャサリンは、他ならぬ彼女の足首をリントン家の番犬に噛まれる。本の背表紙にキャサリンの象徴を見るならば、彼女は自らの反逆によって即座に彼女自身を傷つけるのでもある。キャサリンとヒースクリフの結合に亀裂が入るのは、リントン家で上品さを仕込まれてキャサリンが帰る五週間後になってからではない。反逆したその日既に、キャサリンはヒースクリフを忘れ始め、彼女がリントン家の者たちに世話をされるのをのぞき込んで彼が窓の外で待っていても、彼女はいっこうに一緒に帰ろうとする気配を見せない。

キャサリンとヒースクリフは反逆することで、そのように即座に自分たちに災いを招き寄せてしまうのだが、それはロックウッドが夢の中で、四百九十の罪を詳述するジェイベス・ブランダラムの説教の四百九十一個目の題目に忍耐心を失って反逆し、それに怒ったジェイベスから宣戦布告をされるのと似ている。糾弾のために立ち上がるロックウッドに対しジェイベスは『詩篇』百四十九篇九節の一部を引いて「録《しる》したる審《さば》き(the judgment written)」を行えと、本の権威のもとに会衆に対して彼への攻撃を命じる。ロックウッドが眠りかけ夢うつつになりながら読んだ本の著者であるジェイベスは、本の名において復讐するかのようである。反逆して本を放り投げ蹴り飛ばしたキャサリンとヒースクリフも、本に呪詛され逆襲されたかのように、この世での別離へ向かわされる。『嵐が丘』の中で本は、それを害する者を苦難に陥れる魔力を持っているようにすら思われる。

　キャサリンがジョウゼフの本を投げ、そのとたんに彼女自身を象徴する背表紙を痛めてしまうことは、反逆が即座に反逆者に災いをもたらすこと、特に、許しと忍耐を説くキリストの教えに逆らうことが即座に災いをもたらすことを意味してもいる。二人が放り投げ蹴り飛ばした本は宗教書ではあったが聖書だったわけではなく、また、二人が反逆した対象も、ヒンドリーとジョウゼフという、卑小な存在にすぎない。しかし、キャサリンとヒースクリフは、あらゆる迫害も許し耐えるよう説くキリストの教えに背いているのである。『マタイ伝』十八章二十二節にある七の七十倍の回数までも同じ人の罪を許せとのキリストの言葉は、無限に許せという意味であり、相手の四百九十一度目の罪にも仕返しをしないことを教えている。キャサリンとヒースクリフは、この無限の許しの教えに背いて反逆し、その罰を下されたかのように、仲を裂かれる。

　このことは作品において復讐が前面に出ている印象にもかかわらず、作品の至上の掟が復讐を罪と見なすキリストの教えであることを示しているだろう。作品は、右の頬を打たれたら左の頬を差し出すよう命じあらゆる苦難の甘受を説く、無限の許しの教えを絶対の掟として持っている。その掟を人はやむにやまれず破ってしまうが、破った以上、人がその違反の罰を必ず背負って生きてゆかねばならない姿を作品は描く。サタンが神に反逆して地獄に落とされ、イヴとアダムが神に背いて禁断の知恵の実を食べて楽園を追放されるように、キャサリンとヒースクリフは無限の許しの掟に背いて罰せられ、別離に耐えていかなければならない。

このように、本の背表紙をキャサリンの象徴と捉え、彼女がジョウゼフの本を投げ背表紙を損傷することに注目することによって、彼女とヒースクリフの別離が、反逆、とりわけ、許しと忍耐を旨とするキリストの教えへの反逆に対する、即時の覿面《てきめん》な罰のように二人に科せられていることが理解される。さらに、神的な存在の教えへの反逆による楽園追放という二人の別離の側面に着目すると、数年後、キャサリンもヒースクリフも、彼女とエドガーの結婚を不可逆的なものとして受け入れ、それが解消可能であるとは考えないことの理由の一端も理解される。ヒースクリフはキャサリンにエドガーと別れることを全く求めず、キャサリンもエドガーと別れようとしない。二人のこうした態度は、アダムとイヴの楽園追放が半永久的でこの世では不可逆的であるように、ヒースクリフとキャサリンの別離もこの世では不可逆であらざるを得ないことの表現であると考えることができるのである。罪を犯す可能性という危険に曝《さら》されることになるにもかかわらず、人間は自由意志を与えられていて、イヴはサタンにたぶらかされたとはいえ、自由意志により神に背く。「惨めさも落ちぶれることも死も、神やサタンが下し得るいかなるものもおれたちを別れさせなかっただろうのに、お前は自分の意志でそれをした」（十五章、一二六）とヒースクリフはキャサリンを最後の対面で責めるが、イヴと同じように、キャサリンも自らの自由意志による選択（ヒースクリフではなくエドガーと結婚したこと）の報いを、半永久的に背負っていくことになるのである。

キャサリンのヒースクリフ喪失について考える上で重要な点として、彼女とヒースクリフは樫《かし》の箱寝台でともに眠るのが習慣だったのに、二人が十二歳の頃、老アーンショーの死後間もなく、ヒンドリーがそれを禁じたという出来事がある。サンドラ・M・ギルバートとスーザン・グーバーは、ヒースクリフと引き離されたキャサリンは「子供時代の両性具有的な全体性」を失うとしているが（Gilbert 284）、確かに、十二歳というその時期は、それまで無性的でいられたキャサリンが、女性としての身体的、生理的特徴を否応なく帯びる時期と一致している。

スラッシュクロス屋敷で重病になった時、彼女がうわごとの中で、ヒースクリフとともに眠ることを禁じられた時以来の疎外感を言い、嵐が丘への帰還を切望することを考え合わせると、彼女のヒースクリフ喪失の苦悩は、彼女が成長によって無性的ではいられなくなったことの苦悩であるとも考えられる。キャサリンがエドガーにヒースクリフか彼かの二者択一を迫られてヒースクリフをどうしても選ばなかったことの意味の一端は、それが幼少期の無性的状態から性的成熟への変化の不可逆性の象徴であることに求められもするだろう。

キャサリンの二者択一の拒否は、成長による性の差異を引き受けることの不可避さ、エドガーの象徴する文明とヒースクリフの象徴する自然の両方がキャサリンにとって不可欠であること、あるいは、キャサリンとヒースクリフの象徴的な姉弟的関係による近親相姦の忌避など、さまざまな理由を考えることが可能だろう。本の背表紙としてキャサリンを捉えることは、楽園追放の不可逆性という、それのもう一つの理由を明らかにする。さらにまた、欠かせない表裏の二つの表紙にはさまれた、背表紙の形状と似た鳥の胴としてのキャサリンの姿は、彼女がヒースクリフとエドガーのどちらも欠かすことができないことの、理由だけでなく、象徴的な表現にもなるのである。

Ⅱ

本の背表紙とキャサリンの関連をめぐる考察に続き、複写物としての本のあり方と、自己の複写によって世界の一部であり続けようとしたキャサリンについて見ていくが、その前置きとしてこの第二節では、キャサリンの死後、ヒースクリフがなぜ、見方によってはおめおめと、長く生き続けたのかの確認をしたい。

キャサリンの葬儀があった日の深夜、イザベラは「ヒースクリフ、私があなただったら、彼女の墓に身を横たえに行って忠実な犬のように死ぬでしょうよ。きっと今ではこの世は生きる価値がないのじゃないかしら。あなたは私にはっきりと印象づけてくれたわ、キャサリンこそあなたの人生の喜びの全てだという考えを——なぜあなたが彼女を失った後まで生き続けることを思うのか、私には想像できないわ」（十七章、一三七）と揶揄するように言う。イザベラがそう揶揄するように、ヒースクリフがなぜキャサリンの死後も長く生き続けたかは、『嵐が丘』の読者が抱き得る一つの疑問であるだろう。

この疑問に答えるために最も重要だと思われるのは、ヒースクリフが十八年後にネリーに語る、キャサリン埋葬の日の夜の出来事である。彼はキャサリンの墓を掘り返し、棺の蓋をこじ開けようとするが、その時、墓穴の縁にキャサリンの魂の存在を感じる。

「もしこれをはずすことができさえしたら」とおれはつぶやいた。「おれたち二人の上にシャヴェルで土がかぶせられればいい！」それでおれはもっと躍起になってそれを捻《ねじ》ろうとした。またため息が耳の近くで聞こえた。その息の温かさがみぞれ混じりの風に取って代わるかのような感じだった。肉と血を持った生き物がそばにいないことをおれは知っていた——しかし、闇の中の何か実体のある物に近づく時、目で見えなくてもそれにはっきりと気がつくのと同じようにはっきりと、おれはキャサリンが、おれの下ではなく、地面の上にいることを感じたのだ。（二十九章、二二二）

キャサリンの魂がこのように訪れた時の激しい喜びを、ヒースクリフは続けて次のように語る。

突然の安らぎの感覚が、心臓から四肢へ流れた。おれは苦悩の労働を放棄し、急に慰められた気持ちに、言いようのないほど慰められた気持ちになった。彼女の存在がおれのそばにあった。それはおれが墓を埋め戻している間とどまり続け、おれを家へと導いた。あんたは笑いたければ笑うがいいが、おれは家で彼女を見られるのだと確信していた。彼女がおれのそばにいるのをおれは確信していて、彼女に話しかけずにはいられなかった。（二十九章、二三二）

帰宅したヒースクリフは、ヒンドリーに命を狙われるが、その危機を切り抜けると、元はキャサリンのものだった二階の自分の部屋へ急ぐ。そこでも彼は彼女の存在をそばに感じることはできるのだが、どうあがいても彼女を「見る」ことはできない。以後彼は十八年にわたって、彼女を見ることができる予感に襲われながら失望させられる苦悩を繰り返し嘗めさせられる。彼は「希望の幽霊によって」騙されるその苦悩を「一インチずつではなく、髪の毛の幅の何分の一かずつ殺されること」（二十九章、二三二）とも表現する。しかし、ヒースクリフはその「希望の幽霊」によってこそ生かされてきたのでもある。もし彼がキャサリンの棺を開けてその遺体をかき抱いたとしたら、激情のせいで、彼はその場を離れず、墓穴の中で凍死していたかもしれない。しかし、キャサリンの魂の訪れは棺を開こうとする彼の手を押しとどめ、彼を墓地から離れさせる。そして、彼女の魂の存在を身のすぐそばに感じたその時の経験によって生じた希望が、彼女の後を追わないよう彼を引きとめ、生き続けさせるのである。

ヒースクリフが棺をこじ開けようとした時のキャサリンの魂の訪れについて、廣野由美子氏は次のような注目するべき解釈を提起している（廣野　一三二―三八）。廣野氏は、ジェイベスが長い説教をするロックウッドの夢の中で、ギマトン教会が「二つの丘にはさまれた」「小高くなった窪地」にあり、近くの沼地の泥炭の湿気のせいで「その教会に安置されたいくつかの遺体が防腐されていると言われている」（三章、一九）という一節の重要性に注意を喚起している。キャサリンの遺体はヒースクリフが棺の蓋を開けなかったため防腐され、彼が十八年後に棺を開けるまで姿をとどめ、そのしばらく後に横に葬られる彼とほぼ時を同じくして腐敗し始める。廣野氏はそのことに着目して、墓地でヒースクリフを訪れたキャサリンの魂は、自分の遺体だけが先に腐敗し始めるのを防ぐために彼が棺の蓋を開くのを押しとどめたのだと解釈している。

廣野氏はまた、キャサリンとヒースクリフの死後の腐敗による融合という主題が、「二つの部屋が、壁が急速に崩れて一つになろうとしている」（三章、一九）ギマトン教会の家の進行しつつある「腐敗」（三十四章、二五八）によって表現されているという解釈も示している。この解釈にとっては、ギマトン教会に住んでいただろう牧師補の名が「シールダーズ（Shielders）」（六章、四〇）であることも意味があるかもしれない。その教会の牧師補がずっと同じではなかった可能性はあるが、もし彼が作品の終わり近くで荒廃する教会から逃げた聖職者と同じ人物だとすれば、盾として二つの物を「隔てる（shield）」者という名を持つ彼の逃亡と、家の二つの部屋を隔てる壁の崩壊との間には意味のある一致が見られる。壁の崩壊とともに融合する二つの部屋と同じように、ヒースクリフの指示で寺男が横板を取り除いた二つの棺の中で彼とキャサリンの遺体は腐敗によって融合していく。腐敗による融合という主題のそうした入念な表現を考えると、ヒースクリフと同時に腐敗を始めるために彼が棺を開くのを押しとどめたという、キャサリンの魂の訪れに関する廣野氏の解釈にはさらに強い説得力が感じられる。

本章の議論では、廣野氏のこの解釈に加えて、キャサリンの魂の訪れがヒースクリフが後追い自殺的に死んでしまうのを押しとどめようとするものでもある、という解釈を提示しようとしているのだが、その解釈と関連が考えられる一節として、キャサリンが言ううわごとの次の箇所を挙げることができる。エドガーに彼かヒースクリフの二者択一を迫られたために三日三晩絶食した後のうわごとの中で、ヒースクリフとギマトン教会の墓地に立って、幽霊に出て来いと呼ぶ勇気を試す挑戦をし合ったことをキャサリンは回想し、続けて次のように言う。

「……けれどヒースクリフ、もし今私があんたに挑戦したら、あんたはやってみる勇気はある？　もしあるんだったら、私はあんたと一緒にいてあげるわ。私は自分一人でそこに横たわってなどいないわ。十二フィートの深さに埋められ、その上に教会を投げ落とされたって、私はあんたが私のそばへ来るまで安らったりはしない。決して安らったりしないのよ！」

彼女は言いやめ、やがて奇妙なほほえみを浮かべてまた言い始めました。「彼は思案しているわ――彼は私に自分の方へ来てもらいたいのよ。それなら道を見つけなさい！　教会の墓地を通らない道を。あんたはのろまね！　満足なさい、あんたはいつだって私の後をついてきたのだから！」（十二章、九九）

キャサリンは最初、ヒースクリフに教会の墓地で自分の幽霊に出て来いと呼ぶ勇気を見せるよう挑戦する。呼ばれればどんなに深く埋められていても、地中から現れると彼女は言うのである。しかしそう言った後で彼女は、彼には墓地まで来て彼女を呼ぶ勇気がなく、彼は墓地から離れたところで彼女に自分の方へ来てほしがっているのだと考える。ヒースクリフは墓地へ来る勇気がないどころではなく、彼女の墓を掘り返すほどなので、彼女のこの言葉は将来を正しく予言しているわけではない。しかし、教会の墓地を通らない道を見つけるようキャサリンが彼に呼びかけることと、彼が棺を開けるのを彼女の魂の気配が押しとどめることとの間には、意味深い共通性がある。その挿話でも、このうわごとでも、ヒースクリフはキャサリンの魂との一体化を、墓地を通ってではなく、すなわち、彼女の墓で彼女の遺体を抱きしめそこで彼女の後を追うように死ぬことによってではなく、何か他の手段によって求めるよう、訴えかけられているのである。

ヒースクリフはキャサリンの傍らに埋葬されるので、彼はやがては墓地を通ってキャサリンと一体化するのではあるが、少なくともキャサリンの死の直後、ヒースクリフはキャサリンによって生の世界にとどめられる。次節では、キャサリンがそのようにヒースクリフを生の世界にとどめることと、ヒースクリフがやがて生の世界から退場することの意味を、自己と類似した「写し」の問題と結びつけて考えていきたい。

Ⅲ

キャサリンがヒースクリフをこの世にとどめておくのは、彼女が世界の一部であり続けようとすることと関わりがあると考えられる。エドガーとの結婚を決めた日、心のわだかまりをネリーに語るキャサリンの次の言葉を見てみよう。

「私は言い表せないけれど、あんたも他の誰でも自分を超えた自分の存在がある、あるいはあるべきだという考えをきっと持っているはずだわ。もし私がここ［この身体］に完全に収められてしまっているのなら、私が創造されたのは何の役に立つでしょう？　私のこの世の大きな悲惨はヒースクリフの悲惨だった。私はその一つ一つを初めから見、感じた。私の人生での大きな考えは彼自身だった。もし他の全てが滅び、彼が残るのだったら、私はまだ存在し続けるでしょう。けれどももし他の全てが残っても彼が無に帰するのだったら、宇宙は巨大なよそ者になってしまう。私はその一部とは思えなくなるでしょう。」（九章、六四）

キャサリンは宇宙の一部でなくなってしまわないために、ヒースクリフをこの世で生き続けさせなくてはならないのである。「彼は私よりも私自身なの」（九章、六三）、「私はヒースクリフなの」（九章、六四）とキャサリンが言うように、ヒースクリフは、キャサリンのある種の写しであり、彼女の単一で有限な自己を超えた、外部にある彼女の存在である。生命がその多数の写しを生き残らせることで存在し続けようとするのと同じように、あるいは、本が多数の複写物として世界にあり続けていくように、キャサリンは彼女の写しを生き続けさせることで、宇宙の一部であり続けようとする。彼女は子供を産むことが宇宙の一部であり続けることと関係があるとは考えない。しかし、十八年後、ヒースクリフがヘアトンと二代目キャサリンに、自分とキャサリンの姿を否応なく見せられるに至り、キャサリンは新たな写しを得たかのように、ヒースクリフを死後の魂の融合へと招く。

　死へと向かうヒースクリフを考える際に特に重要だと思われるのは、彼が長年抱いてきたヘアトンと二代目キャサリンへの復讐心の急な消滅が、単なる無関心による結果ではないことである。ただし、ヒースクリフ自身は、無関心がその原因だと言っている。彼は、二代目キャサリンとヘアトンが恋仲になったことについて、「今こそ昔の敵《かたき》の代理に復讐する最適の時だろうし、復讐しようとすればできるし、誰もそれを邪魔できない」が、今や何のために復讐するのかが分からず、打撃のために手を持ち上げる労をとることもできないのだ、とネリーに言う。「彼らの破滅を楽しむ能力を失ってしまい、用もないのに破滅させるには自分はあまりに怠惰なのだ」（三十三章、二四七）と彼は言う。ヒースクリフのそれらの言葉は、彼の復讐心の消滅がヘアトンと二代目キャサリンへの関心の喪失の故であるかのように思わせる。彼は「一つの考えに促されるのでなければ、おれはどんなわずかな行動も強制によってしかしないし、一つの普遍的な観念に結びついていなければ、生きたものも死んだものもおれは強制によってしか気づかない」（三十三章、二四八）と言い、キャサリンの魂との一体化という「一つの普遍的な観念」と関わらないことに全く関心を持てなくなっている様子を示す。

　しかし、ヒースクリフのそれらの言葉はそのとおり受け入れることはできない。ネリーを相手にヒースクリフは次のようにも言っている。

おれは日常の生活にあまりにも興味を失って、飲み食いもほとんど忘れてしまう――部屋を出て行ったあの二人の他には、物質的外見がはっきりと見える物体はなくなってしまった。しかも奴らの外見はおれに痛みを、苦悶にも等しい痛みを引き起こすのだ。女の方についておれは言わない。おれは考えたくない。ただただあいつには見えなくなってくれることを願うばかりだ――あいつがいると気の狂いそうな興奮ばかりが起きる。男の方は違ったふうにおれの心を動かす。しかし、気がふれていると思われずに奴を避けられるのなら、おれは奴を二度と見たくない！（三十三章、二四七）

キャサリンの魂との一体化という観念に結びついていない、いかなるものにも自発的には気づくことができないと言うヒースクリフの知覚に対し、二代目キャサリンとヘアトンは唯一その存在を訴え、苦悶をすら引き起こす。ヒースクリフはその二人に対する関心を失ったどころではなく、彼が関心を持つまいとしても二人は意識に侵入し彼を苦しめるのである。

ヘアトンと二代目キャサリンがヒースクリフを苦しめるのは、二人の一代目キャサリンとの類似である。ヘアトンに関しては、ヒースクリフは矛盾した二つの発言をしている。ヒースクリフはネリーに、雲や樹などあらゆる物体、どんな平凡な人の顔にも一代目キャサリンの顔が現れるように感じる彼にとって、ヘアトンが彼の叔母に「驚くほど似ていること」（三十三章、二四七）は、ヘアトンが彼の想像力を捕らえる最小の要因にすぎないと言う。何を見ても一代目キャサリンの面影を思い出すので、ヘアトンが彼女に似ているかいないかは、自分にとって問題ではないとヒースクリフは言うのである。しかし、「奴の顔に奴の父親を探そうとする時、彼女を日一日とより多く見つけてしまうのだ！　一体何でまた奴はあんなに似ているんだ！　奴には目も向けられないくらいだ」（三十一章、二三二）と独り言を言うように、ヘアトンの一代目キャサリンとの類似はヒースクリフに鋭い苦痛を与える。

二代目キャサリンについても、ヒースクリフは、「女の方についておれは言わない。おれは考えたくない。ただただあいつには見えなくなってくれることを願うばかりだ――あいつがいると気の狂いそうな興奮ばかりが起きる」と言う。ヒースクリフは彼女が母親似であるのを目にすることに苦痛を覚えているのである。嵐が丘に監禁され鍵を奪い取ろうとした時、瀕死の父の元へ返してくれるよう訴えた時、あるいは、庭の改造をめぐって争い髪をつかまれた時、激しい感情の故に母のまなざしにそっくりになったであろう二代目キャサリンの目に、ヒースクリフはひるんだり、目をそらしたりする。

先に見たように、ヒースクリフはキャサリンの霊の姿を「見る」ことへの渇望によって生の側にとどめられ、その渇望が実現することへの期待を常に裏切られ続けてきた。そのヒースクリフがキャサリンに似た者たちを目にするのを耐えがたく感じるのは一見奇妙だが、かつての彼自身とキャサリンの姿そのものを思わせる若い二人の恋仲になった姿は、ヒースクリフには直視するのが耐えがたいのかもしれない。ヒースクリフはネリーに、キャサリンと本を読んでいたヘアトンの様子を、「五分前、ヘアトンは人間ではなく、おれの青春の化身のように見えた――奴に対してあまりいろんなふうに感じたので、理性的に話しかけるなんてことはできなかっただろう」（三十三章、二四七）と言う。ヒースクリフとヘアトンの性質はもちろん同じではなく、キャサリン母娘も性質は違うが、そうした多少の相違は問題ではなく、ヒースクリフがヘアトンを自分の青春の化身のように感じることこそがここでは重要だろう。[4] 彼はまた若い頃の自分自身を思わせるヘアトンに注意を向けることの耐えがたさをネリーに次のようにも言う。

「そうだとも、ヘアトンの相貌はおれの不滅の愛の亡霊だった、おれの権利を保持しようとするおれの荒々しい努力、おれの堕落、おれの誇り、おれの幸福、おれの苦悶の亡霊――
「しかし、こんな考えをあんたに繰り返すのは狂気の沙汰だ。ただそれは、たまに孤独を避けて奴と一緒にいるとかえってつらく、むしろおれのいつもの苦しみがひどくなるだけなのがなぜなのかを、あんたに分からせるだろう――そのせいもあっておれは、奴と従妹がどういう仲になろうと気にとめられなくなっている。おれは奴らにもう注意を向けられないのだ。」（三十三章、二四七―四八）

ヘアトンとキャサリンがどういう仲になろうと気にとめられなくなる、とヒースクリフは無関心を装うが、彼は関心がなくなったのではなく、まぶしいものに目を向けられないのと同じように、「注意を向けられない」のである。キャサリンを「見る」ことに異様なほど執着するヒースクリフの目に、キャサリンと類似したものが実際に映り始め、かつての自分とキャサリンに他ならない若い二人が恋仲になっていくことは、キャサリンの霊との一体化への期待を高まらせていく作用をヒースクリフに及ぼしてもいるだろう。

キャサリンの霊を「見る」ことへの期待を裏切られる苦悶をヒースクリフは「奇妙な感情」（二十九章、二二〇）と呼び、二度目にキャサリンの墓を掘り返し、腐敗していない安らかなキャサリンの亡骸を見た時にその「奇妙な感情」がいくらか取り除かれたことをネリーに語る。「今は彼女を見たので、心は静まった――少しではあるが」（二十九章、二二二）と言った時、ヒースクリフは「眉はしかめられずにこめかみへと開かれ、顔つきの厳しさが減り、困っているような奇妙な表情、一つの心を奪う問題に精神を緊張させているような痛々しい様子」をしていて、作品の結末で顕著になる彼の表情の特異な変化が既に少し始まっている。ヒースクリフは後に、キャサリンの霊と一体となることへの高まる期待についても「奇妙な」という言葉を使いながら「ネリー、奇妙な変化が近づいてきている――おれは今その影の中にいる」（三十三章、二四七）と表現する。十八年前、墓地から戻って彼女の魂を見ようとしてかなわなかった時ヒースクリフは、「彼女は生きている間にしばしばそうだったのと同じように、彼女自身が悪魔であることをおれに示した！」（二十九章、二二一）と、キャサリンに対し激しい被害者意識を抱くが、キャサリンの霊とついに一体化できるという期待の高まりは、彼女に対する被害者意識を消失させ、そのことも第二世代への復讐心の消失につながっているのだと考えられる。

しかし、単に、キャサリンへの被害者意識が消えたから第二世代へのヒースクリフの復讐心が消えたのではなく、第二世代の二人が彼自身とキャサリンそのものであるために、ヒースクリフは復讐どころではなくなったのでもある。そうした第二世代の二人がヒースクリフとキャサリンそのものであるという類似の他にも、「私はヒースクリフなの」と言うキャサリンとヒースクリフの間の類似、一見似ても似つかぬヒースクリフと息子リントンの間の野獣的なまでの利己性と激しい復讐心という点での類似など、「類似」は『嵐が丘』の中で繰り返し現れる主題である。許しの体現者のような二代目キャサリンも嵐が丘に監禁された日、自分を騙したリントンをすら許すのだと誇った直後、ヒースクリフの残酷さが彼自身の大きな惨めさに由来しているのだと考えて「うっぷんをはらす(have the revenge)」（二十九章、二一九）ことができると言う。彼女は、許しを口にする時すら抜きがたい復讐心をのぞかせ、復讐心に凝り固まったヒースクリフとの類似を見せる。

作品が描くこうした「類似」の遍在は、キャサリンは自分の写しを残さなくても宇宙の一部であり続けている、ということを示すのではなく、「類似」という問題の重要性と、キャサリンが写しを残すことの意味とを際立たせる。ヘアトンと二代目キャサリンにますます顕著になる第一世代との類似とその幸福な姿は、ヒースクリフにとってキャサリンの霊との一体化の期待を高め、ヒースクリフは一層死の側へと引き寄せられる。しかし彼はまた、第二世代に現れるキャサリンへの類似にいたたまれなくなり、キャサリンの新たな写しである者たちの成熟に追い立てられて、生の世界から退場するかのようでもある。キャサリンの霊もまた、新たな自己の複写物の成熟によってやっとヒースクリフを生の側へとどめる必要がなくなったかのように、彼を死へと引き寄せる。

＊

「もし私がここ［この身体］に完全に収められてしまっているのなら、私が創造されたのは何の役に立つでしょう？」（九章、六四）とキャサリンが問いかけているように、彼女が残そうとする自己の「写し」は単一で有限な自己を超えた外部における存在である。そのように自己が個人性の狭い限定を超え出ることは、死によって魂が肉体という牢獄を脱して大空を翔《かけ》るイメージによって、キャサリンが言い表すものでもある。ヒースクリフとの最後の対面で彼女は言う。

> 私を一番いらだたせるものは結局、［身体という］このめちゃめちゃになった牢獄なのよ。私はここに閉じ込められていることに飽き飽きしてしまっている。私はうんざりしてあの栄光ある世界の中へ逃げ出して、いつもそこにい続けたくてしょうがないの。その世界を涙に曇らされて見ていたり、痛む心臓の壁を通してそれに憧れたりしているのではなく、本当にその世界とともにあり、その中にいたいのよ。ネリー、あんたは全く健康で丈夫でいて私よりも自分が優れていて幸運だと思っている。あんたは私を気の毒がっている――でももうじきそれは反対になるのよ。私があんたを気の毒がるのよ。あんたたちみんなより比較にならないほど彼方上空に私はいることになるのよ。（十五章、一二五）

こうした身体という牢獄からの魂の脱出の喜びは、キャサリンの死に顔の安らかさにつながっているのだと考えられる。しかし、宙を移動しヒースクリフを訪れることができても、また、彼を生の側にとどめ宇宙の一部であり続けることができても、キャサリンの霊はヒースクリフが死ぬまで霊と霊の融合を果たせない。その融合を果たすまでは、彼女の霊は真の意味で嵐が丘へ帰還することはできず、ロックウッドの夢に現れた少女のように、ヒースクリフとの幼年期の融合の象徴である箱寝台へ入ることを切望しながらさまよわなければならない。

やがてキャサリンの霊はヘアトンと自らの娘という自己の新たな写しの成熟とともに、ヒースクリフを死へと招くが、作品はその際の彼女の幸福を地上と、地下と、大空の三重の大団円として描いている。地上においてキャサリンはヘアトンと二代目キャサリンという若い世代の二人の写しの存在によって、宇宙の一部であり続ける。地下において彼女は横板をはずされた隣り合う棺の中でヒースクリフの遺骸と融合し、やがてはエドガーの遺体とも融合するだろう。キャサリンの墓石は既になかばヒースに埋まっており、三人の墓はキャサリンの愛した荒野と次第に融合していく。エドガーは少し前に死に既にキャサリンとともにあるが、彼女はついにヒースクリフも傍らに添わせることができるようになる。許しと融合の満ちる作品の結末において、キャサリンはヒースクリフとエドガーの両方を抱擁する彼女の真の楽園を手に入れる。そして、中央で開かれた本の形に似た姿で、ヒースクリフとエドガーという二つの翼を広げ、キャサリンの魂は大空を翔るのである。

終章

本書の第七章における『ダロウェイ夫人』の考察では、クラリッサが開催するパーティーを、彼女が他者からの賞賛という空虚な喜びを求める場として、否定的な意味合いを持つものと捉えた。その捉え方は、クラリッサが他者の視線への顧慮から脱却して、彼女自身の感情の重要さを悟ることを作品は描いている、という解釈の一環である。しかし一方で、パーティーには、クラリッサにとって、「捧げ物（offering）」という意味合いがある。彼女は、人間がここやそこに別々に独立して存在していることを「人生（life）」の不思議さ、すばらしさと感じる。そして、そのように独立した人々を集めることを、「捧げ物」として行おうとするのである。

南ケンジントンに誰それがいて、ベイズウォーターに誰かがいて、たとえばメイフェアーに他の誰かがいる。そして彼女はそれらの人々の存在と自分が全く持続的につながっているように感じる。そして彼女は、「人々が集まらずにいることが」何と無駄で残念なことかと思うのだった。その人たちを一緒に集めることができさえしたらと彼女は感じた。だから彼女はそれ「パーティーを開くこと」をするのだった。そしてそれは捧げ物なのだった。それは結びつけ、創造することだった。しかし、誰に捧げるのか？

多分、ただ捧げるということのための捧げ物なのだった。いずれにしても、それが彼女の才能なのだった。（一〇七）

クラリッサは退屈で精彩に欠ける人物をパーティーに招待するのを避けようとするし、彼女が招待する客は上層階級に限られてもいる。しかし、それでもなおパーティーは彼女にとって、彼女の限界の範囲内での、人々を一つの場に集めることの試みである。

「パーティー」という言葉の語源を、『ジーニアス英和大辞典』は"part"（部分）と集合体を表す接尾語"-y"が合わさったものとし、「部分の集合」から「個人の集合体」という意味になったと記述している。この語源はクラリッサのパーティーの趣旨にとって意味深い。クラリッサはセプティマスが死によって外部の支配から自己の独立を守ったことを感じるのだが、そのように外部から独立を守って人間が別々に存在していることの喜びの表現としてクラリッサはパーティーを開くのである。パーティーの開催は人を「集める」ことではあるが、クラリッサにとって人は集めても個々に独立した「部分（part）」であり、人間がそのように自立して世界に存在していることを大勢の人の集まりによって感じられる場が「パーティー」なのだと考えられる。

そうした独立しつつ人が集まっている場を、ウルフは最後の小説の『幕間《まくあい》』（一九四一年）でも表現している（注にあらすじを付した）[1]。その作品の中心にはイギリスの歴史を描く野外劇があるが、その現代の部では役者たちが鏡の断片を持って現れ、共同体的な一体性を失った現代人である観客の分断された姿を映し出す。しかし、鏡の断片を持った役者たちの登場は牛や犬まで参加した大騒ぎとなり、観客の一体化したクライマックスを形作っている感がある。しかも、それは独立した存在の一体化である。

　口をゆがめ、顔をしかめ、さっと振り、跳ね回り、鏡は投げ矢のように飛び、ぱっとひらめき、曝《さら》け出した。後列の人々は、その楽しい見物を見ようと立ち上がったが、彼ら自身が鏡に映され、腰を下ろした……何と恐ろしい暴露だろうか！　顔のことなどもう何も気にしていないと人が思うだろう老いた人々にとってすら……そしておお、そのじゃんじゃん、がんがんと鳴り響く騒音！　牝牛《めうし》たちまでも加わった。よたよたと歩き、尾を鞭のように振り、自然の寡黙はゆるみ、主人である人と獣を分けるべき障壁は消え去った。そして犬たちが加わった。騒ぎに興奮し、ちょこちょこ走り、繰り返し噛んだりしながら、ほら彼らは来た。彼らをご覧なさい。そして猟犬を、アフガンハウンドを……彼をご覧なさい。（一三二）(2)

この一節の「主人である人と獣を分けるべき障壁は消え去った」という描写は、少し後で演説台に立った牧師の「牝牛たちに無視され」という描写とともに、注目される。

そこに彼は彼らを代表する代弁者、彼らの象徴、彼ら自身として立っていた。嘲笑の的、土くれ、鏡に笑われ、牝牛たちに無視され、空の風景の威厳ある再配置を続けている雲に非難されて。（一三七）

牝牛たちも騒ぎに加わって一体性を盛り上げていたにもかかわらず、そうした牝牛たちの参加の実質が人間たちを「無視」することにあったというのはどういうことか。ここで問題となるのは、植民地支配や国内での全体主義的な統治などと似通う、人間による自然の支配である。「主人である人と獣を分けるべき障壁」は、一見人間と獣を隔てるもののようであるが、隔てることによって人間と獣を主従の関係の中に位置づけてしまう。それは人間の自然への支配を言っており、障壁がありながら牛はむしろ人間への服従という絆で人間に縛られている。しかし、そうした「障壁」が消え去り、人間を無視することが、クライマックス的な一体性への牝牛たちの参加なのである。帝国主義的支配、国内や家庭内の抑圧的支配、人間の自然支配など、支配、被支配の関係の編み目から解放され、孤立と分断を獲得した者たちによってこそ達成されるある種の一体性のヴィジョンが、この場面の独特の「大フィナーレ」によって示されている。

野外劇が終わった後、観客は散りぢりになって帰って行くが、観客の一人一人が劇の意味が何であったのかしきりに考えている様子が詳しく描かれる。観客が受け取るメッセージは一致していないが、その様子は劇を通した、他者からの語りかけに反応し答えるという、エマニュエル・レヴィナスの自己と他者の関係の思想を想起させる。言葉を発し合う人の姿は、作品の結末で「そして幕は上がった。彼らは話した」（一五八）と描かれてもいる。その結末はアイサとジャイルズという二人の若夫婦の姿が巨大化し、家は覆いを失い、現代の夜は洞穴の居住者が岩石の間の高い場所から眺めた太古の夜となり、幕が上がって二人が話し始めるという特異なものである。アイサとジャイルズの間では憎悪と愛がむき出しになり、就寝前に二人は戦わなければならないこと、戦いの後の抱擁で新たな生命が生まれるにしても、闇の中心で、雌雄の狐のようにまず戦わなければならないことがそこでは言われる。『ダロウェイ夫人』でクラリッサはミス・キルマンへの激しい憎悪と愛の感情の貴重さを悟るが、そうした激情と、言葉を発し合うこととがここでは重ね合わされる。クラリッサのパーティーが独立した「部分」である人々の集まりであるのも、そこで人々が言葉を発し合う存在であるからだろう。

レヴィナスの思想では「見る」ことは、言葉を発することとは対照的に、「領有」と結びつけられる否定的な行為として捉えられている。(3) しかし、一方的な視線の投げかけではなく、見つめ合うことはまた別の関係を示唆するだろう。『嵐が丘』のヒースクリフはキャサリンの霊の姿を見ることを切望し、最後には彼女の霊と見つめ合いながら死に至ったと考えられるが、そうした見つめ合う関係としてのヒースクリフとキャサリンの融合は、レヴィナスが「他者と融合することによってではなく」と言う時の「融合」とは違う、「他者とことばで語り合う」関係により近いと言えるだろう。『インドへの道』では差異の消滅による他者との喜ばしい融合が描かれるが、その作品における融合もまた、アジズの裁判の時の英・印両陣営の結束のような、全体主義や戦争へ至る性質の全体への組み込みばかりではない。差異が消滅し「同」となっても、その「同」は「異」でもあり、そこではクラリッサのパーティーにおけるように、個人の独立性が保たれてもいるのである。

しかし、本書に集めた八つの章で考察した自己と外部の関係は、人々が集まりつつも個々に独立しているクラリッサのパーティーにおけるような、喜ばしいものだけではない。『大いなる遺産』のピップは最初反感を抱いたマグウィッチに恩義を感じるに至り、彼の国外脱出に懸命に尽くすが、それでもなお、避けたいと願う忘恩に最後までつきまとわれる。彼が意識するマグウィッチへの強い愛情と対照的な無意識は、彼と分身的な絆で結びつけられたオーリックとして、外部に目に見える形で描かれる。『ジキル博士とハイド氏の奇妙な事件』では、アタスンが知らず知らずのうちに、彼自身がハイドの人格として彼が想像するものへと変化してしまう。アタスンは、似たいなどとは決して思わない外部の対象に類似した存在になってしまうのである。あるいは、第一章で見た『嵐が丘』のヒースクリフのキャサリンに対する絶対的な服従のような、自己と外部の関係もある。その関係では、ヒースクリフはキャサリンに裏切られた恨みを、彼女以外の人物たちにはらす。

しかしまた、『高慢と偏見』のエリザベスの無意識という彼女の中の「外部」は、彼女を傷から守り、幸福の土台となる。それは自己欺瞞を行うものであるが、避けて遠ざけたい存在ではない。あるいは、『嵐が丘』のネリーの無意識の悪意は、おぞましく醜いものでありながら、彼女が密かな喜びとともに抱え続けるものである。『ドリアン・グレイの肖像』で「自己実現」という能動的な追求が、外部の異質なものの受動的な受容と化してしまうドリアンにとって、外部は喜ばしいものであるとともに腐敗と破滅を招くものである。あるいは、『嵐が丘』のキャサリンにとって、ヒースクリフは彼女の宇宙の中での存在にとって不可欠なものと捉えられている。自己の類似物を外部に存在させ続けることが、キャサリンがヒースクリフを生の側にとどめたり、死の側へ招き寄せたりすることと大きく関わっている。

遠くへ避けておくことが望まれたり、近接が望ましかったり、あるいはそれからの独立が喜びであったりする自己にとっての外部の存在のあり方は、『インドへの道』の考察で見た、「異」と「同」の間の無限に動的な関係のように、何らかの極へ収束させることができないものである。本書の議論では、自己にとっての外部の存在の問題が、そのように収束させられない多様な形を取りながらも、イギリス小説のいくつかにおいて重要な主題となっていることの解明を試みてきた。無意識の表現が作品の全体に大きく関わっていることの解明も本書の目標だが、それも意識の把握が届かないという点で自己の中の「外部」である無意識が、精神分析の発展以前から、小説家にとって独自の関心の対象であったことを明らかにするためである。

『嵐が丘』のネリーの問題行動は、それがないと物語が現にそうなったように進まなかったり、『フランケンシュタイン』のヴィクターのエリザベスの放置も、そうでなければヴィクターが全てを失う展開を作れなかったりする、作者の都合によるものと考えることもできる。しかし、エミリー・ブロンテもメアリー・シェリーも作品の展開の辻褄《つじつま》合わせの策としてではなく、無意識の心理に対する洞察の表現として、それらを描いたのである。『嵐が丘』ではネリーの無意識の悪意によってその出来事の多くが生じているが、ブロンテは周囲の人物たち、あるいは、彼女自身の心の中に無意識の悪意を見出し、それを作品に描こうとしたのだと考えられる。

『高慢と偏見』の考察ではエリザベスがダーシーの弁明の手紙を読んだ時の反応を分析したが、その部分はエリザベスの自己認識と成長の重要な瞬間と受け取られるものである。しかし作者は、まさにその部分に、エリザベスの無意識の自己欺瞞と自己の不認識を描いている。作品の要の部分にそれを描くほど、オースティンにとって無意識の心理は大きな関心の対象だったのである。『大いなる遺産』でもピップの無意識は、彼の表面の意識による一人称の語りの内容を大きく裏切っている。『ジキル博士とハイド氏の奇妙な事件』のスティーヴンスンは多重人格への関心を当時の科学界と共有しているが、作品の多くを占めるアタスンを視点とした部分で、アタスンが知らず知らずのうちに、彼が思い描くハイドの人物像に似ていくことを描いたのは、彼独自の無意識の表現として注目される。

本書はそうした無意識や、自己の外部との関係を議論してきたのだが、もう一つ「自己言及性」も、いくつかの章で共通する本書の考察の対象である。『高慢と偏見』で考察した、誇りについて語ったり自戒している時に人が陥る誇りの心理は、広い意味での自己言及性の一例であり、『ドリアン・グレイの肖像』にもワイルドの自己言及性への強いこだわりが表れている。『インドへの道』の考察でも、異なっていることと同じであることとを同じであるとする自己言及性が引き起こす、「異」と「同」の動的関係を見た。

自己の外へ出ず自己のみに関わる「自己言及」も、自己と外部の関係の特殊な例だが、ウルフの『幕間』にも自己回帰的な円環の構造が見られる。『幕間』の野外劇の作者ミス・ラ・ツロウブは、劇が失敗に終わったと思いながら酒屋で酒を飲み、次の劇の構想を得る。それは生命の激しさに満ちた単音節の意味を持たない言葉からなる劇で、『幕間』の結末はアイサとジャイルズがミス・ラ・ツロウブの新たな劇を演じ始めるという複雑な構造になっている。しかし、この作品の円環構造は、作品が終わった後へ投射されるように見えるその劇が、作品の始まりへ戻って再現されていることにある。夜、窓の開いた「広間」でアイサとジャイルズは言葉を発し始めるが、作品の冒頭では、その二十四時間前、同じ窓の開いた「広間」で人々が汚水溜めという豊饒さに関わる話題について何かの言葉を発し合っているのが描かれる。その話題を品がないと非難するヘインズ夫人も、補食する鳥の獰猛さのイメージと結びつけて描かれる。三ページほどのその冒頭の場面は、動物性や激しい愛と憎悪が描かれていて、微妙な静けさの中に、作品の結末の激しい劇が再現される。

そのような円環的構造によって、ミス・ラ・ツロウブが構想する新たな劇は結末から冒頭へ戻り、作品全体が彼女の新たな劇となる。言葉を発し合う二人の人として構想した彼女の劇は、野外劇の現代の部における独立した個人の一体化、劇の意味を問い続ける観衆として作品中に実現される。彼女が失敗したと思う野外劇は、失敗どころではなく、他者の語りかけに反応し答えるという、新たな劇の描く人と人の姿の実現としては、大成功を収めているのである。

第八章で見たように、キャサリンは「もし私がここに完全に収められてしまっているのなら、私が創造されたのは何の役に立つでしょう？」と問う。しかし自己はしばしば、完全に自己の中に収められてはいない。自己の内部にすら、無意識という時におぞましくもある外部のような存在がある。あるいは、キャサリンにとってのヒースクリフのような、なくてはならないものとの関わりとして、あるいはピップにとってのオーリックのように避けたいものとの関わりとして、私たちが外部とさまざまな関係を持つことをイギリスの小説は描いてきている。

イギリス小説が描くそうした自己と外部の関係から、代表として一つを選び本書の題とするなら、何を選ぶとよいだろうか。『嵐が丘』が描くネリー・ディーンの無意識の悪意はとても印象深いので、それを選んでもよいかもしれない。しかし、むしろ、本書で考察した自己と外部の関係で最も喜ばしいものである、キャサリンがヒースクリフとエドガーを両側に添わせている姿を代表として選び、本書のメイン・タイトルとしよう。他ならぬ背表紙に「背表紙キャサリン・アーンショー」と自己言及的に記し、読者が手に取って読む時、この本が大空を翔《かけ》る幸福なキャサリンの似姿となるようにするためにも。

注

序章

(1) エレンベルガーは「純粋に心理学的な議論に支えられた無意識の精神の最初の理論を提案したのはライプニッツだった。彼は小さな知覚、すなわち、私たちの精神生活で大きな役割を演じているにもかかわらず知覚の閾《しきい》以下にある知覚を重視した」と記し、注に『人間知性新論』(一七〇四年)と『モナドロジー』(一七一四年)を挙げている(Ellenberger 312, 329n211)。『モナドロジー』には「さて、単一な実体の場合、現在の状態は、どれもそれより一こま前の状態から、自然的(自発的)にできた結果であり、従ってここでは、現在は未来をはらんでいるから、そこで失神状態から目ざめたとき、すぐに自分の表象に気づくことから見ても、たとえ意識はしなくても、目のさめる直前まで表象があったことは間違いない」という一節がある(ライプニッツ　一〇)。

(2) リチャード・ドゥリーは、スティーヴンスンが一八七三年から一八七八年の間、毎年フランスを訪れていた際に、当時の科学誌を賑わせていた多重人格についての議論に影響されただろうと推測している。一八七六年にユージェーヌ・アザンによるフェリーダという女性の「周期的な記憶喪失、あるいは二重の生」の症例の研究がパリの科学誌にも掲載され、議論を呼んでいて、スティーヴンスンもそれらの記事を目にしただろうと推測されるのである(Dury 243–45)。ドゥリーのように特定の論文からの影響の可能性は検討していないが、エレンベルガーも『無意識の発見——力動精神医学発達史』の中で、多重人格という話題に霊感を得た一八八〇年以降の多数の小説の最も偉大な達成として『ジキル博士とハイド氏の奇妙な事件』を位置づけている(Ellenberger 166)。

(3) 十八世紀終わり近く、ジュネーヴの名家の長男、ヴィクター・フランケンシュタインは大学で化学を学んだ後、死体を寄せ集めて人造人間を完成させるが、その生命体(名前は与えられず「怪物」として言及される)の醜悪さに耐えきれず逃亡する。怪物は醜さ故に迫害されるうちに、ヴィクターに憎悪を抱くに至り、彼に近い人々を殺害していく。ヴィクターに再会した時、怪物は女性の怪物を伴侶として造るよう求め、ヴィクターは承諾するが、完成間近に破壊する。怪物は怒り、ヴィクターの友人と妻を殺害する。やがてヴィクターは怪物を追いかけ回す旅を始めるが、北極圏で死に瀕していたところを探検家ロバート・ウォルトンの船に助けられる。作品はウォルトンが探検に出発する前の心境をイギリスにいる姉に書き送る手紙で始まり、ウォルトンが書きとめたヴィクターの来歴が作品の主要部分を占める。ヴィクターは船中で衰弱死し、それを知った怪物は唯一絆のあったヴィクターを失って悲嘆し、焼身自殺すると予告して氷原へ去る。

（4）『フランケンシュタイン』からの引用は、Mary Shelley. *Frankenstein: The 1818 text, Contexts, Criticism.* 2nd ed. Ed. J. Paul Hunter. London: Norton, 2012. から訳出し、括弧内に巻、章とページを示す。

第一章

（1）一七七一年、キャサリンの父で嵐が丘の当主アーンショーは、リヴァプールへ出かけた折、孤児を連れ帰り、ヒースクリフと名付ける。キャサリンはヒースクリフと親密になり荒れ地で遊んで過ごすが、彼女の兄ヒンドリーは父の愛情を奪われヒースクリフを憎む。三年後、ヒンドリーは大学へ去るが、さらに三年後、アーンショーが死去し(夫人も既に亡くなっている)、ヒンドリーが秘密結婚していたフランシスを連れて戻り、ヒースクリフを使用人の地位に落とす。キャサリンは、ヒンドリーの圧政に耐えかね、ヒースクリフと一緒にリントン家のスラッシュクロス屋敷へ探検に行くが、足首を犬に嚙まれ、リントン家で介抱される。

キャサリンはリントン家の息子エドガーと交際するようになり、やがて婚約。ヒースクリフは、キャサリンが婚約した時の心のわだかまりをネリー・ディーンに打ち明けているのを途中まで盗み聞きして立ち去り、行方不明となる。キャサリンは重病に陥り、リントン家で介抱されるうちにリントン家の親夫婦は死去、三年後の一七八三年の春、エドガーと結婚。この間、病弱だったヒンドリーの妻フランシスはヘアトンを出産し、ほどなく死去。ヒンドリーは悲しみで酒や賭博に浸り身を持ち崩す。キャサリンの結婚の数ヶ月後の九月、ヒースクリフが財産と教養を手に入れて戻ってきて、嵐が丘に滞在し、ヒンドリーから賭博で財産を奪い取っていく。

ヒースクリフはリントン家に出入りしていたが、エドガーの妹イザベラが彼に恋したことを知り、リントン家の財産を乗っ取るために彼女と結婚することをもくろむ(イザベラは、兄夫婦に男子が生まれなければ財産を相続することになっていた)。エドガーはキャサリンに自分かヒースクリフかの二者択一を迫るが、キャサリンは狂乱状態に陥り、翌年三月、娘を出産した直後に死去。この間、ヒースクリフはイザベラと駆け落ちし、六週間後に嵐が丘に戻る。キャサリンの死後間もなく、ヒースクリフに財産を全て奪われたヒンドリーは家を閉め切って酒を過度に飲み、自殺のように死ぬ。イザベラはキャサリンの死後に逃げ出し、ヒースクリフは嵐が丘に住み続け、ヒンドリーの息子ヘアトンを手元に置き、使用人として働かせる。

　キャサリンの産んだ娘は母と同じくキャサリンと名付けられ、エドガーは彼女を屋敷から出さずに育てる。イザベラはロンドン近郊で息子（リントンと名付けられる）を出産し育てていたがやがて死去。その息子は非常に病弱で性格が悪かったが、ヒースクリフが引き取る。ヒースクリフはリントン家の財産全部を確実に入手するために、息子リントンと二代目キャサリンの結婚をもくろむ。

　一八〇一年の春から風邪がもとでエドガーが急に衰弱し、リントン・ヒースクリフも衰弱の度が進み、ヒースクリフは八月、二代目キャサリンとネリーを嵐が丘におびき寄せて監禁し、キャサリンをリントンと結婚させる。間もなくエドガーもリントンも死去、ヒースクリフはキャサリンを嵐が丘に住まわせ続け、スラッシュクロス屋敷のためには賃借人を募集する。それをロックウッドが借り、嵐が丘を訪れ、住人の来歴に興味を抱き、ネリーから話を聞く。彼は春にはロンドンに戻るが、春から秋にかけ、キャサリンとヘアトンが恋仲になり、ヒースクリフが一代目キャサリンの霊との融合の思いに取り憑かれて絶食の後に死去するという出来事が起きる。秋に旅行の途中、一年で借りるのを止めるスラッシュクロス屋敷の家賃を精算するために嵐が丘を訪れたロックウッドは、それらの出来事を聞き、最後にヒースクリフ、キャサリン、エドガーの隣り合った墓を見る。

（2）『嵐が丘』からの引用は、Emily Brontë. *Wuthering Heights: The 1847 Text, Backgrounds and Contexts, Criticism*. 4th ed. Ed. Richard J. Dunn. London: Norton, 2003. から訳出し、括弧内に章とページを示す。

（3）この見方をする研究者としてフィリップ・ドゥルーがいる（Drew 367）。Q・D・リーヴィス、テレンス・マクカーシーもネリーに肯定的な評価を与えている（Leavis 86, 93–95; McCarthy 53）。

（4）シュナミは、エドガーとの婚約についてのキャサリンの打ち明け話をヒースクリフが聞いていたことをネリーがすぐに告げなかったことについて、召使いの身分であり、特別な美貌にも恵まれていないネリーが女性としての彼女自身の人格を無意識のうちに消し去り、キャサリンの人生の中に融合させ、より好ましい結婚相手としてエドガーを選択させるよう、彼女の人生を誘導しようとしたのだという解釈を提示している（Shunami 454–56）。

（5）無意識という観点からのこの作品の考察としては、ネリーの問題行動の説明ではないが、ジェイムズ・H・カヴァナーが『エミリー・ブロンテ』で、ヒースクリフは原初的な父として娘に向けるように一代目キャサリンに対してリビドーを向けていると考えた上で、その不穏なリビドーを法の下に統御しようとする"phallic mother"としてネリーを捉えている（Kavanagh 31–43）。

（6）キャサリンのこの言葉にあるヒースクリフの支配者としての自覚は、イザベラにも強い印象を与えたらしく、後にヒースクリフがヒンドリーに暴行を加えた翌日の場面で、「キャサリンは自分があなた［ヒンドリー］の肉体に危害を加えられないようにするのだと自慢していたものよ。彼女はある人々［ヒースクリフを暗に指す］が、彼女を怒らせるのを恐れてあなたを傷つけようとしないと言うつもりだったのよ」（十七章、一四〇）と、それに言及している。イザベラがヒースクリフに恋し続けるのも、キャサリンに代わって自分がヒースクリフに対する絶対的な支配者の座につくことを夢想してのことだと考えられる。

（7）マージャーリーザ・フォン・スニーダーンはヒースクリフが異人種であるらしい設定とリヴァプールで奴隷貿易がかつて盛んだったことから、キャサリンとヒースクリフのこうした関係を主人と奴隷の関係として捉え、キャサリンがヒースクリフを失ってやがて死に至ることを、中毒的な作用を持つ奴隷所有の禁断症状によるものと考える（Von Sneidern 177–78）。

（8）ヒースクリフの「実験」がそれまでのところ言葉の上でのものであることも注目される。彼はかつてキャサリンに「もしおれがあの胸の悪くなる青白い顔と二人だけで一緒に住んだら、あんたは奇妙な噂を耳にするだろうよ。その白さの上に描かれる最も普通の色づけは虹の色で、毎日か一日おきに、青い目は黒くなるってな」（十章、八四）と言ったことはあるが、彼はイザベラに離婚請求の権利を与えかねない妻への肉体的な虐待を控えてきている。後に二代目キャサリンを嵐が丘から脱出させたことで彼の息子リントンを罰する時、彼は二時間、差し向かいでいただけで、彼に触れることすらしないままに、父への猛烈な恐怖を植え付けるが、そのように彼は言葉による拷問に多大な巧みさと嗜好を持っている。

（9）ベス・E・トルガーソンもヒースクリフの帰還がキャサリンの妊娠のきっかけになったとしている（Torgerson 161）。トルガーソンは二代目キャサリンの懐妊をヒースクリフの帰還の日の夜とは特定せず、「彼女［キャサリン］は旦那様に夏のような優しさと愛情で応えましたので、家の中は数日の間楽園のようでした。旦那様も召使いもその永遠の日差しに恩恵を受けておりました」（十章、七九）の箇所をヒースクリフの帰還後数日間のキャサリンの "active sexuality" を婉曲に示唆するものと考えている。

（10）シュナミはネリーがイザベラの駆け落ちの発見をエドガーに黙っていたことについては、彼女がそれが事態を左右するほどのものであると理解しておらず、ロックウッドに語る時にはキャサリンの病状を誇張して、自分の行いの罪の意識を無意識のうちにぼやかしていると考え、ネリーの悪意を想定していない（Shunami 457）。

（11）ロックウッドには単なる明敏でない聞き手以外の意味合いもある。ロックウッドの二代目キャサリンとの結婚の可能性についての思いは滑稽な印象が強いが、ベス・ニューマンは作品中の視線の描かれ方との関係でその思いを重視し、ロックウッドが二代目キャサリンの視線に脅かされ、その視線の届かない場所でネリーの語りを聞くことでキャサリンを間接的に眺めようとしている、という解釈を示している(Newman 1033–34)。ニューマンはロックウッドが向けるような父権制社会の中の男性による支配的な視線は、二代目キャサリンとヘアトンの平等な相互の視線の確立によって解体されると考える。

第二章

(1)『高慢と偏見』の中の変化する複雑な人物と、変化しない固定化された単純な人物の問題についてはジェイムズ・ソムプソンの議論を参照のこと(Thompson 109–14)。ソムプソンは、作品が人格の無変化の弊害を描き、人格の変化を、成長や知る価値のある複雑な人格の形成と結びつけて肯定的に描いているとする。

(2) ある秋、五人の姉妹のいるベネット家の近所にビングリーが引っ越してきて、長女ジェインと相思相愛になる。ベネット家は年収二千ポンドの小規模な領主で、ビングリーは商業で財をなした父の財産を継いで、五千ポンドの年収がある。ビングリーは妹二人とともに友人ダーシーを連れて来ていて、ダーシーは高慢な態度で、人々の反感を買う。ダーシーは年収一万ポンドで、英国中部に領地がある。ダーシーはベネット家の次女エリザベスを最初は魅力的でないと思ったが、やがて彼女に心を惹かれる。

ベネット家の姉妹には父方のコリンズという親類がいて、息子がいないベネット氏の死後、その財産を相続することになっていた。このコリンズが初めてベネット家を訪問し、愚かでうぬぼれた性格を見せる。彼はエリザベスに求婚するが断られ、エリザベスの近所の友人シャーロットに求婚し受け入れられる。

この頃、フランス革命後の英仏の緊張した関係の影響で、義勇軍が近所の町に駐在し始め、ウィッカムという人当たりのいいハンサムな将校がエリザベスにちやほやし、彼女もそれを喜ぶ。ウィッカムはダーシーの家の執事の息子で、ダーシーの父が、彼を将来大学に行かせ、牧師にすると約束していたのに、ダーシーがその約束を反故《ほご》にしたとエリザベスに告げる。また、ダーシーはビングリーがジェインを真剣に愛し始めているのを見て取り、ベネット家の娘はビングリーの結婚相手としてふさわしくないと考え、数日の用事で上京したビングリーをずっとロンドンにとどまらせる。

ベネット姉妹には、ロンドンで事業をしているガーディナー氏という母方の叔父がいて、その夫婦が年末年始に訪れ、夫人はエリザベスに、財産のないウィッカムとの恋に深入りしないよう忠告する。ガーディナー夫妻はジェインをロンドンに連れて行くものの、ジェインはビングリーには会えない。三月、エリザベスはシャーロットの招きでケント州のコリンズの牧師館を訪れる。牧師館はダーシーの叔母キャサリン・ド・バーグ令夫人の屋敷の隣で、滞在中、ダーシーとも会う。ダーシーはその間にエリザベスに求婚するが、エリザベスはダーシーがジェインとビングリーの仲を裂いたことや、ウィッカムへの不当な仕打ちをなじって、求婚を断る。ダーシーは翌日、ウィッカムに関わる事情を説明した手紙をエリザベスに渡し、エリザベスは自分の思い違いや虚栄心を反省する。

八月、ガーディナー夫妻とイギリス中部への旅に出かけたエリザベスは、偶然、ダーシーの屋敷で彼と再会する。ダーシーは以前の高慢な態度を全くなくしていて、彼女と叔父夫妻に礼儀正しく接する。エリザベスはダーシーの人格を見直し始めていて、彼の自分への愛が消えていないのではと期待を抱き始めるが、ちょうどその頃、末の妹リディアがウィッカムと駆け落ちするという事件が起きる。エリザベスはそのような不名誉なことをしでかした家族の者とダーシーが結婚をする気はないだろうと落胆するが、ダーシーは行方をくらましていたリディアとウィッカムを見つけ出し、ウィッカムの借金を肩代わりするなどして、二人を結婚させ、ベネット家の体面を救う。

ダーシーはビングリーを連れて近所に戻ってきて、ビングリーとジェインはほどなく婚約する。ダーシーは謙虚になりすぎて、エリザベスになかなか求婚しないが、キャサリン・ド・バーグ令夫人が二人が結婚しそうだという噂を聞いて、自分の娘と結婚させるつもりだったダーシーをエリザベスと結婚さすまいと、エリザベスにダーシーに求婚されても断るよう求める。エリザベスは要求をきっぱりと断るが、そのエリザベスの態度をド・バーグ令夫人から伝え聞いたダーシーは自信を得て、エリザベスに求婚し受け入れられる。エリザベスはダービシャーのダーシーの領地で、比較的近くに居を構えた姉夫婦とともに、幸福に暮らす。

（3）ダーシーの弁明の手紙を読んだ後のエリザベスの反省は、二重の意味を考慮されずに言及されることが多い。エリザベスは「彼女自身についての真実を理解する」と述べるロナルド・ポールソン、「彼女は自身についての鮮明な認識の瞬間に至る」と述べるトニー・タナー、「ダーシーの手紙がエリザベスが新しい水準の自己知へ至るのを助けるなら」と述べるフィオナ・スタフォードなどを例に挙げることができる(Paulson 332; Tanner 113; Stafford xxiii)。

（4）『高慢と偏見』からの引用は、Jane Austen. *Pride and Prejudice: An Authoritative Text, Backgrounds and Sources, Criticism.* 3rd ed. Ed. Donald Gray. London: Norton, 2001. から訳出し、括弧内に章とページを示す。

（5）メアリーのこの長広舌は、彼女の虚栄心の露呈としての意味が考慮されずに言及されることが多い(Schorer 309; Weinsheimer 416)。なお、ジョエル・ヴァインシャイマーはこの作品における無意識について、最初のダーシーの求婚の時のエリザベスの「無意識のうちにそのように強い愛情をかき立てていたのは、満足を覚えさせるものだ」(三十四章、一一八)という思いなどに着目し、重要な選択においても無意識が作用を及ぼしていることを指摘している。「メアリーの空虚な説法」は、無意識と対照的な「理性」がパロディーにされているとヴァインシャイマーは捉えている(Weinsheimer 416)。

(6)この駆け落ち事件に端的に表れているようなリディアの愚かさはベネット氏の親としての怠慢さに原因があるが、メアリー・A・バーガンは、失格と言うべき父親像を通してオースティンが父親を頂点とする階層的な家族のあり方を疑問に付していると指摘している(Burgan 354)。

(7)ここに挙げた例は取り上げていないが、タラ・ゴウシャル・ウォレスはエリザベスがペムバリーで彼女とダーシーの間の恋に気づきかけたガーディナー夫人に、ダーシーについて全く話題にしなかったことを、自己防衛的なものと捉えている(Wallace 50–51)。

(8)イソベル・アームストロングはダーシーが椅子を近づけたこの動作を、落胆という性的感情が動作に置き換えられたものとしている(Armstrong 403)。

(9)実際に結婚後ダーシーがエリザベスをキャサリン令夫人の邸宅へ連れて行ったかについて作品では記述がない。ダーシーのペムバリーの邸宅とは対照的なキャサリン令夫人邸の新興勢力の邸宅らしい様子についてはチャールズ・J・マキャンの指摘が参考になる(MaCann 70)。

(10)ダーシーの最初の求婚の場面の終わり近くでエリザベスは「あなたを知って一ヶ月もしないうちに、あなたが世界で最も結婚したい気になれない人だと感じました」(三十四章、一二八)と述べる。この言葉は彼女が、知らず知らずのうちに、ダーシーを結婚したくなるか、ならないかの尺度で見ていたことを示しているが、怒っている最中のエリザベスはこの言葉のそうした含意に気づかない。この言葉も怒りで意識の統御がゆるんでいることを示していると考えられる。また、エリザベスのダーシーに対する「嫌悪が、底に潜む魅惑される気持ちを隠している」点についてはピーター・ノックスショーの指摘が参考になる(Knox-Shaw 88)。

(11)ウィリアム・デレズィエヴィクツはエリザベスのこの言葉を彼女がまだ「自己満足に簡単に陥り得る」(Deresiewicz 528)状態にあることを示すものと捉えている。彼の論考では、突出した明敏さを持っているように見えるエリザベスが共同体の思考に支配されていて、その思考から目覚めることが彼女の成長に必要で、ペムバリーでダーシーと作る小共同体でダーシーとの対話を通して少しずつ真理へ近づくとする指摘が注目される。また、ダーシーの弁明の手紙を読んだ後のエリザベスの「この瞬間に至るまで、私は決して自分自身を知らなかった」という反応も「真実であるにはできすぎたエピファニー」(Deresiewicz 528)として言葉どおりに受け取っていない点も優れた指摘と言えるが、過去の思考や感情の恣意的な認識の作品における意味については十分に考察していない。

(12)ペムバリーでダーシーの肖像をエリザベスが見る場面の解釈は研究者によってさまざまである。ニーナ・アウエルバッハはエリザベスが、家庭でベネット氏が夫人に奪われている男性の権力をダーシーの肖像に感じて惹かれているのだとする(Auerbach 52)。マージャ・A・スチュワードもエリザベスが肖像から感じるダーシーの、人に喜びも苦痛も与える権力に注目している(Steward 56)。アームストロングは、ダーシーの肖像を「対等な凝視」で見ながら、エリザベスは彼とのそれまでの関係で感じた恥や劣等感を和らげていると考え(Armstrong 407)、カレン・ニューマンは、作品全体のプロットでは女性が男性を捕らえて固定しようとしている中で、この場面ではダーシーの視線がエリザベスを捕らえて固定しているという、作品の相矛盾するものの表現の一つとして注目している(Newman 701)。

(13) 作品のタイトルの由来についてはパット・ロジャーズの指摘を参照のこと(Rogers xxxiv–xxxvi)。「高慢」と「偏見」が以前からよく組で用いられていたこともロジャーズは指摘している。

(14) ロジャーズは作品冒頭の「……は普遍的に認められた真実である」という公式のような文句が、道徳的なエッセーの冒頭で一般化された断定が用いられることの軽いパロディーであることを指摘している(Rogers xxxvi–xxxvii, 462)。

(15) ジュディス・ロウダー・ニュートンは、シャーロットが家庭での経済的事情からコリンズとの結婚を選んだことについて、シャーロットにもそれを非難するエリザベスにも語り手による皮肉が向けられていると指摘している(Newton 380)。

第三章

(1) ロックウッドが夢の中で少女の手首を割れた窓ガラスで傷つけることの凶暴さは、メアリー・A・ウォードが指摘している(Ward xxv)。

(2) 鍛冶屋を営む姉夫婦に養われている幼い孤児ピップ(フィリップ・ピリップの愛称)は、テムズ川下流の村の墓地で、脱獄囚マグウィッチに家から食料とヤスリを盗んでくるように脅され、忠実にそれを果たす。

ピップは姉の夫ジョーにはかわいがられていたが、姉や他の大人たちは、ピップが生まれつき邪悪な子供でろくな大人にならないと、事あるごとにピップに言っていた。マグウィッチとの出来事の一年後、ピップはミス・ハヴィシャムの家(サティス・ハウス)へ一日おきに行くことになり、ミス・ハヴィシャムの前で彼と同じくらいの年齢のエステラと遊んだり、ミス・ハヴィシャムが部屋の中を歩き回る際に手伝いをしたりする。エステラはピップの貧しい様子を軽蔑し、ときには彼を平手打ちにもするが、ピップは彼女に非常に惹かれ、自分の家の貧しさを恥じるようになる。その十ヶ月後、ミス・ハヴィシャムの家へ通うのは止めになり、ピップはジョーの徒弟となって鍛冶の仕事を学び始める。ピップはエステラに未練があって、一年ごとにサティス・ハウスを訪れるが、エステラはフランスへ淑女となるための修行に行っている。また、ピップがサティス・ハウスを最初に再訪した日の夜、姉が背後から殴打され、重傷を負うという事件が起きる。
数年後、弁護士ジャガーズが、ピップには莫大な遺産相続の見込みがあると告げる。遺産を受け取るためには、ピップと名のり続け、ロンドンに移住して教育を受け、遺産の送り手が誰であるかを詮索しないという条件があったが、ピップはそれを受け入れる。ピップはミス・ハヴィシャムが遺産の送り手であり、彼女が自分とエステラを将来結婚させるつもりなのだと思い込む。

郷里を出た後、ピップはミス・ハヴィシャムの親戚の一人、ポケット氏のロンドン郊外の私塾に住み込んで教育を受けるが、ロンドンにもポケット氏の息子ハーバートと共同で部屋を借りる。ピップは勉強は真面目にしたが、浪費癖に陥って借金を膨らませる。エステラは帰国しロンドン近郊に住んでいたが、彼女にとってピップは多くの求愛者の一人にすぎず、心をもてあそばれる。やがて、姉が亡くなり葬儀に帰るが、ピップはその時以外にはジョーの家に寄りつかず、ジョーに対して忘恩的な態度を取り続ける。

ピップが二十三歳の時、マグウィッチがオーストラリアから戻り、自分が遺産の送り手だと告げる。マグウィッチは帰国していることが知れると死刑になってしまうので、ピップはマグウィッチを国外へ逃がすことにする。この頃、エステラがドラムルという愚鈍で醜い性格の男と結婚するという出来事がある。またピップは、マグウィッチの国外脱出計画の決行直前に、ジョーの鍛冶屋で雇われていた職人オーリックに郷里に呼び出され、水門小屋で殺されかける。その時、オーリックはピップの姉を殴打したのは自分だが、それはピップがしたのだと理不尽なことを言う。ピップはハーバートたちに窮地を救われる。

マグウィッチを国外へ脱出させる計画は、テムズ川下流で外国行きの船に拾ってもらって密航するというものだったが、コンピスンによる通報で失敗に終わる。マグウィッチは捕らえられ、死刑の判決を受けるが、脱出失敗の際の怪我がもとで、処刑が行われる前に病死する。ピップはその後、ハーバートが共同経営者を務める商社に入り、カイロで十一年間暮らした後、一時帰国し、ミス・ハヴィシャムも既に亡くなって取り壊されたサティス・ハウスの跡地でエステラと再会する。エステラはドラムルと死別していて、ドラムルから受けた虐待の苦しみから、ピップのかつての愛情の価値を理解したと言う。作品はピップとエステラの間に、愛情が深まっていく可能性をいくらか示唆しながら終わる。

（3）ピップのハーバートへの援助がマグウィッチのピップへの援助を無意識のうちに模倣したものであることは、スティーヴン・コナーも指摘している（Conner 138–39）。コナーはマグウィッチの紳士創造の欲望が社会一般の野心を採用したもので、外在的な欲望を模倣していることを例に挙げながら、ピップも外在的な欲望を模倣し、欲望の源としての中心的な自己を喪失しつつあるとし、ラカンの発達のモデルと関連づけている。

(4) ピップがハーバートを紳士にすることをマグウィッチが当然と考えていたことの奇妙さに触れてはいないが、ヒリス・ミラーとジェレミー・タムブリングが支配・服従の関係の反復を指摘している(Miller 254; Tambling 33–34)。タムブリングはその関係の反復を、権力に抑圧される主体による権力の内在化として、フーコーの思想に結びつけている。

(5) マグウィッチのこの脅しのカニバリズム的要素にはハリー・ストーンによる興味深い着目がある(Stone 125–39)。ストーンは自他を食い物にするようなミス・ハヴィシャムのカニバリズムにも注目している。

(6) 『大いなる遺産』からの引用は Charles Dickens. *Great Expectations: Authoritative Text, Backgrounds, Contexts, Criticism*. Ed. Edgar Rosenberg. New York: Norton, 1999. から訳出し、括弧内に章とページを示す。

(7) ピップの死んだ兄たちの名前については、エドガー・ローゼンバーグが初稿においてトバイアスとロジャーがジョージとロバートであったことと、ジョージとロバートがさらに以前の段階ではエサウとイサクであったことを指摘しているが、トバイアスとロジャーへの最終的な変更について理由は推測していない(Rosenberg 439)。ローゼンバーグはさらにピップの父の名がトバイアスからピップと同じフィリップに変更されたことを指摘し、ピップの息子としての立場の強調を理由として推測している(Rosenberg 439)。しかし、ピップの姉の名がジョージアナ・マリア・ガージャリーで母と同じであることを考えると、多くが死んでしまったピップの両親の子供の中で、親の名を受け継いだ者だけが生き残っているという状況を設定しようとしたことが変更の理由として考えられるだろう。

(8) ピップが外部から押しつけられた人生を生きる傾向について、ピーター・ブルックスは他者の作った筋書き、原英一氏は物語をピップが生きさせられていることとして捉えている(Brooks 138; Hara 595)。ただし、ブルックスも原氏も外部から押しつけられたものが作品の最後まで存続するという見方はしていない。

(9) ピップがビディーに求婚しようとしたことについて、ヒラリー・M・ショアーはピップが彼の求婚をビディーが待っているという思い込みに陥っていたことを指摘し、ミス・ハヴィシャムなどの女性の意図を読み違えることが彼の人生の間違いの多くと関わっていると捉える。ピップがエステラが彼の一部になっていたことを熱く語る箇所についても、ショアーはその際のエステラの選択肢はどうなるのかと、ピップが女性の意図への配慮を欠いていることを疑問に付している(Schor 163–64)。

(10) ベス・F・ハーストはピップのカイロ在住を、英国社会でピップが疎外されざるを得ないことの表現と捉えている。ハーストのその指摘は、ピップがサティス・ハウス訪問と遺産相続の見込みによって幼児期の自己から疎外され、さらに、マグウィッチの最終的な受け入れによって真の自己発見と真の紳士への成長を達成するものの、真の紳士と相容れない英国社会で疎外を余儀なくされる、という全体の解釈に基づいている(Herst 117–38)。

(11) セアラ・ゲイツはエステラがミス・ハヴィシャムの道具として作り上げられていることを、作品中でも言及のある『ハムレット』のオフィーリアが親族に道具として扱われている面があることの影響と捉え、エステラがピップを惹きつけ鍛冶屋の世界から引き離すことが『ロンドンの商人』のミルウッドの影響であることと合わせ、女性登場人物の“intertextual”な考察の必要性を提唱している(Gates 391–99)。

(12) ロバート・ダグラス - フェアハーストはピップがマグウィッチを自分に近しい者として受け入れているという観点から「この彼自身とマグウィッチの混同こそが彼の再教育の頂点を特徴づけている」とし、ピップの自己満足を示すように見えるこの箇所の肯定的な意味を指摘している(Douglas-Fairhurst xxxii)。

第四章

(1) アタスンは散歩の途中、エンフィールドから、ある男が深夜の四つ角で走ってきた少女とぶつかり、倒れた少女の腹を平然と踏んで通り過ぎたという話を聞く。男は少女の家族に百ポンドを支払うことになり、扉しかない家に入って小切手を持って出てくる。小切手の名義はエドワード・ハイドで、ヘンリー・ジキルが遺言で相続人に指定していた人物だった。アタスンは張り込みをして自分自身でハイドを見る。彼はジキルが脅迫を受けているのではと心配するが、ジキルは遺言の確実な実行だけを求める。やがてハイドは残忍な殺人事件を起こし、その直後、ジキルはハイドと縁を切ったとアタスンに知らせてくる。ジキルはやがて自宅に閉じこもるようになるが、ジキルの家の召使いがジキルの部屋にいるのがハイドではないかと心配し、アタスンに助けを求めてくる。ジキルの部屋へ押し入ると、ハイドが服毒自殺をした直後で、遺産の受取人をアタスンに変更した遺書と、長い手記が残されていた。また、ラニョンがアタスンに渡すと警告していた手記をまず読むようにというジキルの短い手紙もあった。

ラニョンは少し前に死んでいて、彼はアタスンに、ジキルが死ぬか失踪した後にのみ開封するようにという手記を託していた。手記にはジキルから、彼の自宅へ薬品を取りに行き、夜中にそれを取りに訪れる者に渡すように頼む手紙が来たこと、やってきた男が薬品を飲んでジキルに変身したことが記されていた。ラニョンはその変身を目撃した驚きから回復できず、衰弱して死んだのだった。

一方、ジキルの手記には、立派な家柄に生まれ学力も優秀だったジキルが、人前で謹厳な様子を維持したいという気持ちと、悪徳にふけりたいという気持ちの相克に苦しみ、変身を可能にする薬を開発したことが記されていた。そうして二重生活を楽しんでいたジキルだったが、ハイドに変身している時に人を殺してしまい、しかも目撃者がいたので、二度とハイドに変身しまいと決意する。しかし、ジキルは薬を飲まなくてもハイドに変身してしまうようになり、一度は公園で変身が起き、ラニョンに助けを求めなければならないこともあった。ジキルは自宅に閉じこもったが、変身のための薬は原料に未知の不純物が含まれていたため偶然できたものだと分かり、薬を新たに作ることができなくなる。薬がやがて尽きたため、ハイドに今度変身したら二度と元に戻れなくなることを覚悟しながら、ジキルは手記を締めくくる。

（2）『ジキル博士とハイド氏の奇妙な事件』からの引用は Robert Louis Stevenson. *Strange Case of Dr. Jekyll and Mr. Hyde: An Authoritative Text, Backgrounds and Contexts, Performance Adaptations, Criticism.* Ed. Katherine Linehan. New York: Norton, 2003. から訳出し、括弧内に章の題とページを示す。

（3）アラン・サンディソンはハイドがジキルの邪悪な第二の自己であるだけでなく、「息子の姿」でもあるとし、家父長的、抑圧的な父ジキルに殺意を抱く存在であることを指摘している（Sandison 261）。サンディソンはアタスンを家父長的な抑圧の側の人物とも捉えているが、象徴的父であるジキルを死に追いやり、象徴的息子であるハイドの殺意を代理的に実現している点では、アタスンは息子の意味合いを帯びているとも考えられるだろう。

（4）ジリアン・クックソンは『ジキル博士とハイド氏の奇妙な事件』の作中人物の名前の多くが、「電報技師協会」、「電気技師協会」の関係者から取られていることを指摘している（Cookson 118–19）。

（5）ラニョンについては「芝居がかっている」点に重点を置いて、サンディソンのように否定的に捉える見方もある（Sandison 253–54）。

第五章

（1）画家バジル・ホルウォードは美貌の青年ドリアン・グレイの等身大の肖像を完成させかかっていた。彼のアトリエで友人ヘンリー・ウォットン卿はその肖像画を展覧会に出品することを勧めるが、バジルはドリアンから強い影響を受けており、肖像にはドリアンへの賞賛の念を表現しすぎていて、それを公衆に曝《さら》したくないので出品はしないつもりだと言う。ヘンリー卿はドリアンに興味を抱き紹介を求めるが、バジルはヘンリー卿が純真なドリアンに悪影響を及ぼすことを恐れて渋る。折悪しく、そこへドリアンが来合わせ、彼がモデルを務めて立っている間、ヘンリー卿はドリアンに、道徳を顧慮せずに欲望のままに生き、自己を実現することこそ人生の目的であると説く。バジルが絵の仕上げをしている間、庭でヘンリー卿はドリアンに若さの移ろいやすさと、現在の瞬間の喜びを追求することの重要さを語る。そのすぐ後、完成した肖像を見たドリアンは、初めて自分の美貌に気づき、絵が美貌を保ち、自分が老いていかなければならないことを嘆き、自分が美しさを保ち絵が醜くなっていくことを祈る。肖像はドリアンに与えられることになった。

ドリアンは、ヘンリー卿の影響で人生を知る欲求に駆られてロンドンを探検しているうちに、場末の劇場で天才的な演技力でシェイクスピアの劇のヒロインたちを演じるシビル・ヴェインを発見しやがて婚約する。舞台の上でだけ現実を感じていたシビルは、ドリアンとの現実の恋によって舞台の虚構に気づき急に演技力を失い、ドリアンは冷酷に別れを告げる。彼は翌朝、肖像が冷酷な表情を浮かべているのに気づき、かつての自分の祈りが実現したのを悟る。彼は肖像を良心の戒《いまし》めとする決意をし、シビルへの仕打ちを反省するが、彼女は昨夜のうちに自殺してしまっていた。その知らせをもたらしたヘンリー卿は現実を虚構と見る考えや女性蔑視をドリアンに吹き込んで、シビルの死の責任を痛感するドリアンを快楽追求の道へ連れ戻す。その後ドリアンはヘンリー卿から貸し与えられたフランスの一冊の小説に影響を受け、感覚の刺激を追求する生活を十数年にわたって送る。

多くの人はドリアンの外見から彼の純真さを信じていたが、彼の不道徳な生活を影で噂する者もいた。ドリアンの三十八歳の誕生日の前日、バジルがドリアンの悪い噂を心配して訪ねてくるが、ドリアンは彼の忠告に怒り、彼が描いた肖像画が偽善的な二重生活を可能にしたために自分は悪徳に陥ったのだと考え、バジルに自分の堕落の責任を転嫁し、その責任を痛感させるつもりで、変化した肖像を見せる。バジルはドリアンに改悛を説くが、ドリアンは彼をナイフで刺し殺す。ドリアンは旧友の化学者アラン・キャンベルを脅迫してバジルの死体を薬品で消滅させる。

その後、ドリアンはシビルの弟ジェイムズに姉の敵《かたき》として命を狙われるが、狩猟中の事故でジェイムズの方が命を落とす。ドリアンはシビルに似た田舎娘を誘惑していたが、途中で止め善行を施したつもりになった。しかし、肖像画はその「善行」を反映して美しくなるどころか偽善的な表情をさらに浮かべるようになっていた。ドリアンは良心の戒めである肖像画を破壊しようと思い立ちナイフで刺す。それと同時に絶叫が響き渡り、それが聞こえた屋根裏部屋に召使いが屋根伝いに入ると、醜い姿のドリアンが胸にナイフを刺されて床で死んでいて、絵の中には美しい姿のドリアンがあった。

（2）『ドリアン・グレイの肖像』からの引用はOscar Wilde. *The Picture of Dorian Gray: Authoritative Texts, Backgrounds, Reviews and Reactions, Criticism*. 2nd ed. Ed. Michael Patrick Gillespie. London: Norton, 2007. から訳出し、括弧内に章とページを示す。

（3）ペイターのこの書評はStuart Mason. *Oscar Wilde: Art and Morality*. New York: Haskell House, 1971. に収録されている。引用はそこからの訳出である（Mason 190）。

（4）『幸福な王子と他の物語』の第四話「献身的な友達」の最後の一文は、ワイルドの小説と物語の中で作中人物ではない語り手が「私」という人称代名詞で顔を出す、数少ない箇所の一つである。しかも、本章の導入部で見た不誠実さをめぐるもう一つの箇所と同様、「私」の出現は「私」の意見を不明にしている。その作品では鶸《ひわ》がハンスの物語をするのだが、それが終わった時、教訓のある話をするのはとても危険なことだとアヒルが言う。語り手は「そして私も全く彼女に同感である」(一一五)という意見を付け加えるのだが、「教訓のある話をするのはよくない」という教訓をその物語が含んでいるのかいないのか、語り手の付加した意見によって見極めがつかなくなる。「私」の出現によるこの不確定性についての指摘はないが、「献身的な友達」と教訓の問題についてはジャーラス・キリーンが詳しく論じている(Kileen *Tales* 79–81)。

(5) マイケル・パトリック・ギレスピーは利己性という言葉は用いていないが、他者に対する支配、制御などを含む、無制限な権力を自らのものにしようとする志向を『ドリアン・グレイの肖像』の重要な主題として指摘し、「快楽主義者よりもファシストにもっと似た者としてドリアンを見ること」(Gillespie 104)が作品を解釈する上で有益だとする。

(6) ヘンリー卿によるドリアンの心理のこの分析は、ドリアンが彼の影響下からシビルへ離脱しつつある時に、平静を保とうとする彼自身の無自覚な自己欺瞞であるとも考えられる。ドリアンの善への志向を想像力による自己欺瞞だと考えることで、ヘンリー卿はシビルのドリアンへの影響を軽く見ようとする。「我々が他者に実験をしていると思っている時に、実は我々自身に実験をしていることはしばしば起きる」とは、ドリアンを実験対象のように分析しながら、彼自身の自己欺瞞を露呈している他ならぬヘンリー卿自身に当てはまっている。

(7) 作品全体の強い道徳性にもかかわらず、雑誌連載が巻き起こした悪評とワイルドの対応については、ジョウゼフ・ブリストウの簡明な概説を参照のこと(Bristow xliii–li)。オックスフォードの全集版のブリストウの序文は作品を連載した *Lippincott's Monthly Magazine* の性格、単行本の出版事情などについて知るためにも非常に有益である。

(8) ヘンリー卿は非常に魅力的に描かれるが、妻に去られるなどの不面目さも示される。クリストファー・S・ナーサはヘンリー卿の逆説が、転倒させるべきヴィクトリア朝の価値観を必要としていて、妻ヴィクトリアが彼の元を去ったことを逆説の対象の喪失と捉えている(Nassar 69)。また、ヘンリー卿について、キリーンは、カトリックに改宗した聖職者・神学者ジョン・ヘンリー・ニューマン(魅惑的な声、若さの称揚という共通点を持っている)がヘンリー卿のモデルになっていると指摘している。キリーンは二人の共通性とともに、肉体と魂の自然な融合を説くニューマンと対照的にヘンリー卿がその二つを分離し魂を軽視した快楽追求をドリアンに吹き込んでいる違いを重視し、ドリアンの破滅を描きながら作品がヘンリー卿ではなくニューマンのカトリック的な考えを擁護しているとする(Kileen *Faiths* 89–100)。

第六章

（1）　イスラム教徒のインド人医師アジズはモスクでムア夫人と知り合う。夫人はチャンドラポアへ判事として赴任していたロニー・ヒースロップの母で（姓が違うのは、夫人の再婚の関係）、イギリスでロニーと交際していたアデラが、婚約前に任地でのロニーの様子を見たいと言うので、二人でインドを訪れていた。アデラは本当のインドを見ることを希望していて、その希望を聞いた地方長官タートンがイギリス人とインド人の橋渡しをする「ブリッジ・パーティー」を開くが、イギリス人とインド人が親しくなることはなかった。ムア夫人はパーティーでその地の官立大学の学長フィールディングと知り合い、大学でのお茶の会に招かれる。お茶の会にはバラモン階級のヒンドゥー教徒ゴドボウル教授と、フィールディングが親しくなろうとしていたアジズも同席する。ムア夫人に再会したアジズは気持ちが大きくなり、社交辞令のつもりで夫人とアデラをマラバー丘陵の洞窟見学の小旅行に招待する。やがてロニーが母とアデラを迎えに来るが、帰りの車中でロニーとアデラは喧嘩をする。ムア夫人はそれに怒り自宅で自分だけを降ろさせ、ロニーとアデラは反省してポロ見物に行く。アデラはロニーが見せるインド人たちへの横柄な態度が気に入らず、婚約はしないことを申し出、ロニーも紳士的にそれを受け入れる。その時、インド人の有力者ナオブ・バハーダが来て二人をドライブに誘う。車がマラバー丘陵を走っている時、何かが飛び出してきてぶつかる。その事故の興奮に影響され、アデラはロニーと結婚することにする。

しばらく後、アジズはムア夫人たちがマラバー洞窟の小旅行への招待を本気にしていると伝え聞き、準備に奔走する。当日は、ともに招いていたフィールディングとゴドボウルが列車の時間に遅れ来られなくなる。マラバー丘陵には内部が磨かれた半球の形をしている多数の洞窟があり、物音を全て「バウム」という音に変えてしまう。ムア夫人はそのエコーに、全てを同一のものにしてしまう虚無的なものを感じ、恐怖する。ムア夫人は途中でとどまり、アジズとアデラとガイドの三人がさらに先を見物に行くが、アデラが一人で入った洞窟で壁をこすって音を立てた時、何者かが入り口から侵入して彼女を襲おうとした（とアデラは思う）。アデラは一人で逃げ、山腹を駆け下り、フィールディングを乗せてきたミス・デレックという知り合いの女性の自動車で帰る。アジズは谷の下でアデラとミス・デレックが話しているのを見て、アデラが知り合いと先に帰ることにしたのだと思い、ムア夫人の所へ戻り、遅れて来ていたフィールディングと合流する。その後、チャンドラポア駅に着いた時、アジズは婦女暴行未遂の犯人として逮捕される。

アジズの逮捕でイギリス人とインド人の対立が表面化するが、フィールディングはイギリス人の中でただ一人、アジズの味方として行動する。ムア夫人は裁判の前にイギリスへ出発していたが船の中で病死する。裁判ではアデラが急に自分の思い違いに気づいて告訴を取り下げ、アジズは無罪となる。フィールディングはアジズに、アデラに対し損害賠償を要求しないようにさせる。

その後、アジズはチャンドラポアに嫌気がさし、ゴドボウルが文部大臣として赴任していたヒンドゥー教の藩王国マウへ行き、王の医師として働く。アジズはフィールディングがその後アデラと結婚したと誤解し、彼と疎遠になっていた。二年後、ヒンドゥー教のクリシュナ神誕生の祝祭の時、フィールディングがマウを訪れ、誤解も解けてアジズはフィールディングと仲直りをする。しかし二人は、再びは会わないだろうという予感とともに別れる。

（2）『インドへの道』からの引用は、E. M. Forster. *A Passage to India: The Abinger Edition of E. M. Forster*. Vol. 6. Ed. Oliver Stallybrass. London: Edward Arnold, 1978. から訳出し、括弧内に章とページを示す。

（3）ムア夫人の「幽霊！」という発言を、ライオネル・トリリングは、ナオブ・バハーダが、九年前にその場で轢死《れきし》させた酔っ払いの幽霊が車にぶつかったのだと信じていることと結びつけている。トリリングは語り手によって「言葉より血筋によってより伝えられる民族の秘密」（八章、九〇）と表現されているナオブ・バハーダの秘密をムア夫人が共有していることに、夫人がインドでキリスト教に限界を感じ、ヨーロッパから遠ざかりつつあることの表現を見る（Trilling 23）。

（4）バラはジガバチが共通して出てくるそれらの箇所を、作品中の相互の呼応の極度に美しい例として挙げている。

（5）ムア夫人がジガバチを受容し、そのムア夫人をゴドボウルが今度は受容していることを、トリリングはムア夫人がキリスト教を不十分だと感じることに関わる「物語の糸」であるとしている（Trilling 22）。トリリングの解釈は、ムア夫人の善悪の同一化のヴィジョンと、善も悪も同じ神の側面であるとゴドボウルが述べるようなヒンドゥー教の結びつきを重視する。ムア夫人の肯定的、否定的側面については、夫人のヴィジョンがアジズを弁護しないなど道徳的義務の放棄を引き起こしながらも、彼女のヴィジョンでは、「全ての物の消滅を前に、人間が恣意的に作る障壁が沈んでなくなっている」とトリリングは捉えている（Trilling 26）。

（6）ジリアン・ビアは作品中の否定語の多さに注目しつつもフォースターが「人間の外側にあるものが無や空虚である必要がない」ことを理解していると結論づけている（Beer 58）。ビアはたとえば“nothing”の多用が“I study nothing”という文では、「私は何も学ばない」という通常の意味の他に「私は無を学ぶ」という意味を持ち得ることを読者に示唆し、無が単なる不在という空虚ではない印象を生み出すことに注目している。ウィルフレッド・ストーンも作品中の“nothing”のこだまのような反復に注目している。ストーンはそうした“nothing”と結びつけられるマラバー洞窟が、抑圧された無意識や原初の野蛮さを表していると解釈し、ゴドボウルがムア夫人の見たジガバチを想起することも、ユングの集団的な記憶の考えに沿って捉えている。

第七章

（1）『ダロウェイ夫人』からの引用は Virginia Woolf. *Mrs. Dalloway. The Definitive Collected Edition of the Novels of Virginia Woolf.* Ed. G. Patton Wright. London: Hogarth, 1990. から訳出し、括弧内にページを示す。

（2）ロンドン西部の中心地ウェストミンスターの自宅から、クラリッサは花屋へ歩き始める。彼女は五十二歳で、少し前に患《わずら》ったインフルエンザのせいで心臓が弱っている。途中、彼女はセント・ジェイムズ公園でヒュー・ウィットブレッドと出会う。王室に勤める彼はブアトン時代以来のクラリッサの友人だが、ピーター・ウォルシュとサリー・シートンは彼を俗物として批判する。クラリッサにはエリザベスという娘がいたが、家庭教師ミス・キルマンの宗教熱に娘が影響を受けているのを心配している。クラリッサはミス・キルマンに浅薄だと軽蔑されているのを感じている。

花屋の前で王室か政府の物と思われる高級車がパンクする。窓のブラインドはすぐに降ろされたが、誰が乗っているのかと人々は関心を抱き、それをきっかけに王室への忠誠心や愛国心をかき立てられる。やがて煙で字を書いて広告をする飛行機が現れ、人々の注意はそちらに向く。ブラッドショー医師の診察を受けに行くためセプティマス夫妻も外出している。セプティマスはパンクした高級車へ集中する人々の関心が火を噴き出しそうだと恐怖を覚えたり、飛行機の描く文字が美を無償で提供してくれていると思って感激の涙を流したりする。

花屋から帰宅したクラリッサは、ブルートン令夫人が夫リチャードだけを昼食に招いたことを知り元気をなくす。リチャードがクラリッサの心臓のことを心配するため、今では夫婦の寝室は別々になっている。クラリッサは屋根裏の自分の寝室へ向かい、結婚後もずっと自分には処女性がまつわりついているような感じがすることを思ったり、サリーやピーターのことを思い出したりする。やがて、彼女が応接間でパーティー用のドレスの修繕をしていた時、ピーターが訪ねてくる。ピーターはインドにいる子持ちの人妻と結婚しようとしていることを告げた後、急に泣きじゃくる。エリザベスが顔を出したところで辞去するピーターに、クラリッサはパーティーに来るよう呼びかける。

ピーターはロンドンを歩き回り、リージェンツ公園ではベンチで居眠りをしたりする。その間、彼はブアトンでのクラリッサやサリーとの友情、リチャードと結婚しそうなクラリッサと自分との破局、ウィットブレッドへの反感などを思い出す。その公園にはセプティマス夫妻も来ていて、セプティマスは戦死した上官エヴァンズの顔が見えてくる幻想に恐怖を覚えたりする。ピーターはリージェンツ公園からの帰りがけ、歌う物乞いの老いた女性に小銭を与える。セプティマス夫妻はハーリー・ストリートのブラッドショーの医院へ向かう。セプティマスは母の嘘に耐えられず、家出して上京し、夜学でイザベル・ポールからシェイクスピアの手ほどきを受けたりしていた事務員だった。戦争ではイタリアへ派兵されていたが、エヴァンズの死後、何も感じられないという恐怖に駆られ、それから逃れるように宿営先の娘レツィアに求婚した。

　セプティマスがブラッドショーの診察を受けていた頃、リチャードはウィットブレッドとともにブルートン令夫人の昼食会にいた。ブルートン令夫人はカナダへ若者を移民させるアイディアを新聞に投書しようとしていて、その文案作りを二人に手伝ってもらいたかったのだった。ウィットブレッドはその役目を器用に果たす。セプティマス夫妻は医院から帰宅した後二人で過ごしていたが、ホームズ医師が来てセプティマスは自殺。その知らせはパーティーの最中、クラリッサにも伝わる。パーティーへは首相も来てクラリッサは得意に感じるものの、ミス・キルマンへの愛憎のような自分自身が感じる激しい感情の大切さを悟る。セプティマスの自殺の知らせを聞いて小部屋へこもった後、多くの人が既に帰ったパーティーの部屋へ戻ったクラリッサは、ピーターに強い存在感を感じさせる。

（3）　ピーター・ウォルシュの弱さは、他に「孤独な旅行者」のエピソード（四四―四五）でも、母子の絆への切望として描かれている。リージェンツ公園のベンチで居眠りするピーターの夢を描いていると考えられるその一節で「孤独な旅行者」は、前方に見える葉群と空の形に女性の姿を想像し、自分が女性に望む性質をその姿に与えて赦しや同情などの慰めを得る。その夢ではピーターが普段は意識しない死の願望も現れ、女性は死への誘惑者にも変貌する。ピーターの女性への依存は、女性が戦場に長く去っている息子の帰りを待ち望む母に変貌することでさらに強く表れる。彼はそのように母に帰りを待ち望まれる息子として自身を夢想するのである。女性はやがて宿の女主人に変貌するが、彼女からの奉仕への期待が高まったところで、旅行者は急に奉仕の終了を告げられる。その突然の失望のショックでピーターは「魂の死」と叫びながら目覚めるのだと考えられるが、彼は夢の内容は覚えておらず、「魂の死」という言葉をクラリッサの生の萎縮を言い表すために使っていたことを思い出し、その回想を始める。その二ページほどのエピソードは夢を通した無意識の表現としても、女性への依存という自己の外部との関係の事例としても注目される。

（4）　シュラックは、本論の次の段落でも触れる『オセロ』からの引用をめぐってこの点を詳しく明らかにしている。エイバルは、女性が母との同性愛的な絆から父との異性愛的な絆へ移行しなければならないとするフロイトの考えに沿いながら、『ダロウェイ夫人』でクラリッサがサリーとの同性愛の段階から、ピーター、リチャードとの異性愛の段階へ移行しなければならなかったことに注目し、異性愛をいわば強いられる以前のサリーとの同性愛の、クラリッサにとっての貴重さを強調する。セプティマスの死についてエイバルは、それが異性愛への移行による「成長」か、移行の拒絶による「死」か、どちらかを選ぶしかないことをクラリッサに教え、大人であることの不完全な喜びをより完全に彼女が受け入れることを可能にさせるのだと捉える（Abel 40）。

（5）　ホームズ医師の名は、シャーロック・ホームズを容易に想起させ、探偵のようにプライヴァシーを詮索する者というイメージをその医師に与えている。もう一人の医師、ブラッドショーの名はエリザベス・ギャスケルの『ルース』（一八五三年）のブラッドショーから取られていると推測される。ウルフのブラッドショー同様、ギャスケルのブラッドショーも妻に対する抑圧が強調されている。なお、文学作品から取られた名として、クラリッサが最初、リチャードの名だと勘違いしていたウィッカム（ジェイン・オースティン『高慢と偏見』の悪漢）がある。シュラックはその点について、エリザベス・ベネットがダーシー、ウィッカムとの三角関係で彼女にふさわしいダーシーと結婚したことと、クラリッサがピーター、リチャードとの三角関係で「ヒーロー」であるピーターを捨てて悪漢リチャードと結婚してしまったこととの対比を示唆していると指摘している（Shlack 61）。シュラックは登場人物の名について、「第七の」を意味するセプティマスの名の『神曲・地獄篇』との関わり（地獄の第七圏では同性愛者、自殺者が責め苦に遭っている）、セプティマスにシェイクスピアを教えたミス・ポールの名とメイポール（豊饒の女神ケレスに奉じられる古代ローマの祭りの名残である五月祭で立てられる柱）との関わりなどの指摘もしている（Shlack 70–72, 53）。

（6）　セプティマスが「メロドラマ的な」仕草とともに医師を呼ばせるのは、レツィアに子供が欲しいと泣かれた直後である。レツィアにはセプティマスの理解者としての側面とともに、同性愛の段階を志向する彼に異性愛を強いる者（あるいは、同性愛を志向しているのに愛もなくセプティマスに結婚された犠牲者）としての側面もある。

（7）　エイバルは、レツィアのイタリア時代が姉と帽子を作っているイメージで描かれることに注目して、姉などとの女性同士の絆という「エデンの楽園のような女性の世界」から、セプティマスとの結婚によって異性愛の絆へと連れ去られてしまったと捉える。そして、長い窓を開けて庭へ出て行くイメージに関しても、「夫の死はレツィアを、彼女がクラリッサと暗黙のうちに共有する過去へと想像の中で帰るよう解放する」（Abel 34）と考える。本章の考察は、レツィアの楽園的な過去への回帰を、彼女のセプティマスの死の意味の理解と結びつける点がエイバルと異なっている。

（8）　シュラックも引用の段落のレツィアの小麦畑を駆けるイメージや小麦の音に注目している。シュラックはレツィアと豊饒の女神ケレスとの結びつきを見るが、「ケレスの姿の皮肉な矮小化」（Shlack 53）として、あるいは、豊饒の女神にふさわしく子供が欲しいとセプティマスにせがみながら願いを叶えられない、打ち壊されたケレス像としてであり、レツィアの豊饒のイメージと彼女のセプティマスの死の理解を結びつけていない。

（9）　帝国主義を支える要素の描写の一つとして、王室か政府の人物を乗せた自動車の人々への影響を描く箇所の中の「ある裏通りのパブでは、植民地から来た男がウィンザー王家を侮辱して口論が起き、ビールのグラスが割れたりする大騒ぎになったが、その騒ぎは奇妙にも、通りの反対側で婚礼のために純白のリボンが縫い付けられた白いリンネルの肌着を買っていた少女たちの耳にこだました」（一六）を挙げることができる。キャシー・J・フィリップスがこの箇所に言及しながら「ウルフは女性の貞潔さの必要が、植民地建設の正当化として使われてきていたことを深く認識していた」(Phillips 11)と指摘するように、また、『インドへの道』でイギリス人女性アデラが現地人に暴行されかかったという告発がその市のイギリス人社会を熱狂的に団結させたように、女性の貞操を敵から守るという大義が人々の中で帝国主義と奇妙に結びついていた。そうした帝国主義の熱狂が、純白の衣料を婚礼のために求めるような純潔の意識を、少女の中でさらに高めることをその一節はよく表現している。

第八章

（1）嵐が丘側とスラッシュクロス側の姻戚関係は次のようである。キャサリン・リントンは最初の夫リントン・ヒースクリフの死後にヘアトン・アーンショーと結婚する。

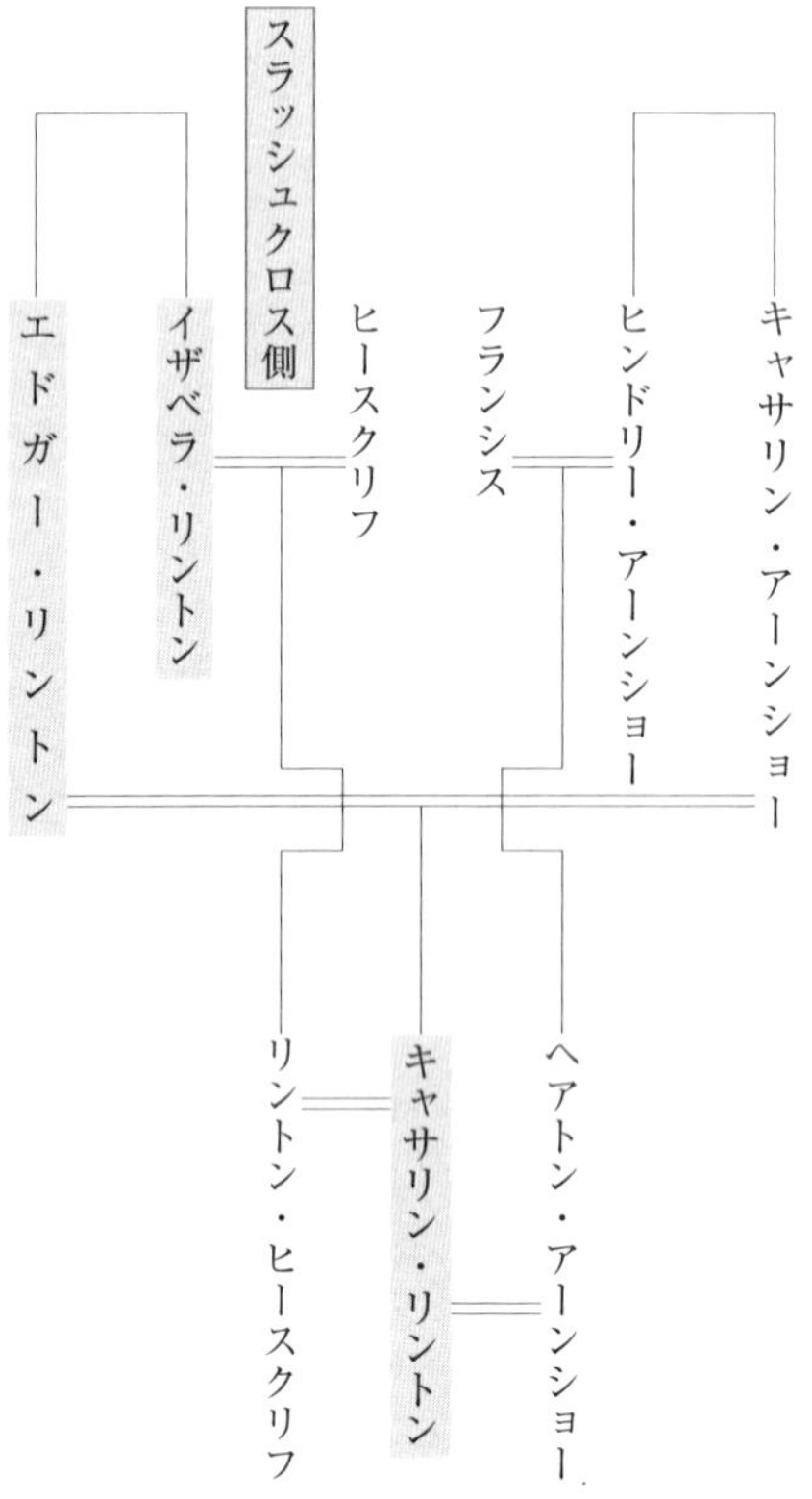

（2）『嵐が丘』の中の本のイメージを中心に据えた論考としてロバート・C・マッキベンの「『嵐が丘』における本のイメージ」がある。キャサリンが本の背表紙をはがすことには言及していないが、嵐が丘の精神が本と相容れないこと、スラッシュクロス屋敷で本が直接経験からの逃避の象徴となっていることなどの指摘に特徴がある。ブロンテのブリュッセル時代のフランス語のエッセー「蝶」には、炎で燃やされることを介して痛みの世界から至福の世界へと転化することの主題があるが、マッキベンの論考は、その主題とヘアトンが本を火にくべることとを結びつけて考えているのにも大きな特徴がある。他に、J・ヒリス・ミラーも、『嵐が丘』が作中人物や読者を解読へ誘うさまざまな要素に満ちていることとの関連で、解読の対象として本が作品中にしばしば現れることに注意を喚起している(Miller 45–46)。

（3）『嵐が丘』からの引用は、Emily Brontë. *Wuthering Heights: The 1847 Text, Backgrounds and Contexts, Criticism.* 4th ed. Ed. Richard J. Dunn. London: Norton, 2003. から訳出し、括弧内に章とページを示す。

（4）リチャード・デラモラはヒースクリフが敵《かたき》であるヒンドリーの子ヘアトンに自分自身を見出すことを、他者の身に自分自身を置くという、エマニュエル・レヴィナスの隣人の倫理の実践と解釈している(Dellamora 551–52)。デラモラはキャサリンはヒースクリフが異人種で生来劣っているという思いから彼を信頼できずにエドガーとの結婚を選択したと捉える。しかしキャサリンの見方にもかかわらず、ヒースクリフは隣人の倫理の実践によって、生来劣っているわけではなく、カルヴィニズムが神の救いの対象から除外する者でもないことを証しているとデラモラは考える。

終　章

（1）一九三九年六月、田園地帯の古い屋敷ポインツ・ホールのテラスで、年中行事の野外劇が開催される。作品は前夜、オリヴァー一家が住むその屋敷の広間で、何人かの村人が汚水溜めについて会話しているところから始まる。オリヴァー一家は老いたバーソロミューと妹のスウィジン夫人、バーソロミューの息子夫婦ジャイルズとアイサ、その幼い三人の子供からなる。ジャイルズはロンドンの株式仲買人で、週末ごとに帰宅する。アイサはジャイルズの浮気をかすかに疑っていて、夫婦の間には精神的緊張がある。

野外劇は村に住む芸術家ミス・ラ・ツロウブが作者と演出家を兼ねていて、劇の内容はイギリスの歴史をいくつかの時代の場面で描くものである。ミス・ラ・ツロウブはところどころで観客の集中力が途切れたりするのにいらだつ。「現代の部」では手に手に鏡を持った役者が総出で現れ、観客を映し出す、という演出だった。劇が終わると、牧師が挨拶をし、教会のための献金を求める。人々は劇のメッセージが何だったのかをしきりに考えながら家路に就く。

ミス・ラ・ツロウブは野外劇が失敗だったと思いながら、居酒屋で酒を飲む。その時彼女は、泥から湧き上がるような、単音節の、意味を持たない豊かな言葉で二人の人物が幕開けとともに会話を始めるという新たな劇を着想する。野外劇のあったポインツ・ホールでは、広間に家族がいなくなった後、アイサとジャイルズが二人きりになり、対話を始める。その様子は家が消え、夜は原始人たちが岩場から見たような夜となり、巨大化した二人が幕開けとともに何かを話し始める（この部分だけ急にリアリズムを全く無視した幻想的な文章になる）という、ミス・ラ・ツロウブが新たに構想する劇そのもののように描かれる。

（2）『幕間』からの引用は Virginia Woolf. *Between the Acts: The Cambridge Edition of the Works of Virginia Woolf*. Ed. Mark Hussey. Cambridge: Cambridge UP, 2011. から訳出し、括弧内にページを示す。

（3）言葉を発し合うことの重要さは、レヴィナスの言葉では次の一節の「他者とことばで語り合うことによってである」からうかがわれる。

> 歴史が〈私〉と他者とを非人称的な精神のうちで統合すると称したところで、そのいわゆる統合は残忍さであり不正であって、言い換えれば〈他者〉を黙殺することである。人間の間の関係としての歴史は、〈他者〉に対する〈私〉の位置を無視している。〈他者〉は私との関係において超越的であり続けるのである。私が私自身によっては歴史の外部に存在しえないとしても、私は、歴史との関係において絶対的な地点を他者のうちに発見する。それも他者と融合することによってではなく、他者とことばで語り合うことによってである。歴史は、歴史の様々な断絶によって断ち切られ、そこで歴史に審判が下される。人間が真に〈他者〉に近づいていくとき、人間は歴史から引き剝がされるのである。（上八三—八五）

ここでは「歴史」は「他者」「私」などの人称を考慮しない統合を押しつけてくる存在と捉えられている。レヴィナスは他者と言葉で語り合うことによって、歴史が押しつける「統合」から抜け出た地点に立つことができるとする。言葉を投げかけてくる他者を認め、答えることは、他者を融合によって自己の一部に統合するのとは対極的に、他者の尊厳を超越的なほどに絶対的に認めることとされていると考えられる。

他方、レヴィナスの思想において、「見る」ことは「話す」ことと対比的に否定的なものとして捉えられている。「見る」ことは対象を、見ている側の世界のうちに統合し、他者の尊厳を奪ってしまうものとなる。

> ことばを語ることは、見ることと対照的なのである。認識あるいは見ることにあってもたしかに、見られた対象が行為を規定することがあり得る。けれども、なんらかのしかたで「見られた」ものを領有しようとする行為によって、「見られた」

ものには意味が付与され、一箇の世界のうちに統合されて、結局はその行為によって「見られた」ものが構成されることになる。語りにあっては、これに対して、私の主題としての〈他者〉と、私の対話者としての〈他者〉との間の隔たりがどうしようもなく際だっている。(下三二)

あとがき

十数年前、子供二人がまだ幼かった頃、次のような詞を書いて、子供用の短い歌を作ったことがある。

本屋さんは鳥を売る人です。
本は開くと鳥になり
読む人をいろんな国へ運びます。

この詞の発想は後に第八章の論点につながったのだが、それにしても、これから出版しようとするこの本は、詞にあるように、読者をどこかへ運ぶことができるだろうか。

私は学生時代、卒業論文では現代の劇作家ハロルド・ピンターを、修士論文ではヴァージニア・ウルフを研究対象とし、五年間在職した神戸大学の時代にもウルフを専門としていた。しかし、一九九六年に九州大学文学部の英語学・英文学講座に赴任した後、私は研究の方向を大きく転換した。イギリス小説全般を一人で担当する教員として、専門のウルフばかりを教えるわけにはいかず、『嵐が丘』、『高慢と偏見』など、学生が興味を抱きそうな作品を教室で取り上げるよう心がけたが、そうするうち、ウルフ以外の作家によるそれらの作品の研究に移っていくことになったのである。本書は、第七章以外は全て、九州大学に赴任して以降の研究の拙い成果である。

各章の元になった初出の論文は次のとおりである。それぞれ加筆・修正がされている。

第一章
「『嵐が丘』の無意識の悪漢」『文学研究』第九十五号、六五—九九頁、九州大学文学部、一九九八年。
第二章
「逃れ去る自己認識——ジェイン・オースティン『高慢と偏見』の二重の物語」『英国小説研究』第二十一冊、九一—一二二頁、『英国小説研究』同人会、英潮社、二〇〇三年。
（口頭発表）
「*Pride and Prejudice* の二重の物語」、シンポジウム『Jane Austen の諸作品と自己認識』、日本英文学会九州支部第五十四回大会（佐賀大学）、二〇〇一年十月二十八日。
第三章
「チャールズ・ディケンズ『大いなる遺産』における主人公の自己と罪」園井英秀編『英文学と道徳』、三四一—七一頁、九州大学出版会、二〇〇五年。
第四章
「「全くの息子」Utterson——*Strange Case of Dr. Jekyll and Mr. Hyde* が訴える "mercy"」『文学研究』第百八号、一—一二頁、九州大学大学院人文科学研究院、二〇一一年。

第五章
「オスカー・ワイルド『ドリアン・グレイの肖像』における能動性と受動性の交錯」『文学研究』第百号、三九—七〇頁、九州大学大学院人文科学研究院、二〇〇三年。
第六章
「E・M・フォースター『インドへの道』の異と同のフラクタル」『英国小説研究』第十九冊、一一七—四一頁、『英国小説研究』同人会、英潮社、一九九九年。
第七章
「ヴァージニア・ウルフ『ダロウェイ夫人』の歌う老婆」『国際文化学研究』第五号、一—四一頁、神戸大学国際文化学部、一九九五年。
第八章
"Catherine Earnshaw as the Spine of a Book: Duplication of Self in *Wuthering Heights*"『文学研究』第百三号、四三—七四頁、九州大学大学院人文科学研究院、二〇〇六年。

また、本書の序章の『フランケンシュタイン』に関する部分、終章の『幕間』に関する部分、第七章の注の三番はそれぞれ、次の論文の一部やその要約を使用している。

序　章
「命を与えることの重み——『フランケンシュタイン』における生と死——」片岡啓・清水和裕・飯嶋秀治編『九州大学文学部人文学入門2　生と死の探求』、一三七—四九頁、二〇一三年。

終章
「呼びかけてくる言葉——Virginia Woolf の *Between the Acts* における分断を前提とする融合」『文学研究』第百七号、五一—六六頁、九州大学大学院人文科学研究院、二〇一〇年。
（口頭発表）
「呼びかけてくる言葉——*Between the Acts* における分断を前提とする融合」、シンポジウム『ウルフ、D・H・ロレンス、ジョイスにおける「言葉」の彼方』、日本ヴァージニア・ウルフ協会第二十八回大会（広島市立大学）、二〇〇八年十一月二日。
第七章注（3）
"Peter Walsh's Dream: On Arbitrariness of Perception in *Mrs. Dalloway*"『近代』第七十八号、四五—六三頁、神戸大学近代発行会、一九九五年。

それぞれの論文の掲載の際にお世話になった先生方、シンポジウムの講師の先生方、本書への収録を許可して下さった英潮社フェニックスと九州大学出版会にお礼を申し上げたい。

なお、本書は九州大学人文学叢書出版助成の交付を受けて刊行される。九州大学大学院人文科学研究院の同僚の先生方にお礼を申し上げたい。

助成申請から入稿までの間に、改善のための貴重な示唆を受ける機会に恵まれた。関係の方々にお礼を申し上げたい。

あとがき

本書の出版に当たっては九州大学出版会の尾石理恵さんに大変にお世話になった。お礼を申し上げたい。最終原稿は妻、大学生になった息子、高校生の娘、愛知県に住む両親にもチェックしてもらった。妻による点検が終わったのは、ちょうど、結婚二十周年の日だった。どうもありがとう。

二〇一二年十月四日

鵜飼信光

索　引

ア行

ウルフ、ヴァージニア Woolf, Virginia 10, 165–89, 217, 235, 240

『ダロウェイ夫人』*Mrs. Dalloway* 10–11, 165–89, 211–12, 214–15, 235–38

『幕間』*Between the Acts* 212–15, 217–18, 239–40

エレンベルガー、アンリ Ellenberger, Henri 3, 219

オースティン、ジェイン Jane Austen 3, 9, 45–63, 224, 237

『エマ』*Emma* 3, 53, 58

『高慢と偏見』*Pride and Prejudice* 9, 45–63, 215–18, 223–26, 237

カ行

カーヴァー、レイモンド Carver, Raymond 43

「馬勒」"The Bridle" 43

ギャスケル、エリザベス Gaskell, Elizabeth 237

『ルース』*Ruth* 237

ゲーテ、ヨハン・ヴォルフガング・フォン Goethe, Johann Wolfgang von 4

サ行

シェイクスピア、ウィリアム Shakespeare, William 4, 117, 188, 235

『オセロ』*Othello* 178, 236

『シムベリン』*Cymbelin* 185

『ハムレット』*Hamlet* 4–5, 74, 229

『ルークリースの陵辱』*The Rape of Lucrece* 188

シェリー、メアリー Shelley, Mary 6, 220

『フランケンシュタイン、あるいは現代のプロメテウス』*Frankenstein: Or the Modern Prometheus* 6–8, 12–13, 216, 219–20

シュトラウス、リヒャルト Strauss, Richard 175

スウィフト、ジョナサン Swift, Jonathan 161

『ガリヴァー旅行記』*Gullive's Travels* 161

スティーヴンスン、ロバート・ルイス Stevenson, Robert Louis 3, 95–107, 219, 230

『ジキル博士とハイド氏の奇妙な事件』*Strange Case of Dr. Jekyll and Mr. Hyde* 9–10, 95–107, 111, 215–17, 219, 229–30

「人間の生活についての熟考と所見」"Reflections and Remarks on Human Life" 107

ソフォクレス Sophokles 5

『オイディプス王』 5

タ行

ダンテ、アリギエーリ Dante, Alighieri 237

『神曲・地獄篇』 237

ディケンズ、チャールズ Dickens, Charles 9, 65–94, 228

『大いなる遺産』*Great Expectations* 9–10, 65–94, 95, 111, 215–16, 218, 226–29

ナ行

ニーチェ、フリードリッヒ Nietzsche,

Friedrich　5
『人間的、あまりに人間的』　5
ニューマン、ジョン・ヘンリー Newman, John Henry　232
ナボコフ、ウラジミール Nabokov, Vladimir　104

ハ行
ハーディ、トマス Hardy, Thomas　4
『ダーバヴィル家のテス』*Tess of the D'Urbervilles*　4
バーニー、フランシス Burney, Frances　61
『セシーリア―ある女性相続者の回想』*Cecilia, or Memoirs of an Heiress*　61
バルザック、オノレ・ド Balzac, Honoré de　90
『幻滅』　90
フォースター、エドワード・モルガン Forster, Edward Morgan　3, 10, 143–64, 234
『インドへの道』*A Passage to India*　10–11, 143–64, 214–15, 217, 233–34, 238
『眺めのいい部屋』*A Room with a View*　3
フーコー、ミシェル Foucault, Michel　228
フロイト、ジークムント Freud, Sigmund　3–5
『夢判断』　4
フロム、エーリッヒ Fromm, Erich　22–23
『自由からの逃走』*Escape from Freedom*　22–23
ブロンテ、エミリー Brontë, Emily　8, 10, 17–44, 191–209, 221, 239
『嵐が丘』*Wuthering Heights*　8–13, 17–44, 65, 95, 191–209, 214–15, 218, 220–23, 238–39
ブロンテ、シャーロット Brontë, Charlotte　18
ペイター、ウォルター Pater, Walter　116, 119, 231
『ルネサンス―美術と詩の研究』*The Renaissance: Studies in Art and Poetry*　116

マ行
マンデルブロ、ブノワ Mandelbrot, Benoît　161
『フラクタル幾何学』　161

ヤ行
ユング、カール・グスタフ Jung, Carl Gustav　5

ラ行
ライプニッツ、ゴットフリート・ヴィルヘルム・フォン Leibniz, Gottfried Wilhelm von　3
『人間知性新論』　219
『モナドロジー』　219
ラカン、ジャック Lacan, Jacques　5, 227
リロ、ジョージ Lillo, George　75
『ロンドンの商人、あるいはジョージ・バーンウェルの生涯』*The London Merchant: Or the History of George Barnwell*　75, 229
レヴィナス、エマニュエル Lévinas, Emmanuel　214, 239–41

ワ行
ワイルド、オスカー Wilde, Oscar　10, 111–41, 231
『アーサー・サヴィル卿の犯罪と他の物語』*Lord Arthur Savil's Crime and Other Stories*　133
「カンターヴィルの幽霊」"The Canter-

ville Ghost"　133
「芸術家としての批評家」"The Critic as Artist"　114, 120
「献身的な友達」"The Devoted Friend"　121, 133, 231–32
「幸福な王子」"The Happy Prince"　121
『幸福な王子と他の物語』*The Happy Prince and Other Tales*　121, 133, 231
『深淵より』*De Profundis*　113–14
「すばらしいロケット」"The Remarkable Rocket"　121
「W. H. 氏の肖像」"The Portrait of Mr. W. H."　111–12, 133
『ドリアン・グレイの肖像』*The Picture of Dorian Gray*　10, 111–41, 143, 215, 217, 230–32
「ナイティンゲールと薔薇」"The Nightingale and the Rose"　121
「利己的な巨人」"The Selfish Giant"　121

参照文献

序　章

Dury, Richard. "Crossing the Bounds of Single Identity: *Dr. Jekyll and Mr. Hyde* and a Paper in a French Scientific Journal." Eds. Richard Ambrosini and Richard Dury. *Robert Louis Stevenson: Writer of Boundaries*. Madison: U of Wisconsin P, 2006. 237–51.

Ellenberger, Henri F. *The Discovery of the Unconscious: The History and Evolution of Dynamic Psychiatry*. Basic Books, 1970.

Shelly, Mary. *Frankenstein: The 1818 Text, Contexts, Criticism.* 1818. 2nd ed. Ed. J. Paul Hunter. London: Norton, 2012.

Van Ghent, Dorothy. *The English Novel: Form and Function*. New York: Rinehart. 1953.

ニーチェ、フリードリッヒ　『人間的、あまりに人間的』I、II、1879 年、池尾健一、中島義生訳、筑摩書房、1994 年。

フロイト、ジークムント　『夢判断』上下、1900 年、高橋義孝訳、新潮社、2005 年。

ライプニッツ、ゴットフリート・ヴィルヘルム　『モナドロジー』、1714 年、『モナドロジー・形而上学叙説』、清水富雄、竹田篤司訳、中央公論社、2005 年。

第一章

Brontë, Charlotte. "Editor's Preface to the New Edition of *Wuthering Heights*." *Wuthering Heights and Agnes Gray*. London: Smith, Elder and Co., 1850. xix–xxiv. Rpt. in *Wuthering Heights: The 1847 Text, Backgrounds and Contexts, Criticism*. By Emily Brontë. 313–16.

Brontë, Emily. *Wuthering Heights: The 1847 Text, Backgrounds and Contexts, Criticism.* 1847. 4th ed. Ed. Richard J. Dunn. London: Norton, 2003.

Carver, Raymond. "The Bridle." *Cathedral*. New York: Vintage, 1984. 187–208.

Drew, Philip. "Charlotte Brontë as a Critic of *Wuthering Heights*." *Nineteenth-Century Fiction* 18.4 (1964): 365–81.

Fromm, Erich. *Escape from Freedom.* New York: Holt, Rinehart and Winston, 1941.

Hafley, James. "The Villain in *Wuthering Heights*." *Nineteenth-Century Fiction* 13.3 (1958): 199–215.

Kavanagh, James H. *Emily Brontë*. Oxford: Basil Blackwell, 1985.

Leavis, Q. D. "A Fresh Approach to 'Wuthering Heights.'" *Lectures in America*. F. R. Leavis and Q. D. Leavis. New York: Pantheon, 1969. 83–152.

McCarthy, Terence. "The Incompetent Narrator of *Wuthering Heights*." *Modern Language Quarterly* 42.1 (1981): 48–64.

Newman, Beth. "The Situation of the Looker-On: Gender, Narration, and Gaze in *Wuther-*

ing Heights." *PMLA* 105.4 (1990): 1920–41.

Shunami, Gideon. "The Unreliable Narrator in *Wuthering Heights*." *Nineteenth-Century Fiction* 27.4 (1973): 449–68.

Torgerson, Beth E. *Reading Brontë Body: Disease, Desire, and the Constraints of Culture*. New York: Palgrave Macmillan, 2005.

Van Ghent, Dorothy. *The English Novel: Form and Function*. New York: Rinehart. 1953.

Von Sneidern, Maja-Lisa. "*Wuthering Heights* and the Liverpool Slave Trade." *ELH* 62.1 (1995): 171–96.

Ward, Mary A. Introduction. *The Life and Works of Charlotte Brontë and Her Sisters*. Vol. V. London: Smith, Elder, & Co., 1900. xi–xli.

第二章

Armstrong, Isobel. Introduction. *Pride and Prejudice*. By Jane Austen. Oxford: Oxford UP, 1990. vii–xxvi. Rpt. in *Critical Assessments*. 398–414.

Auerbach, Nina. "*Pride and Prejudice*." *Communion of Women*. Cambridge, Mass.: Harvard UP, 1978. 38–55.

Austen, Jane. *Emma: An Authoritative Text, Contexts, Criticism*. 1816. 4th ed. Ed. George Justice. London: Norton, 2012.

——. *Pride and Prejudice: An Authoritative Text, Backgrounds and Sources, Criticism*. 1813. 3rd ed. Ed. Donald Gray. London: Norton, 2001.

——. *Pride and Prejudice. The Cambridge Edition of the Works of Jane Austen*. 1813. Ed. Pat Rogers. Cambridge: Cambridge UP, 2006.

Burgan, Mary A. "Mr. Bennet and the Failures of Fatherhood in Jane Austen's Novels." *Journal of English and Germanic Philology* 74 (1975): 536–52. Rpt. in *Critical Assessments*. 341–56.

Burney, Frances. *Cecilia, or Memoirs of an Heiress*. 1782. Eds. Peter Sabor and Margaret Anne Doody. Oxford: Oxford UP, 1999.

Deresiewicz, William. "Community and Cognition in *Pride and Prejudice*." *ELH* 64.3 (1997): 537–69.

Knox-Shaw, Peter. *Jane Austen and the Enlightenment*. Cambridge: Cambridge UP, 2004.

Littlewood, Ian ed. *Jane Austen: Critical Assessments*. Vol. 3. Mountfield: Helm Information, 1998.

McCann, Charles J. "Setting and Character in *Pride and Prejudice*." *Nineteenth-Century Fiction* 19.1 (1964): 65–75.

Newman, Karen. "Can This Marriage Be Saved: Jane Austen Makes Sense of an Ending." *ELH* 50.4 (1983): 693–710.

Newton, Judith Lowder. "*Pride and Prejudice*." *Women, Power, and Subversion: Social Strategies in British Fiction 1778–1860*. Athens: U of Georgia P, 1981. 61–73. Rpt. in *Critical Assessments*. 372–81.

Paulson, Ronald. "Jane Austen: *Pride and Prejudice*." *Satire and the Novel in Eighteenth-Century England*. New Haven: Yale UP, 1967. 291–308. Rpt. in *Critical Assessments*. 326–40.

Rogers, Pat. Introduction. *Pride and Prejudice. The Cambridge Edition of the Works of Jane Austen*. By Jane Austen. xxii–lxxviii.

Schorer, Mark. "Pride Unprejudiced." *Kenyon Review* 18 (1956): 72–91. Rpt. in *Critical Assessments*. 299–312.

Stafford, Fiona. Introduction. *Pride and Prejudice*. By Jane Austen. Oxford: Oxford UP, 2004. vii–xxxii.

Steward, Maaja A. *Domestic Realities and Imperial Fictions: Jane Austen's Novels in Eighteenth-Century Contexts*. Athens: U of Georgia P, 1993.

Tanner, Tony. *Jane Austen*. London: Macmillan, 1986.

Thompson, James. *Between Self and World: The Novels of Jane Austen*. London: Pennsylvania State UP, 1988.

Wallace, Tara Ghoshal. *Jane Austen and Narative Authority*. New York: St. Martin's, 1995.

Weinsheimer, Joel. "Chance and the Hierarchy of Marriages in *Pride and Prejudice*." *ELH* 39.3 (1972): 404–19.

第三章

Brooks, Peter. *Reading for the Plot: Design and Intention in Narrative*. Oxford: Oxford UP, 1984.

Conner, Stephen. *Charles Dickens*. Oxford: Basil Blackwell, 1985.

Dickens, Charles. *Great Expectations: Authoritative Text, Backgrounds, Contexts, Criticism*. 1861. Ed. Edgar Rosenberg. New York: Norton, 1999.

Douglas-Fairhurst, Robert. Introduction. *Great Expectations*. By Charles Dickens. Oxford: Oxford UP, 2008. vii–xxxvii.

Fromm, Erich. *Escape from Freedom*. New York: Holt, Rinehart and Winston, 1941.

Gates, Sarah. "Intertextual Estella: *Great Expectations*, Gender, and Literary Tradition." *PMLA* 124.2 (2009): 390–405.

Hara, Eiichi. "Stories Present and Absent in *Great Expectations*." *ELH* 53.3 (1986): 593–614.

Herst, Beth F. *The Dickens Hero: Selfhood and Alienation in Dickens World*. London: Weidenfeld and Nicolson, 1990.

Leavis, Q. D. "How We Must Read 'Great Expectations.'" F. R. Leavis and Q. D. Leavis. *Dickens the Novelist*. London: Chatto and Windus, 1970. 277–331.

Miller, J. Hillis. *Charles Dickens: The World of His Novels*. Bloomington: Indiana UP, 1958.

Moynahan, Julian. "The Hero's Guilt: The Case of *Great Expectations*." *Essays in Criticism* 10 (1960): 60–79.

Rosenberg, Edgar. "Writing *Great Expectations*." *Great Expectations: Authoritative Text, Backgrounds, Contexts, Criticism*. By Charles Dickens. 427–68.

Schor, Hilary M. *Dickens and the Daughter of the House*. Cambridge: Cambridge UP, 1999.

Stone, Harry. *The Night Side of Dickens: Cannibalism, Passion, Necessity*. Columbus: Ohio State UP, 1994.

Tambling, Jeremy. *Dickens, Violence and the Modern State: Dreams of the Scaffold*. London: Macmillan, 1995.

Ward, Mary A. Introduction. *The Life and Works of Charlotte Brontë and Her Sisters*. Vol. V. London: Smith, Elder, & Co., 1900. xi–xli.

第四章

Cookson, Gillian. "Engineering Influences on *Jekyll and Hyde*." *Robert Louis Stevenson Reconsidered: New Critical Perspectives*. Ed. William B. Jones, Jr. London: McFarland, 2003. 117–23.

Garrett, Peter K. "Cries and Voices: Reading *Jekyll and Hyde*." *Dr. Jekyll and Mr. Hyde after One Hundred Years*. Eds. William Veeder and Gordon Hirsh. Chicago: U of Chicago P, 1988. 59–72.

Jefford, Andrew. "Dr. Jekyll and Professor Nabokov: Reading a Reading." *Robert Louis Stevenson*. Ed. Andrew Noble. London: Vision, 1983. 47–72.

Maixner, Paul, ed. *Robert Louis Stevenson: The Critical Heritage*. London: Routledge, 1981.

Nabokov, Vladimir. "The Strange Case of Dr. Jekyll and Mr. Hyde" (1885). *Lectures on Literature*. Ed. Fredson Bowers. New York: Harcourt Brace Jovanovich, 1980. 179–206. Rpt. in *Strange Case of Dr. Jekyll and Mr. Hyde*. Ed. Katherine Linehan. 184–88.

Sandison, Alan. *Robert Louis Stevenson and the Appearance of Modernism: A Future Feeling*. Basingstoke: Macmillan, 1996.

Stevenson, Robert Louis. "Reflections and Remarks on Human Life." *The Works of Robert Louis Stevenson*. Tusitala Edition. Vol. XXVI. London: William Heinemann, 1924. 76–90.

——. *Strange Case of Dr. Jekyll and Mr. Hyde: An Authoritative Text, Backgrounds and Contexts, Performance Adaptations, Criticism*. 1886. Ed. Katherine Linehan. New York: Norton, 2003.

——. *The Strange Case of Dr. Jekyll and Mr. Hyde: And Other Tales of Terror*. 1886. Ed. and annot. Robert Mighall. London: Penguin. 2003.

第五章

Bowlby, Rachel. "Promoting Dorian Gray." *The Oxford Literary Review* 9 (1987): 147–62. Rpt. in *Oscar Wilde: A Collection of Critical Essays*. Ed. Jonathan Freed-

man. New Jersey: Prentice-Hall, 1996. 178–92.
Bristow, Joseph. Introduction. *The Picture of Dorian Gray: The 1890 and 1891 Texts. The Complete Works of Oscar Wilde*. Vol. 3. Oxford: Oxford UP, 2005. xi–lx.
Gillespie, Michael Patrick. "From Romanticism to Fascism: The Will to Power in *The Picture of Dorian Gray*." *Oscar Wilde*. Ed. Jarlath Killeen. Dublin: Irish Academic, 2011. 94–112.
Kileen, Jarlath. *The Fairy Tales of Oscar Wilde*. Aldershot: Ashgate, 2007.
——. *The Faiths of Oscar Wilde: Catholicism, Folklore and Ireland*. Basingstoke: Palgrave, 2005.
Lawler, Donald. L. ed. and annot. *The Picture of Dorian Gray: Authoritative Texts, Backgrounds, Reviews and Reactions, Criticism.* 1891. 1st ed. By Oscar Wilde. New York: Norton, 1988.
Mason, Stuart. *Oscar Wilde: Art and Morality.* New York: Haskell House, 1971.
Nassar, Christopher S. *Into the Demon Universe: A Literary Exploration of Oscar Wilde*. New Haven: Yale UP, 1974.
Pater, Walter. *The Renaissance: Studies in Art and Poetry. The 1893 Text*. Ed. Donald L. Hill. Berkeley: U of California P, 1980.
Roditi, Edouard. *Oscar Wilde.* New York: New Directions, 1986.
Wilde, Oscar. *De Profundis.* 1896. *De Profundis and Other Writings*. London: Penguin, 1986.
——. "The Canterville Ghost: A Hylo-Idealistic Romance." 1891. *The Complete Shorter Fiction of Oscar Wilde*. Ed. Isobel Murray. Oxford: Oxford UP, 1979. 59–87.
——. "The Critic as Artist." 1891. *The Artist as Critic: Critical Writings of Oscar Wilde*. Ed. Richard Ellmann. Chicago: U of Chicago P, 1982. 341–408.
——. "The Devoted Friend." 1888. *The Complete Shorter Fiction.* 115–25.
——. *The Picture of Dorian Gray: Authoritative Texts, Backgrounds, Reviews and Reactions, Criticism.* 1891. 2nd ed. Ed. Michael Patrick Gillespie. London: Norton, 2007.
——. "The Portrait of Mr. W. H." 1889. *The Complete Shorter Fiction.* 139–69.

第六章

Beer, Gillian. "Negation in *A Passage to India.*" *A Passage to India: Essays in Interpretation.* 44–58.
Beer, John ed. *A Passage to India: Essays in Interpretation.* London: Macmillan, 1985.
Burra, Peter. "Peter Burra's Introduction to the Everyman Edition." 1934. *A Passage to India*. By E. M. Forster. London: J. M. Dent & Sons, 1942. xi–xxviii. Rpt. in *A Passage to India: The Abinger Edition of E. M. Forster*. Vol. 6. By E. M. Forster. 315–27.
Forster, E. M. *A Passage to India: The Abinger Edition of E. M. Forster*. Vol. 6. 1924. Ed. Oliver Stallybrass. London: Edward Arnold, 1978.

——. "Forster's Prefatory Note (1957) to the Everyman Edition." *A Passage to India*. London: J. M. Dent & Sons, 1942. x. Rpt. in *A Passage to India: The Abinger Edition of E. M. Forster*. Vol. 6. 313–14.

Kermode, Frank. "The One Orderly Product." 1958. *Puzzles and Epiphanies: Essays and Reviews 1958–1961*. London: Routledge, 1962. 79–85. Rpt. in *E. M. Forster:* A Passage to India, *a Casebook*. Ed. Malcolm Bradbury. London: Macmillan, 1970. 216–23.

Stone, Wilfred. "The Caves of *A Passage to India*." *A Passage to India: Essays in Interpretation*. 16–26.

Trilling, Lionel. "*A Passage to India*." *E. M. Forster: A Study by Lionel Trilling*. 1944. 117–38. Rpt. in *E. M. Forster's* A Passage to India. Ed. Harold Bloom. New York: Chelsea House, 1987. 11–27.

マンデルブロ、B. 『フラクタル幾何学』上下、1983 年、広中平祐監訳、筑摩書房、2011 年。

第七章

Abel, Elizabeth. *Virginia Woolf and the Fictions of Psychoanalysis*. Chicago: U of Chicago P, 1989.

Miller, J. Hillis. *Fiction and Repetition: Seven English Novels*. Cambridge, Mass.: Harvard UP, 1982.

Phillips, Kathy. J. *Virginia Woolf against Empire*. Knoxville: U of Tennessee P, 1994.

Schlack, Beverly Ann. *Continuing Presences: Virginia Woolf's Use of Literary Allusion*. University Park: Pennsylvania State UP, 1979.

Woolf, Virginia. *Mrs. Dalloway. The Definitive Collected Edition of the Novels of Virginia Woolf.* 1925. Ed. G. Patton Wright. London: Hogarth, 1990.

Zwerdling, Alex. *Virginia Woolf and the Real World*. Berkeley: U of California P, 1986.

第八章

Brontë, Emily. *Wuthering Heights: Authoritative Text, Backgrounds, Criticism*. 1847. 3rd ed. Eds. William M. Sale, Jr. and Richard J. Dunn. London: Norton, 1990.

——. *Wuthering Heights: The 1847 Text, Backgrounds and Contexts, Criticism*. 1847. 4th ed. Ed. Richard J. Dunn. London: Norton, 2003.

Dellamora, Richard. "Earnshaw's Neighbor/Catherine's Friend: Ethical Contingencies in *Wuthering Heights*." *ELH* 74.3 (2007): 535–55.

Gilbert, Sandra M. and Susan Gubar. *The Madwoman in the Attic: The Woman Writer and the Nineteenth-Century Literary Imagination*. New Haven: Yale UP, 1979.

Mckibben, Robert C. "The Image of the Book in *Wuthering Heights*." *Nineteenth-Century Fiction* 15.2 (1960): 159–69.

Miller, J. Hillis. *Fiction and Repetition: Seven English Novels*. Cambridge, Mass.: Harvard UP, 1982.

参照文献

Sanger, Charles Percy. “The Structure of *Wuthering Heights*.” 1926. Rpt. in *Wuthering Heights: Authoritative Text, Backgrounds, Criticism*. By Emily Brontë. 3rd ed. 331–36.
廣野由美子 『「嵐が丘」の謎を解く』、創元社、2001 年。

終　章

Woolf, Virginia. *Between the Acts: The Cambridge Edition of the Works of Virginia Woolf*. 1941. Ed. Mark Hussey. Cambridge: Cambridge UP, 2011.
——. *Mrs. Dalloway. The Definitive Collected Edition of the Novels of Virginia Woolf.* 1925. Ed. G. Patton Wright. London: Hogarth, 1990.
レヴィナス、エマニュエル 『全体性と無限』上下、1961 年、熊野純彦訳、岩波書店、2005 年。

著者紹介

鵜飼信光（うかい・のぶみつ）

1962年生まれ。愛知県稲沢市出身。東京大学大学院人文科学研究科博士課程単位修得退学。神戸大学教養部講師，同国際文化学部講師を経て，現在，九州大学大学院人文科学研究院准教授。著書に松岡光治編『ディケンズ文学における暴力とその変奏』（2012年，大阪教育図書，共著），訳書にガヤトリ・C. スピヴァック『文化としての他者』（1990年，紀伊國屋書店，共訳），ブラム・ダイクストラ『倒錯の偶像——世紀末幻想としての女性悪』（1994年，パピルス，共訳）がある。

九州大学人文学叢書 4

背表紙《せびょうし》キャサリン・アーンショー
——イギリス小説における自己と外部——

2013年3月29日　初版発行

著　者　鵜　飼　信　光
発行者　五十川　直　行
発行所　（財）九州大学出版会
〒812-0053　福岡市東区箱崎 7-1-146
九州大学構内
電話　092-641-0515（直通）
URL　http://www.kup.or.jp/
印刷・製本　研究社印刷株式会社

ISBN 978-4-7985-0094-2

「九州大学人文学叢書」刊行にあたって

九州大学大学院人文科学研究院は、人文学の研究教育拠点としての役割を踏まえ、一層の研究促進と研究成果の社会還元を図るため、出版助成制度を設け、「九州大学人文学叢書」として研究成果の公刊に努めていく。

第一回刊行

1 王昭君から文成公主へ――中国古代の国際結婚――
藤野月子（九州大学大学院人文科学研究院・専門研究員）

2 水の女――トポスへの船路――
小黒康正（九州大学大学院人文科学研究院・教授）

3 小林方言とトルコ語のプロソディー――一型アクセント言語の共通点――
佐藤久美子（長崎外国語大学外国語学部・講師）

第二回刊行

4 背表紙キャサリン・アーンショー――イギリス小説における自己と外部――
鵜飼信光（九州大学大学院人文科学研究院・准教授）

以下続刊

九州大学大学院人文科学研究院